死ぬ瞬間の5つの後悔

ブロニー・ウェア
仁木めぐみ・訳

THE TOP FIVE REGRETS of the DYING

新潮社

プロローグ　人生は転換する

ある心地のよい夜、小さな田舎町で、ある会話がなされた。きっと同じ瞬間に世界中のあちこちでなされていたのと同じように楽しい会話だった。二人の人が互いの近況報告をし、おしゃべりをしただけ。けれどこの会話が特別なのは、後になって、ある人物の人生最大のターニングポイントとして思い出されることになるからだ。

そしてその人物というのは、私だ。

セックはオーストラリアのすばらしいフォーク音楽雑誌「トラッド・アンド・ナウ」の編集者だ。彼はオーストラリアフォーク界を支えていることとその明るく屈託のない笑顔で、みなに愛されている。彼と私は音楽を愛する気持ちについて話し合った（このとき私たちはフォークフェスティバルの会場にいたので、その場にぴったりの話題だった）。話の流れで私は今、女性刑務所で曲作り講座を立ち上げようとしているのだけれど、ギターと資金の調達が大変だと話した。セックは私をはげまし、さらに「その講座を立ち上げて、軌道に乗ったら、知らせてほしい。記事にしたいから」と言ってくれた。

しばらくして、私は本当にその講座を立ち上げ、軌道に乗せることができたので、彼の雑誌に記事を書いた。この記事を書き終わった時、私はなぜもっと文章を書いてこなかったんだろうと思った。なにしろ私はいつも文章を書いてきたのだから。そばかすだらけだった少女時代は、世界中のペンフレンドに手紙を書いていた。手紙というのは手で紙に書いて、封筒に入れて、ポストに入れるものだった時代の話だ。

大人になっても書くのをやめたことはない。いまでも友人には手書きの手紙を送るし、日記も長年書き続けている。それにいまでは作詞作曲もする。だからいまでも書いていると言っていいだろう（ペンだけではなくギターでも）。けれどキッチンのテーブルで、昔ながらのペンと紙を使って、刑務所についての記事を書くのはとても楽しかったので、私の書くことへの情熱にまた火がついた。だから私はセックにお礼を言うと、すぐにブログをはじめることにした。それに続いて起こった出来事が、私の人生をもっともいい方向へと向けてくれた。

ブログ「インスピレーション・アンド・チャイ」を私は、オーストラリアのブルーマウンテンズの居心地のいいコテージで、もちろん一杯のチャイを飲みながら、書きはじめた。ごくはじめの頃に書いた記事の中に、ヘルパー時代に、余命宣告を受けた人たちに聞いた人生での後悔についてのものがあった。ヘルパーの仕事は刑務所で教えはじめる直前までしていたから、記憶はまだ鮮やかだった。それから数ヶ月の間に、この記事はインターネットならではの形で大きな反響を得た。見知らぬ人たちからメールが届き、この記事や、その後書いた記事について、感想や意見を聞けるようになったのだ。

ほぼ一年後、私は違うコテージに住んでいた。今度は酪農地帯にあるコテージだ。月曜日の朝、ベランダのテーブルに向かって文章を書いていたとき、ふと、みながよくやるように、自分のサイトのアクセス数をチェックした。そして私はあれっ?という顔になった。翌日、もう一度見直してみた。その翌日も。間違いなく、なにか大きなことが起こっていた。私が書いた、「死ぬ瞬間の5つの後悔」という記事が急に注目を浴びていたのだ。

世界中からメールがどんどんやってきて、その中には自分のブログに記事を引用させてほしいという依頼もあり、この記事は様々な言葉に翻訳された。この記事はスウェーデンの電車の中でも、アメリカのバス停でも、インドのオフィスでも、アイルランドの朝食の席でも、とにかく様々な場所で読まれた。賛否両論はあったが、そのためにこの記事の話題はさらに世界をかけめぐった。反論してきた人たちに、もしなにか返事をするなら、「使者を責めてはいけない」と言いたい。私はただ、死に直面した人から聞いた話を書いただけだ。けれど記事の感想の九五％は好意的だった。それに文化が違っても、人の心はどれだけ同じなのかをあらためて実感できた。

この騒動の間、私はコテージで、小鳥のさえずりや目の前の小川が運んできてくれる自然を楽しみ、毎日ベランダのテーブルに座って仕事をつづけながら、舞い込んでくる可能性に「イエス」と言っていた。その後数ヶ月の間に、一〇〇万人以上の人々が「死ぬ瞬間の5つの後悔」を読んでくれた。そして一年もたたないうちに、その数はさらに三倍以上になる。

こんなに反響があったのは、多くの人がこのテーマに関心を持ったからだろう。それに後に、連絡をくれたたくさんの人たちからの要望もあり、私はこのテーマについて詳しく書きはじめた。私はいつか本を一冊書いてみたいとずっと思っていた。これは多くの人たちの夢だ。けれど書きはじめてみたら、自分の人生についても書かなければ、死を前にした人たちを介護する中で与えられた教訓を完全には伝えられないことがわかった。この本は、書かれるべくして書かれたのだ。

読んでいただければわかるように、私は伝統的な生き方を追い求めてはいない。そもそも伝統的な生き方などというのがあるのかどうかわからない。私は運命に導かれるままに生き、単に語るべき物語を持っている一人の女性としてこの本を書いた。

本書に登場する人々の名前は、その人の家族や友人のプライバシーを守るために変更してある。

ただし私の最初のヨガの師、母子センターの上司、トレーラーハウスキャンプ場のオーナー、刑務所について教えてくれた人、それから文中で触れた曲の作者はみな実名だ。同じテーマに関する患者についてはまとめて書いているので、時系列は少し入れ替わっている。

これを書いているいま、小川のほとりの木の上でさえずっているカササギにもお礼を言おう。この本の執筆中、小鳥たちがいつも一緒にいて、楽しく過ごさせてくれた。そして、私を生かしておいてくださり、こんなすばらしい経験をさせてくださった神様、ありがとう。

人はときどき、ずいぶん後になるまで、ある瞬間が自分の人生を大きく方向転換させる転換点になるとは知らずにいる。この本には私の人生の転換点がたくさん登場する。私の中の作家魂を蘇らせてくれたセックに感謝している。そして、ありがたくもこの本を読んでくださっている読者の皆さんにお礼を申し上げたい。

愛と友情をこめて　　ブロニー

火曜日の午後、夕暮れのベランダにて

日本の読者の皆さんへ

人生が大きく動くまでには必ずいくつかの段階があるものです。そのときはたいして重要だと思わなかった出来事が、数年後に振り返ってみると、いまの自分になるためにどうしても必要だったとわかることもあります。この本を書きながら、私はまさにそういう経験をしました。私は兼ねてから自伝を書きたいと思っていながら、書くべきタイミングがわからずにいました。余命宣告を受けた人たちの介護（自分が関わるとは思ってもいなかった仕事です）を含む一連の出来事が、そんな私を一歩ずつ、この本の執筆へと導いてくれたのです。

日本の皆さんの中にも将来、この本を読んでいるいまを、人生が変わるきっかけの一つだったと振り返ることになる方がいらっしゃるかもしれません。

人生の旅を共にできることを感謝いたします。

私の道のりを様々な形で支えてくれた人たちみなにとても感謝している。支援や職業上の影響を与えてくれたマリー・バローズ、エリザベス・チャム、ヴァルダ・ロー、ロブ・コンウェイ、リーサ・ライアン、バーバラ・ギルダー、私の父、パブロ・アコスタ、ブルース・レイド、ジョアン・デニス、ジークフリート・クンツェ、ジル・マー、ギュイ・カチェル、マイケル・ブローム、アナ・ゴンカルヴェズ、ケイト・ベイカー、コル・ベイカー、イングリッド・クリフ、マーク・パターソン、ジェーン・ダーガヴィル、ジョー・ウォレス、バーナデットに特にお礼を言いたい。それから私の文章と音楽に関心を持ってくれた方々に支えられたことを感謝している。

様々なタイミングで、雨風をしのぐ場所を与えてくれた人たちにもお礼を言いたい。マーク・アヴェリーノ、ジョーおばさん、スー・グレイグ、ヘレン・アトキンス、フレッドおじさん、ディ・バーンズ、グレッグ・バーンズ、ダスティ・カテル、マルディ・マクエルヴェニー。それから自宅のように心地よく過ごさせてもらった留守宅管理の仕事を依頼してくださった皆さんにお礼を言いたい。そして、私にごちそうしてくださったみなさん、どうもありがとう。私が人生の紆余曲折の道を歩む間、昔も今も、遠くにいても近くにいても、私を支えてくれた、友人のみんな、どうもありがとう。私の人生を様々な形で豊かにしてくれたことを感謝している。マーク・ネヴン、シャロン・ロックフォード、ジュリー・スケレット、メル・ジャロンゴ、アンジェリーン・ラタンシー、カティーア・マクファーレン、ブラッド・アントニオ、アンジー・ビドウェル、テレサ・クランシー、バーバラ・スクワイア、それから私を心の平安とパートナーへの出会いへと導いてくれた、丘陵地帯の瞑想センターのみなさんに、特にお礼を言いたい。みなさんは私がもっとも必要としていたときに、支えてくれました。もちろん、地球上で一番その名にふさわしい人、私の母ジョイ（喜びの意）にも感謝している。母は自ら模範になって、愛について貴重な教訓を教えてくれた。すばらしい女性である母には、どれだけ感謝しても足りない。

この世を去っていった患者の皆さんに。皆さんの言葉は、この本という形になったばかりでなく、私に大きな影響を与えてくれた。この本は皆さんに捧げます。遺された家族のみなさんにも、一緒に愛にあふれた、忘れられない時間を過ごさせてくれたことにお礼を言わせていただきたい。皆さん、どうもありがとうございました。

死ぬ瞬間の５つの後悔◎目次

Tune into Hay House broadcasting at : www.hayhouseradio.com

カバー写真　Dorling Kindersley /Getty Images
装幀　新潮社装幀室

死ぬ瞬間の5つの後悔

ヘルパーになるまで

熱帯から雪の中へ

「歯が見つからない。歯が見つからないのよ」

決められた午後の休憩を取っていると、部屋の外からいつもの大きな声が聞こえてきた。私は読んでいた本をベッドに置き、リビングへ行った。

予想どおり、アグネスが困ったような、無邪気なふりをしているような顔をして立っていて、私を見ると、歯のない口を開けて笑ってみせる。二人とも同時に吹き出した。何しろアグネスは数日に一度は入れ歯をどこかへやってしまうので、このジョークも今では最初の頃ほどはおかしくない。それでもまだ笑ってしまうけれど。

「私を呼び戻すためにやったんでしょう」

私は笑いながら、もうおなじみになっている場所を今日も探しはじめた。外では雪が降り続いている。こんな日はこの農場の家の暖かさと心地よさをいっそう実感する。アグネスは頑として首を振った。「そんなんじゃないわ！　お昼寝の前にはずしたのに、起きたらどこにもなくなっていたのよ」アグネスは記憶力こそ低下しているが、それ以外はとても聡明だ。

アグネスと同居するようになったのは、四ヶ月前、住み込みの付き添い募集の広告に私が応募したのがきっかけだった。オーストラリア出身の私はイギリスにやって来て、住みかを確保するためにパブで住み込みの仕事をしていた。仕事は楽しかったし、店のスタッフや地元の人たちの間にいい友人もできた。バーの仕事を身につけていたおかげで、イギリスにやってきた時もすぐに働けた。それはとてもありがたかったけれど、私はそろそろ変化がほしくなっていた。

海外に出る前の二年間、私はどんな絵はがきよりも美しい熱帯の島で暮らしていた。それ以前は、金融業界で一〇年以上働いていたのだが、週五日、九時から五時までの八時間労働という単調な毎日から解放される生活を、試してみずにはいられなくなった。

休暇のときに、私は姉妹の一人と、スキューバダイビングの免許を取るために、クイーンズランド州の北部の島にやって来た。姉はダイビングのインストラクターに熱心に話しかけていた。そのおしゃべりはもちろん私たちがテストに合格するには役立ったけれど、私はその間に島にある山に登った。そして空にそびえ立つ巨大な石のような岩山のてっぺんに座って思わず微笑んだとき、私は不意に悟った。私は島で暮らしたい。

四週間後、私は銀行を辞めていた。持っていた物は全部、売るか、実家の農場にある納屋に送った。地図を見て、単に場所的に便利だという理由で二つの島を選んだ。この二つの島については、場所と、どちらの島にもリゾート地があること以外は何も知らない。何しろ、この当時はまだ、あらゆることについて一瞬ですべてを調べられるインターネットなどなかったのだから。私は求職の手紙を投函し、未知なる土地が待つ北へと向かった。一九九一年。オーストラリアに携帯電話が普及するのも、まだ数年先のことだ。

こうして島へと向かって出発した私はすぐに、慎重になれと無防備さを警告された。ヒッチハイクをして車に乗せてもらい、行きたいと告げた町とは違う方向の、まったくどこだかわからない泥道を走っているのに気づいたとき、私の頭の中で警告のベルが鳴ったのだ。このとき、もう二度と親指を上げて車を止めることはしまいと決めた。視界から家が消えていき、周囲の藪が深くなり、どう見ても普段はほとんど車が通っていなそうな泥道に入った頃、この男は自分の家を見せたいと言い出した。幸い、私は気を強く持って意志を曲げず、男を何とか説得してその場から逃れることに成功した。ようやく目的の町に着いて慌てて車を降りるときに、何度かべたべたしたキスをされそうになっただけですんだのだ。その後、ヒッチハイクはしていない。

それからは公共交通機関だけを使ったが、これもまた違う意味でスリリングだった。なにしろ自分の行き先がよくわからないのだから、かなりの冒険だ。暖かい土地へと向かいながら、あちこちのバスや電車に乗るうちに、自分は行く先々ですばらしい人々に出会う運命になっているのだと実感した。旅をはじめて数週間後に母親に電話すると、私が選んだ二つの島のうちの一つでの仕事があるという手紙が来ていると母は教えてくれた。この時、銀行での単調な仕事からどうしても逃れたかった私は、愚かにもどんな仕事でも喜んでしますと言ってしまった。そして数日後、私は美しい島に住んでいたが、汚れた鍋と釜を洗うのに手一杯だった。

それでも島での暮らしはすばらしかった。毎週月曜日から金曜日の単調な仕事から私を解放してくれたばかりでなく、今日が何曜日なのかも見事に忘れさせてくれる。皿洗いというそっけない名前で呼ばれているこの仕事を一年間した後、私はなんとか、カウンター内の仕事をさせてもらえるようになった。キッチンにいるととても楽しかったし、オリジナル料理を作るための豊富な知識も身につけられた。けれど熱帯の、エアコンがないキッチンで働くのは暑くてきつく、汗だくになる。それでも壮観な熱帯雨林を探険したり、ボートを借りて近くの島までクルーズしたり、スキューバダイビングをしたり、あるいはただゆったりと楽園を満喫して過ごした。

カウンターの中へ入れてもらおうとがんばったおかげで、私はその後誰もがうらやむ仕事をすることになる。静かな青い海と白い砂、揺れるヤシの木というすべてが揃った、完璧な百万ドルの景色を眺めながらのこの仕事には、難しいところなどない。お客さんは人生最高の休日を楽しんでいる幸せな気分の人たちばかりだったし、旅行のパンフレットの写真に撮れるようなカクテルを作る腕も上達した。銀行に勤めていた頃の生活とはまったく違う暮らしだ。

ヨーロッパから来たある男性に会ったのも、カウンター越しだった。彼は自分の印刷会社で働かないかと誘ってくれた。私はいつも旅への憧れを抱いていたし、島での生活ももう二年が過ぎていた。そろそろ変化が欲しかったし、また自分を知らない人たちの間で暮らしたくなっていた。毎日毎日、一日じゅう同じ人々に囲まれて暮らしていると、一人の時間が欲しくなってくる。

二年ほど島で暮らしてからオーストラリア本土に戻れば、誰もがカルチャーショックを受けるだろう。それどころか私は言葉さえ話せない外国に飛び出していったのだから、どう控えめに言っても大胆だった。この時の数ヶ月の間に親切な人に何人も出会った。だから私は行ってよかったと思っている。けれどやはり私は自分に似た考え方をする友人がほしくなったので、けっきょくその国を出てイギリスへ向かった。到着したとき、私の所持金は、イギリスで唯一の知人のところへ行くためのチケットをようやく買えるぐらいだった。そしてチケットを買ったあと、残金一・六六ポンド（刊行時のレートで約二二〇円）の状態で、人生の新たな章をはじめたのだ。

頼みの綱である知人ネヴは、にっこり笑う笑顔が素敵な男性で、カールした白い髪は薄くなってきている。ワイン好きで、知識も豊富な彼は、ハロッズのワイン売り場というまさにぴったりの職場で働いていた。この日はハロッズの夏のセールの初日だった。夜行フェリーでドーバー海峡を渡り、港からそのままやって来た私は、混雑した高級店では、うろついている浮浪者のように見えたに違いない。

私はカウンター越しににっこり微笑みながら言った。「こんにちは、ネヴ。ブロニーです。一度お会いしてるんだけど。フィオナの友達です。何年か前、あなたはうちの椅子の上で寝ました」

「そうだったね、ブロニー。どうしたんだい？」彼の言葉を聞いて、私はほっとした。

「何日か泊まれる場所が必要なの、お願い」私はかなり期待をこめて言った。

ネヴはポケットに手を突っ込んで鍵を取り出しながら答える。「いいよ。これを持っていって」こうして私は彼のソファで寝かせてもらえることになり、家までの行き方を教えてもらった。

私は断られる心配などせずに頼んだ。「一〇ポンド貸してもらってもいいかしら？」彼はためらうことなくポケットから一〇ポンドを取り出した。ありがとうと言うと彼がにっこり笑ってくれたので、私は安心した。こうして宿と食物が手に入ったのだ。

仕事をもらおうと思っていた旅行雑誌がその朝発売だったので、私は一冊入手すると、ネヴの家に行き、電話を三本かける。そして翌日の午前中にはサリー州のパブで面接を受け、その日の午後にはその店に住んでいた。完璧だ。

それから二年の間、私は友人とロマンスに恵まれて暮らした。楽しい時間だった。村の暮らしは私に合っていた。島での暮らしに似ているところもあったし、私は周囲の人たちが大好きになった。ロンドンからそれほど遠くなかったので、思いついたら頻繁に気軽に出て行けたし、行けばだいたい心から楽しめた。けれどもっと遠くへの旅が私を呼んでいた。

私は中東を見てみたいと思っていた。冬の長いイギリスでの暮らしはいい経験だから、あと二回ぐらいなら喜んでここで冬を過ごしたい。オーストラリアの長く暑い夏とはまさに正反対だ。けれどここに居続けるか移動するかの選択をすることになり、私はもう一冬ここで過ごすこと、そして旅の資金を貯めることを決意した。そのために、パブに行くのをやめ、毎晩人と出歩く誘惑から離れる必要がある。もともと私はお酒をそれほど飲まなかったのだが、このとき以来、まったく飲まないことにした。それでも毎晩出かけていたら何かとお金が出ていくから、旅の資金など貯まらない。

この決意をしてすぐに、アグネスの付き添いの仕事の募集広告が目に留まった。場所がパブのあるサリー州のすぐ隣の州だったからだ。雇い主ビルは酪農家で、最初の面接で私が農場育ちであることを知り、採用してくれた。ビルの母親アグネスは八〇代後半で、肩までの長さの髪は白髪まじり、明るい声で話し、お腹がぽっこりと出ていて、ほぼ毎日、ずっと同じ赤色と灰色のカーディガンを着ている。農場はサリーから車で一時間しか離れていなかったので、休みの日には簡単にみなに会うことができた。けれど農場に入ると、まるで別の世界にいるような気がした。近くには何もないここで、日曜日の夜から金曜日の夜までずっとアグネスと過ごす。午後の二時間の休憩では誰かにゆっくり会うこともできない。それでも時々この休憩の間に、イギリス人の彼と会っていた。

彼、ディーンは魅力的な人だった。私と彼は最初の最初、はじめて会ったその瞬間からユーモアで結ばれていた。音楽好きなことも二人の共通点だった。彼と出会ったのは、サリーにやって来た日の、パブの面接のすぐ後だった。そしてすぐに、相手と知り合うことで互いの人生がもっと豊かで楽しくなるとわかった。残念ながら、この当時私が一番長い時間を過ごした相手はディーンではない。私はいつもアグネスと二人で雪の中に引きこもり、だいたいはアグネスの歯を探すのに忙しかった。こんな狭い家で、こんなにいろいろな場所に入れ歯を置き忘れることができるのは驚きだった。

アグネスはプリンセスという一〇歳のジャーマンシェパードを飼っていた。プリンセスはありとあらゆるところに毛を落とす。とてもおとなしい犬で、関節炎で後ろ足に力が入らなくなっていた。この犬種には出やすい症状らしい。入れ歯を探しているとき、私は過去の経験から考えて、プリンセスのお尻を持ち上げてみる。今日はここではないらしい。以前、プリンセスが歯の上に座っていたことがあったから毎回探す価値はある。暖炉のそばで寝ていたプリンセスは、立派なしっぽを振ると、ちょっとした邪魔が入ったことなどすぐに忘れ、夢の続きに戻った。捜索を続けていると、アグネスと何度も出くわす。「ここにはないわ」寝室でアグネスが大声で言う。「ここにもないわ」私はキッチンで応える。それでもその後、私は寝室を探し、アグネスはキッチンを探した。この家にはたくさん部屋があるわけではないから、私たちは同じ場所を何度も入念に探すのだ。けっきょくこの日、入れ歯は寝椅子の脇にある編み物の袋の中にまぎれこんでいた。

アグネスは入れ歯をはめ直しながら言う。「あなたって頼りになる人ね。こっちに来たんだから、一緒にテレビを観ましょう」これはアグネスがよく使う手だ。私はにっこりして彼女についていった。長年一人暮らしをしてきた老婦人にありがちだが、アグネスは人と一緒に過ごしたがる。本を読むのは後でもいい。うまくいっているときは、私はこの仕事が厳しいとはまったく思わなかった。彼女の相手をするだけだし、時間外に対応を求められたって問題ないでしょ、そう思っていた。

入れ歯はこれまでにクッションの下、洗面所の引き出しの後ろ、キッチンの食器棚に納められたティーカップの中、アグネスのハンドバッグの中など、あちこち信じられないような場所で発見されてきた。テレビの後ろや暖炉の中やゴミ箱、冷蔵庫の上、アグネスの靴の中などで見つかることもある。それに、もちろん、プリンセスのお尻の下ということもあった。

私は個人的に変化が好きだが、決まりきった毎日が向いている人はたくさんいる。決まりきった日々を送ることには良いところもあり、年を取ると、たくさんの人がその方がうまくやっていける。アグネスには毎日の日課の他に、毎週同じ曜日にする予定があった。毎週月曜日は病院に行き、血液の定期検査を受ける。毎週まったく同じ時間に予約を取る。予定は一日に一つで十分だ。それ以上詰め込むと、午後は休み、編み物をして過ごすというペースが乱されてしまう。

晴れの日も雨の日も雹《ひょう》の日も、私たちが行くところには必ずプリンセスもついてくる。まずピックアップトラックの後尾扉《テイルゲート》を開ける。老犬は常にしっぽを振りながら、辛抱強く待っている。プリンセスはりっぱな犬だ。それから私は後尾扉にプリンセスの前足を載せてやり、次にさっと後足をつかんで、身体全体を乗せてやる。後足で立っていられなくなるともう一度やり直しになるので、これはすばやく行なわねばならない。そして私はその後のお出かけの間ずっと、身体じゅう砂色の犬の毛だらけでいなければならない。

降りるときも手助けは必要だが、もっと簡単だ。プリンセスは前足が地面に着くように自分で車から身を乗り出し、私が後足を降ろすのを待つ。このとき、途中でアグネスが私の助けを必要とした場合、プリンセスはその宙ぶらりんの姿勢でうずくまったまま、私の手が空くのを待っている。地面に降りてしまえば、何の苦もなく、貫禄のある立派なしっぽを常に振りながらうれしそうに歩いていく。

火曜日は近くの村で食料品の買物をする日だ。その後私が仕事で関わったお年寄りの多くはとても倹約家だったが、アグネスはその反対だ。彼女はいつも私に何か買ってくれようとする。だいたいは私がいらない物や欲しくない物だった。どこの店の通路でも、同じ二人組の女性、片方は年寄りで片方は若い私たちが言い争っている光景が見られたはずだ。二人ともにこにこしていて、ときには声を上げて笑うが、どちらも頑として譲らない。けっきょく最後には、アグネスが買ってくれようとした物の半分は受け入れることになる。それは菜食主義者《ベジタリアン》向けのいろいろなごちそうだったり、輸入物のマンゴーだったり、新しいヘアブラシだったり、シャツだったり、時にはひどい味の歯磨きだったりした。

水曜日はビンゴ大会の日で、やはり地元の村に出かけていく。アグネスの視力は衰えていたので、私がアグネスの目になってビンゴを確認する。彼女は数字は問題なく見えたし、耳はかなりよかったのだが、数字を消す時は必ず、念のために私に確認した。私はそこにいるお年寄りたちがみな大好きだった。二〇代後半だった私は、会場にいる唯一の若者だから、アグネスはとても得意気だった。彼女はみなに私のことを話すときは〝お友達〟と言う。「昨日お友達と一緒に買物に行って、新しい下着を買ってあげたのよ」アグネスはビンゴ仲間のお年寄りたちみなに向かって、まじめな顔で誇らしげに発表する。

みながうなずきながら、微笑みかけてくれている間、私は黙って座ったまま、「ああ、最悪」と思っていた。

アグネスはさらに続ける。「今週、オーストラリアにいるこの人のお母さんから手紙が来たの。あちらは今とても暑いのよね。それからこの人の甥っ子が生まれたのよ」またもやみなうなずき、微笑みかけてくる。

私はすぐに、アグネスに自分のことを話すときは、どこまで話すかをよく考えることを学んだ。

そうしないと私の生活がみなに知られてしまう。それは嫌だった。遠くにいる母が私を甘やかそうと、かわいいランジェリーなどのプレゼントを贈ってくれたときなどは特に。けれどアグネスに悪気はなかったたし、愛情ゆえの行動だった。だから私は、アグネスのせいで時々顔を赤らめたり、困惑したりすることがあっても我慢できた。

木曜日だけは、昼食をまたいで外出する。もちろんプリンセスも一緒に。二人と一匹にとって、これは大きな外出だった。私たちは車でケント州に行き、アグネスの娘さんと昼食をとるのだ。イギリス人の感覚では五〇キロメートル離れた場所は遠くだが、オーストラリア人にとっては道をちょっと行ったところでしかない。この距離感の違いは間違いなく環境によるものだろう。

イギリスでは三キロメートル走れば全く別の村に入っている。言葉のアクセントがまるで違うし、生まれた時から元の村に住んでいたとしても、こちらの村に知り合いは一人もいないだろう。オーストラリアでは、パンを一斤買うために八〇キロメートル車を走らせることもある。隣の家がとても離れている場合、ちょっと挨拶するためにも電話や無線機を使わねばならないこともあるが、それでも互いに隣人だと思っている。私が以前働いていた、ノーザンテリトリーのある地区はとてもへんぴなところで、最寄りのパブに行くにも飛行機で行かねばならなかった。ここの小さな空港は、夕方早くに一人乗りや二人乗りの飛行機でいっぱいになり、朝には空になっている。みな自宅の農場に、半分酔っぱらったまま操縦して帰ったのだ。

だから木曜日の外出は、アグネスにとってはまさに一大イベントだったが、私にとってはのんびりした気持ちのいいドライブだった。アグネスの娘さんは優しい女性で、昼食は楽しいひと時だった。母娘はいつもプラウマンズランチというイギリスのパブによくある野菜たっぷりの軽食を選び、牛肉とチーズとピクルスを食べていた。イギリス人のピクルス好きにはよく驚かされた。

けれどイギリスは菜食主義者にも優しい国だ。だから私は食事を選ぶとき、それほど制限されなかった。とても寒かったので、私はいつも身体が温まるスープやたっぷりしたパスタ料理を頼んでいた。

金曜日はほとんど家から離れずに過ごす。アグネスの家は農場内にあり、直営の肉店もあった。農場の経営は息子二人が行っていた。金曜日の午前中の行き先は、この肉店だ。アグネスは時間をかけて、すべての商品をじっくり見たいと主張するが、けっきょく買う物は毎週まったく同じだった。お店の人は家に届けようかと言ってくれるが、アグネスは断る。「どうもありがとう。でもここに来て、自分で選ばなければいけないの」と彼女は毎回、礼儀正しく答えている。

この当時、私は菜食主義者《ベジタリアン》だった。今は完全菜食主義者《ベーガン》になっている。けれど、こうした農場での暮らしは、育った環境に近い。私は肉食の擁護はしないが、農場の仕事や生活ならよく知っている。もともとなじみのある世界だから。

アグネスと私は肉店からゆっくりと歩いて戻る。途中で納屋の中を通り、働いている人たちや乳牛たちに声をかける。アグネスは杖を手にゆっくりと一歩一歩進み、私はその傍らを歩き、プリンセスは後ろからついてくる。どんなに寒くても関係ない。ただもう一枚重ね着するだけだ。金曜日にはこうして必ず肉店に行き、納屋の乳牛を訪ねていた。

イギリスとオーストラリアでは乳牛の扱いが違うのには驚いた。イギリスの乳牛は暖かい納屋の中にいて、一頭一頭手をかけられている。オーストラリアの乳牛はイギリスの冬に耐える必要がないせいもあるが。けれどこうして牛が一頭一頭大事に扱われている様子を知るうちに、私はひどく悲しくなった。そのうちに、たぶん自分たちが肉店でこの牛たちの肉を買うことになるのを知っているからだ。このことを受け入れるのは難しく、私にはいまだにできない。

実家では菜食主義問題でよく議論になった。私は黙っていようとしていたし、家族が選んだライフスタイルは尊重していたのだけれど。私は菜食主義者だったときも、完全菜食主義者になってからも、自分の主張を人に強要するタイプではない。すべての人には自分が納得したやり方で生きる権利があると思い、それを尊重している。誰かに尋ねられた時しか、自分の主義を主張しないが、訊かれれば喜んで説明する。本当に興味を持ってくれていると思うからだ。こちらが挑発したわけでもないのに、ほとんど初対面の肉食者が、私が肉を食べない選択をしているというだけで攻撃してくるのは本当に興味深い。これも私が静かな菜食者でいようと決めた理由の一つなのかもしれない。私はただ穏やかに生きたいだけだ。

だからなぜ菜食主義になったのかとアグネスが訊きはじめたとき、私はためらった。彼女はそもそも農場の収入がなければ生きていけない。私もそれは同じだったと思う。すぐにそこまで考えたわけではないけれど。私はただ、お金を貯めたかったから、それにこの老婦人の生活を明るくしたかったから、この仕事をはじめたのだ。

けれどアグネスは質問をやめなかった。だから私はどれだけ動物が好きなのか、それにもうすぐ死ぬのだと悟ったときの牛の鳴き声がどれだけ普段と違うのかに気づいたときのことを話した。

それで終わりだった。アグネスはその場で自分も菜食主義者になると宣言した。私は思った。「ああ、大変。アグネスの家族にこれをどう説明しよう?」すぐに私は彼女の息子とこのことを話した。すると彼はアグネスに、今後も肉を食べてほしいと伝えた。アグネスの気持ちはなかなか変わらなかったが、最後には、大型の家畜の肉は週に一日、魚は週一日、鶏肉も週一日だけ食べることに同意した。私が休みの日には家族が彼女の食事を作るので、そのときに家畜の肉を食べてもらうことになった。

その後、私の信念は当時より強くなり、今では肉の調理を伴う仕事を受けることなど考えられなくなっている。しかし当時はまだ肉の調理をしていて、その作業が嫌だと思っていた。いつも、この肉はかつて美しい生き物だったのだと悲しくならずにいられないのだ。だからこの取り決めはただうれしかった。私は魚も鶏も動物だと考えているけれど。

その後、アグネスはその場をおさめるためだけに息子ビルに同意したことがわかった。本当は何曜日だろうと、どんな肉も食べるつもりはなかったのだ。だから私はその冬の間と春になってから二ヶ月間、ナッツケーキや卵白を使ったスープ、カラフルな炒め料理、おいしいピザなどの菜食主義のごちそうをアグネスと自分のために作った。そんなことはしなくても、アグネスはずっとゆで卵や、それにもちろんベークドビーンズばかり食べていても満足だっただろう。そもそもアグネスはイギリス人で、イギリス人は豆が大好きだから。

雪が溶け、ラッパズイセンが花開くとともに春がやって来る。日が長くなっていき、青空が戻ってくる。農場は活気を取り戻し、生まれたばかりの仔牛たちがまだ不安定なか細い脚で走り回る。小鳥たちも戻ってきて、毎日さえずりを聴かせてくれる。プリンセスの抜け毛がさらに激しくなる。アグネスと私は冬のコートと帽子を脱いで、春の日射しを楽しみながら、さらに二ヶ月ほど同じ毎日を繰り返した。まったく違う世代である私とアグネスは、女同士、毎日腕を組んで、引き続き笑いながら、一緒に過ごした。

けれど旅が私を呼んでいた。いつか私が去っていくことはアグネスも私も最初から知っていた。ディーンに会えないのもさみしかった。もう週末だけでは一緒に過ごす時間が足りなくなっていたので、一緒に旅に出たいと二人とも強く願っていた。ほどなく、私の後任を募集する広告が出され、私たちの時間は終わりに近づいてきた。この二ヶ月間のアグネスは素敵で、私にとっては特別な時間になった。そもそもこの仕事に就いたのは、主に旅に出たいという望みを叶えるためだったが、付き添いはすばらしい仕事だ。

私にとってはビールを注ぐよりずっと楽しい仕事だった。同じ歩くのを支えるのなら、年老いたか弱い人を支える方が、若い酔っぱらいより、もしくは年老いた酔っぱらいを支えるよりもいい。若い酔っぱらいも年老いた酔っぱらいも、島で働いていたときにもイギリスのパブで働いたときにも、もう十分に支えた。汚れた灰皿や空になった1パイントグラスをさげるよりも、老婦人の入れ歯を探す方がずっといい。

ディーンと私は中東に行った。自分たちとは大きく違うけれど、魅力的な文化に私は驚嘆した(それにおいしい料理をたくさん食べた)。この遠い地で一年ほどすばらしい時間を過ごしてから、私はイギリスに戻り、アグネスを訪ねた。私の後任もオーストラリア人の若い女性で、アグネスが寝椅子で眠りこんだ後、私は彼女と楽しく長いおしゃべりをした。彼女はいろいろなエピソードを話してくれ、面接のときにビルが最初にした質問には少し困惑したと教えてくれた。どんな質問かと訊いた私は、その答えを聞いて大笑いした。

ビルの最初の質問は、「君は菜食主義じゃないよね?」だったのだ。

予想外の仕事

私はイギリスと中東で何年か過ごしたあと、ようやく愛するオーストラリアに戻った。旅は人を変えるものだけれど、私も違う人間になっていた。再び金融業界で働きはじめたが、すぐにもう自分はこの仕事では満足できないとわかった。今となっては、仕事で楽しいところは接客しかなかったし、どこの町へ行っても簡単に職に就けるから、私は一つの職場に落ち着けず、とても憂鬱だった。

それにこの頃、創造的なアイデアがあふれ出てくるようになった。帰国後のある時、パースのスワン川の岸辺に座り、二つのリストを作った。一つは自分が得意なことのリスト。もう一つはしていて楽しいことのリスト。このリストを作ったおかげで、自分には芸術志向があることに気づいた。二つのリストに共通していたのは創造的な才能だけだった。

「芸術家になることを考えてみようかしら?」私は考えた。幼い頃、身近に音楽家がいる環境で育ったのに、「ちゃんとした仕事」というのはお堅い仕事だという考えを家族に植えつけられていた。私がなぜ、九時から五時までのまじめな銀行員として落ち着いていられないのか、家族には理解できない。銀行員は「ちゃんとした仕事」だ。そして「ちゃんとした仕事」は少しずつ、けれど確実に私を殺していく。

自分が得意で、しかも楽しめることは何だろうと考えているうちに、それは徹底的な魂の探求に発展した。自分の中のすべてが変わっていく苦しい時間だった。そしてついに、私は心のこもった仕事をするべきだという結論にたどりついた。頭だけを使う仕事では心が満たされず、空っぽになってしまう。だから文章を書くこと、写真を撮ることで創造力を高めていき、その結果、長い回り道の末に行き着いたのが自作の曲を歌うことだった。この間ずっと、派遣の仕事が多かったけれど、私はまだ銀行で働いていた。もうフルタイムの仕事に縛られるのには耐えられなかった。

パースはどこに出るにも遠い。それを我慢しても住みたいほどこの街が好きだったけれど、兼ねてから東部の州に行ってみたかったから、そちら方面へのアクセスが良いところに住みたいと強く思うようになった。ナラボアー平原を越え、フリンダーズ山脈を抜け、グレートオーシャンロードを走り、ニューイングランドハイウェイを北上するうちに、クイーンズランドが束の間の我が家になっていた。この時期もいろいろな仕事をし、その中にアダルト映画チャンネルの申し込み電話の受付というのがあった。この仕事ではときどき金融業界ではあり得ないような面白い出来事がある。

「もしもし」

沈黙。

「夫の代わりに電話したんですけれど」

「では『ナイト・ムービー』への申し込みをご希望ですね」こんなときは、相手の女性を安心させるような素直な親しみやすい口調で対応する。

「どんな感じなの？　えーと、君は全部観たのかい？」と訊いてくる男性たちには、「申し訳ございません。私は観ていないんです。けれど一晩六・九五ドルで観られる試聴プランがございます。ご覧になってからもう一度お電話をいただければ、月会員になっていただけます」

そしてもちろん「今何色の下着をはいているの？」というのは予想通り。そんなときはプツン。こちらから切る。けれどこんなことでくすくす笑う時期が過ぎてみると、この仕事も単なるオフィスワークでしかない。他のスタッフと親しくなれたから、前の仕事より楽しかったけれど、変化を求める気持ちは消えなかった。

私たちは私の故郷であるニューサウスウェールズ州に戻った。私たち、というのは、オーストラリアに帰国したとき、イギリスから一緒に中東に行ったディーンがついてきたからだ。そしてディーンとの関係は、ニューサウスウェールズ州に移り住んですぐに終わった。ディーンとはもう何年も深く愛し合ってきたし、その間ずっと親友同士でもあった。二人の仲が壊れていくのはとてもつらかった。けれどライフスタイルの違いがたくさんあることから目をそらしたり、笑い飛ばしたりすることはもうできなかった。

私はベジタリアンで、彼は肉食者だ。私は平日ずっとオフィスで働いているから、週末はとても外に出たい。彼は平日外で働いているから、週末はずっと室内にいたい。違いは次から次へと出てきて、まるで週末ごとに増えていくみたいだった。片方が楽しいと思うことを、相手は楽しめない。音楽を愛する気持ちがかろうじて二人を結びつけていたから、それでもしばらくは一緒にいられた。でもけっきょくは今まで通じていた言葉が通じなくなり、二人ともそれぞれに失ったものを思って苦しみながら、かつては一緒に見ていた夢が目の前で崩れていくのを見ているしかなかった。

二人の仲がついに終わり、悲しみが襲ってきたときはつらかった。私は身体を丸め、横になってすすり泣き、やり直せたらいいのにと思いながらも、それが無理なのを本当はわかっていた。それぞれの人生が別の方向に動いている今、私たちの関係は二人のためにならず、かえって邪魔になっている。

私は自分の人生とはなんなのだろうかと追い求め、その結果、仕事の問題が大きいと思うようになった。私は気づいた。アーティストとして生きる道は、活動にはずみがつき、正当に評価されるまでがとても厳しい。だからそうなるまでの間の生計の手段を見つけなければならない。いつかは創造的な仕事で生きていけるようになるだろう。夢見ることができるなら、必ず実現できるはずだ。

けれどまたお金を稼がなければならないし、その仕事は私が心から打ち込めるもの、自分を偽らずにできるものでなければならない。銀行にいた頃は商品を売らねばというプレッシャーがとても大きかったし、その後私は大きく変わった。もうあの業界にはなじめない。以前だって、本当になじんでいたのかどうかわからない。自分の創造力を模索する旅を続けてみよう。今はまた住み込みで付き添いの仕事をするのがいいだろう。そうすれば、家賃に苦しめられなくてすむし、決まり切った毎日に窮屈な思いをしなくてもいい。

本当の自分を探し求めて長年の旅をした末にここにたどり着いたのに、このときはあっさりと決断できた。付き添いの仕事を選んだ理由は単純だった。創造的な仕事を目指すのに役立つこと、心から打ち込める仕事であること、そして何よりも家賃なしで暮らせること。心をこめて仕事をしたいという思いがここまでかなうとは予想していなかったし、それから先の数年間が自分の人生やキャリアにおいて、こんなにも重要な時間になるとは思ってもいなかった。

そして二週間も経たないうちに、私はシドニーでも一番の高級住宅地にある港を望む家に住み込んでいた。患者はルースという女性で、キッチンで意識不明の状態で倒れているところを兄に発見されたという。ルースは一ヶ月以上入院した後に、二四時間の介護を条件に退院を許されていた。

私の介護経験と言えば、何年も前にアグネスの付き添いをしたことしかない。派遣会社には病人の面倒を見たことはないと、正直に話したが、問題ないと言われた。住み込みを嫌がらないヘルパーは便利なので、逃したくなかったのだろう。「仕事をわかっているふりをすればいいし、何か助けがいるときには連絡して」これにはびっくり。介護の世界へようこそ、というわけだ。

私は相手の気持ちになって考えることなら元々得意なので、新人にしてはうまく仕事をこなせたと思う。私は今は亡き、大好きな祖母に接するのと同じようにルースに接した。ルースにしてあげるべきことが出てきたら、それをするのだ。数日おきに家庭訪問看護師がやってきて、私にはちんぷんかんぷんなことを質問してくる。私は看護師にいつも正直にすべてを話したので、そのうちに薬や自宅介護や医療業界の専門用語を覚えるのをかなり助けてもらえるようになった。

ときどき派遣会社の人たちがやってきて、ルースが満足しているのを見ると安心し、帰っていく。私が時間に追われ、心身共に疲れきっていることなど彼らは知ろうともしない。このときは自分でも気づいていなかった。

家族は私がルースに至れり尽くせりのケアをしているのを見て満足していた。フットマッサージにマニキュアにフェイシャルケア、それにベッドサイドのテーブルでお茶を飲みながらの楽しいおしゃべり。さっきも言ったとおり、私はルースを自分の祖母と同じように扱っていた。それ以外のやり方を知らなかったのだ。

ルースは夜でもおかまいなく何度もベルを鳴らすので、私はいつも即座に階段を駆けおり、ベッドの脇にある室内便器に座らせて排泄させる。

「まあ、あなたって素敵だわ」私が部屋に入っていくと、彼女はいつもそう言ってくれた。素敵だと思ってくれたのは、私が寝るために髪をお団子にしていたからというときもあったが、そういうときは単に疲れ切っていて、髪をほどいて来なかっただけだ。ルースは私のネグリジェも「素敵」だと言ってくれたけれど、このネグリジェは母にどうしてもと持たされたものだ。

母にこう懇願されたのだ。「そのご婦人のお宅で、裸で寝たり、古くなった服を着て寝たりしちゃだめよ。お願いだからこれを持っていって、必ず着ると約束してちょうだい」だから私は愛するママの願いを尊重し、サテン地のネグリジェを着てベッドに入るはめになっていた。その「素敵」な私は、目をなんとか開けようとし、この疲れきった状態から解放されたいと熱望しながら、一晩に四回から五回は夢遊病のようにふらふらとルースの寝室に歩いていく。朝になって次の日がはじまっても、一日中ルースに呼ばれるから、何時間も眠れることなどほとんどない。ルースが午後の昼寝をしている間もやることはたっぷりあった。

ルースは室内便器に座っている間も話をしたがる。何年も一人暮らしをしてきたので、誰かに注意を向けられたがるのだ。ルースとのつきあいは楽しいけれど、午前三時、ただただベッドに戻りたいと身体が求めているときに、三〇年前のこういうパーティでこんなカップのセットを使ったのよという話を聞かされるのは、やはりつらい。

ルースと過ごした数週間、彼女は湾を望むこの町での長年の暮らしや、波止場で遊び回っていた子どもたちのことを話してくれた。静かな街の通りを荷車を引いた馬が牛乳やパンを運んでいたという。日曜日には頭のてっぺんからつま先まで一張羅で固めた人たちが近所を行き交っていた。ルースはまだ小さかった頃の子どもたちのこと、ずっと前に故人になっている夫のことも話してくれた。毎日か一日おきぐらいに顔を出してくれる娘へザーはとても楽しい人で、彼女に会うのはいい気分転換になる。息子の一家は遠くの田舎町に住んでいるが、へザーが一言もふれないから、彼の事はすぐに忘れてしまった。彼は母ルースの今の生活にかかわっていないのだ。

夫に先立たれてからのルースを二〇年以上しっかりと支えてきたのはへザーだ。ルースの兄ジェームズも彼女を支えている。毎日午後、同じ時刻になると、一マイルほどの距離を歩いて自宅からやってくる。ジェームズの姿を見て時計を直すことができるぐらい正確だ。いつも同じセーターを着ているジェームズは、もう八八歳で、一度も結婚したことがない。とても頭の良い素敵な人だから、私は彼と知り合えたこと、そのシンプルな生活の一部を共に楽しめたことがうれしかった。

けれどルースの病状は回復しておらず、ひと月経っても寝たきりのままだった。さらに検査をした結果、彼女はもう助からないと私は告げられた。

私は涙で視界をかすませたまま波止場へと歩いていった。すべてが現実に思えない。浅瀬で子どもたちが遊んでいる。湾に浮かぶ歩道橋は上を歩く幸せな人たちの歩くのにつれてかすかに揺れている。街の中心部にあるサーキュラーキー埠頭に向かうフェリーたち。ピクニックをしている人たちが笑いさざめく声が響く中、私は夢の中にいるような気分で歩いていた。

砂岩の壁にもたれて座ると、海の水に足がふれそうだった。美しい空を見上げる。この日は雲一つなく晴れた冬の日で、太陽の光が慰めるように暖かく降り注いでいた。シドニーはヨーロッパと違い、冬でも凍えるようなことはない。薄手のコートで十分な気持ちのよい日だった。ルースとこんなに親しくなったのに、その彼女が亡くなったら自分がどれだけつらいかと思うと、涙が止まらない。私の最初の反応は、ルースを失う衝撃だった。健康で楽しそうな人たちばかりをたくさん乗せたヨットが行き過ぎる前で、私は涙を流しつづけた。それから気づいた。自分がルースを看取ることになるのだと。

幼い頃、実家の牧場では牛を飼っていて、その後羊を飼っていたから、私は動物の死体や死んでいく姿をたくさん見てきた。だから今でも死に触れると、とても心が乱されるが、死というものに縁がなかったわけではない。しかし私が生きている西欧文化の社会では、遺体や死の瞬間を目にすることはめったにない。人間の死が人目から隠すべきものではなく、日々の生活の中ではっきりと目に触れる文化もあるが、西欧では違う。

西欧文化の社会では日常から死を閉め出し、死の存在自体を否定しているのに近い状態だ。そのせいで、死を迎える本人もその家族や友人も、誰しも避けられないものである死に実際に直面するとき、まったく覚悟ができていない。人間はみないつか死ぬ。それなのに死の存在を認めるどころか隠そうとしている。まるで本当に「見えないものは忘れられる」とでも思い込もうとしているみたいに。もちろん忘れることなどできない。私たちは目に見えるもので人生の価値を判断しているから、いつも不安なのだ。

死が迫ってくる前に、誰もが避けられない死に正面から向き合い、受け止めることができたなら、手遅れにならないうちに、人生で大切なものの優先順位を変えることができる。自分にとって本当に大切な事柄にエネルギーを注げる。残された時間が限られていることを意識すれば、たとえそれが何年間か、何週間か、何時間かわからなくても、他人の評価や過大な自意識にそれほど振り回されなくなるだろう。そんなものでなく、自分の心からの望みに従って行動できるはずだ。死は刻々と近づいていて、絶対に避けられないという事実を認識すると、残された時間の中でより大きな目標を達成し、より大きな満足を得るための努力をするようになるのだ。

死を否認することがどれほどの害をもたらしているかを、私はその後思い知ることになる。けれどあのよく晴れた冬の日、ルースがこれからどんな時を迎えるのか、そして介護する私はどんな役割を果たすことになるのかを、まったく知らずにいた。私は砂岩の壁に頭をもたせかけ、強さをくださいと祈った。私は子どもの頃から、様々な困難にぶつかってきたから、この仕事をやりとげる力がなければここに来る運命にはなかっただろうと思っていた。けれどそんな思いも、悲しみや心の痛みをそれほど癒してはくれなかった。

それでもあの日、暖かい日射しの中に座り、静かに涙を流しながら、自分にはしなければならない仕事がある、ルースに遺された日々を私の力の限り、楽しく快適に過ごしてもらわなければという思いだけははっきりしていた。私はそこに座ったまま長い間、これまでずっと人の命について、こういう状況がやってくるという現実からいかに目をそらしていたかを考えた。そしてそれでも私は、自分には喜びや苦しみを人と分かち合える力があり、今、その力を発揮するよう求められていることを、プラスに受け止めていた。ルースの家への帰り道、歩いているうちに、私は強く決意した。今の私の力の限りルースに尽くそう。そして寝不足の解消はその後にすればいい、と。

その日のうちに、派遣会社の人がやってきた。私は今まで遺体を見たことがないし、誰かを看取ったこともないと説明したが、会社の人の耳には入っていなかった。「ご家族はあなたを気に入っている。オーケーだ」

「オーケーだ」はオーストラリアであまりによく聞く言葉なので、私はきっと大丈夫だろうと自分で納得した。この日からルースの病状は急速に悪化していった。これからルースにさらに手がかかるようになるからと、私が休めるよう他のヘルパーも呼んでもらえたので、私は夜勤を免除された。まだ私が介護全体を取り仕切っていたので、何かあると他の介護者たちに呼ばれるものの、これで睡眠を取れるようになった。

それでもこの頃《ころ》はまだひっそりとした毎日で、家にはたいていルースと私しかいなかった。この辺りはとても静かで、下の波止場に面した公園から、木々を通して笑い声が響いてくるのが聞こえる。ヘザーが顔を出してくれるし、ジェームズや、いろいろな医療関係者もやってくる。この状況から学ぶことはたくさんあり、私は仕事を通じてずいぶん成長させてもらったが、このときはまだそれがわかっていなかった。私はただ、するべきことをやり、訊ける人になら誰にでも質問した。

二日間の休暇がはじまる朝、重苦しい日々から少し気分転換するために、街を出ていとこを訪ねようとしていると、寝室から漂ってくるにおいに気づいた。夜勤のヘルパーは気づかなかったか、それともわかっていたけれど片付けたくなくて、交代でやってくる昼間の介護者がやってくれるだろうと考えたのか。こういうことはその後たくさん目撃した。

友人ルースを一刻たりともそのままにしておくことはできなかった。お腹がすっかり下って腸が空になっていたルースは、ぐったりと横たわり、私の呼びかけにも小さくうめくぐらいしか応えられない。主要な臓器が機能しなくなってきているのだ。夜勤のヘルパーが読みふけっていたゴシップ雑誌をしぶしぶ置いて手伝ってくれたので、二人でルースの身体をきれいにし、その身体の下のシーツを替えた。昼の介護者が、やってくるなり荷物を放り出して快く手伝ってくれたのが救いだった。身体をきれいにして休ませると、疲れきっていたルースは即座に深い眠りに落ちた。

その日遅く、いとこと戸外の草むらに座っていても、ルースのことが頭から離れない。ありがたいことに、いとこはいつものように笑わせてくれたから、私は気持ちが明るくなり、出かけてきてよかったと思った。けれど二晩も外泊するのはどうしても無理だった。頭の中はルースのことでいっぱいだったし、彼女がもう長くないことはわかっていた。そしていとこの家に着いてわずか数時間で、派遣会社から電話が入った。ルースが危篤状態なので戻れないかという電話だった。

ルースの家に戻ったのは暗くなる頃で、中に入る前から、家じゅうに重い雰囲気が漂っているのがわかった。ヘザーとその夫が来ていて、昨夜とは違う夜勤のヘルパーがやって来たばかりだった。この人はかわいらしいアイルランド人女性だった。

ヘザーは私に自宅に戻ってもかまわないか？　と訊いた。私は自分がいいと思う事をするべきだと優しく答えた。それなら帰ることにする、と彼女は言った。けれどヘザーが出ていった後、私は最初、彼女の行動を批判的に考えないようにするのに苦労した。自分なら母の最期の時には、何が何でも一緒にいようとするはずだとしか想像できなかった。

どんな感情もどんな行動もどんな思考も、愛か恐れが根源にあるのだといわれている。私はヘザーが帰ったのは恐れのせいだったのだと思うに至り、彼女への共感と愛情がどっと湧いてきた。ヘザーのことは、はじめて会ったときからとても現実的で、どこか冷静な人だとわかっていた。けれど私もこんな状況ははじめてだ。私は自分の信念やそのときの立場のせいで、好感を持った相手がある物事に自分とは違う対処をするからといって、その人を悪く思いたくなかった。

もう一人の介護者エリンと一緒に暗い部屋の中に座っているうちに、だんだんとヘザーの行動を認め、尊重できるようになった。彼女はできることはすべてした。だから後はすべきことをしたまでなのだ。ヘザーは二〇年以上の間、自分の家庭だけでなく母の生活もスムーズにいくように調整してきた。心身共にすっかり消耗しきっている。自分にできそうなことはすべてしたし、それにルースが逝った後、帰り際に見た静かに眠っている姿で母を思い出したいのだろう。私はヘザーの思いを想像し、彼女の選択を受け入れて微笑んだ。

しかしその後数日の間に、ヘザーから聞いた話で、ヘザーはルース本人から帰ってほしいとほのめかされていたことがわかった。ヘザーは母をよく理解していたから、その希望を読み取ることができたのだ。そう、ヘザーがあの家を去ったのは、恐怖のせいなどではなく、母への愛のためだった。その後、私はこれと同じような状況を何度も経験することになる。死を迎える人の中には、家族に看取ってほしいとは思わない人もいる。そういう人たちは、意識があるうちにお別れを言って、家族には他の記憶を心に残してもらい、臨終のときはヘルパーに見送られたいと望む。

エリンと私は死が漂うルースの部屋で静かに話していた。エリンはもしこれが自分の家族だったら、きっとみんなが詰めかけてきて、この部屋がいっぱいになっていただろうと言った。おば、おじ、いとこ、近所の人たち、子どもたち。みながお別れを言い、見送るためにやってくると。やがて二人とも、ふっと黙り込み、ルースを見つめ、そして待った。夜の驚くほどの静けさの中で、私は心の中でルースに愛を送った。エリンと私はまた少し話をし、それからまた黙り込む。エリンは優秀なヘルパーであり、しかもこの場に一緒にいる相手としてもすばらしかった。生まれ持った素質なのだろう。

ふいにエリンが驚いたように言った。「目を開けたわ」ルースは少なくともこのシフトの間は、ほぼずっと半昏睡状態だった。「あなたを見ているわ」

私はベッドに近寄り、ルースの手を握る。「ここにいるわ、大丈夫よ」

ルースは私の目をまっすぐにのぞきこんだ。そして次の瞬間、彼女の魂が身体から離れていった。しばらくの間、身体が震えていたが、すぐに完全に静かになった。

すぐに私の頰を涙が伝った。私は彼女に向かって静かに、一緒に過ごした時間を感謝しています、あなたを愛していた、良い旅になりますようにと心から語りかけた。静けさと愛に満ちた敬虔な瞬間だった。暗い部屋に立っていて、すべての感覚が研ぎすまされていた私は、ルースと過ごした間に、どれだけの恵みをもらったかと考えていた。

すると驚いたことにルースの身体がもう一度、大きな息を吐くように動いた。私は悪態をついて飛び下がる。心臓が猛烈にドキドキしていた。「なに、これ！」私はエリンに言った。

エリンは笑った。「ごく普通のことよ、ブロニー。よくあることだわ」

「そうなの、教えてくれてありがとう」私は呆然としたままエリンに微笑みかけた。心臓が激しく鼓動し、さっきまでの敬虔な感じなど吹っ飛んでしまった。私はおそるおそる、再びベッドに近寄ってみる。「また同じ事が起こる?」私はささやき声でエリンに訊いた。

「起こるかもしれない」

私たちは息もできないほどの静けさの中で、もう少しだけ待った。

「ルースは亡くなったのね、エリン。私にはわかるわ」そして私は言った。

「神の恵みがありますように」

エリンと私は同時にそうつぶやいた。私たちは椅子を引き寄せて、厳かな静けさの中で、ルースへの愛情と尊敬を感じながら座っていた。怖い思いをしたばかりの私は、少し気持ちを落ち着ける必要もあった。

その時が来たらヘザーと派遣会社に連絡するように言われていたので、私は両方に電話をした。時間は午前二時半ごろだった。どちらにも今できることはない。それにこうなったら私がするべきことは事前に指示されていた。だから私は電話して医師を呼び、死亡診断書を書いてもらった。それが終わったら、次は葬儀場に電話する。朝日が上る頃、ルースの遺体は運び出されていった。それまでの間、エリンと私はキッチンに座っていた。ルースの魂はもう旅立ったが、その亡骸を世話しなければと強く感じ、何度か、ルースの様子を見にいった。遺体を部屋に一人きりにしておくのはなんだか嫌だった。臨終の後のこの暗く不思議な時間はどこか特別だ。けれど彼女が逝った後の家には、目に見えそうなほどはっきりと空虚さが漂っていた。

翌日、私は空き家の管理をしてほしいから、ルースの家にいてほしいと頼まれた。ヘザーは不動産関係の処理に何ヶ月もかかるから、その間家を空にしておくより誰かに住んでいてもらった方が安心なのだと言う。こうして私はその後しばらくルースの家に住むことになった。当面の住みかができるから助かったし、すっかり慣れ親しんだ場所にいられて、気持ちの上でもありがたかった。

このときには私は、住み込みの仕事は二四時間休みがなく、とても消耗するとわかった。私は何事もとことんやってしまう性格なので、これからは毎晩家に帰ることでシフトの間に患者と離れる時間を持たねばならない。介護の仕事では単なる付き添い以上のものが要求される。

それから数ヶ月、私はヘザーがルースの物をどこかに移すのを手助けしながら見守った。ルースの物質的な世界が少しずつ撤去されていく。これはみなに起こることだ。私はずっと定住しない暮らしをしてきたから、物をたくさん持つことが嫌だった。だからヘザーは親切に、いろいろな物を私に持っていったらと言ってくれたが、私は断った。ルースの物であっても物は物でしかないし、ルースの思い出は私の胸から消えないとわかっているから。

けれどすっかり惚れ込んでしまった一対のランプだけはいただいて、今も持っている。後にルースの家を買った人は建物を取り壊し、コンクリート製の現代的な家を新築した。何十年もの間家中に夏の香りを漂わせていたプルメリアの木はあっという間に引き抜かれ、そこには細長いプールが造られた。新築祝いのパーティには私も招かれた。

家を買った人たちは庭木に蜘蛛が巣を張るのを嫌がっていた。私とルースはサンルームに座ってジョロウグモが、人間がひょいと持ち上げてくぐっても壊れないくらいに丈夫な巣を張るのを眺めていたものだ。二人が共に愛したもの、共に過ごした時間はすばらしかった。プールの近くに立った時、おしゃれな草や木にすっかり植え替えられている庭の新しい植物のずっと高いところに、ジョロウグモが巣を張っているのを見つけ、うれしくなった。

私はにっこり微笑んでルースを思い、彼女は今日、私のためにここに来てくれたのだと思った。彼女の家がなくなっても、その魂は私と共にある。私は新しい住人に招待のお礼を言い、少しおしゃべりをしたあと、波止場まで歩いた。ルースがもう長くないとはじめて聞いたあの日と同じ場所に座り、彼女とともにしたことすべて、彼女とのかかわりを通して私が学んだことすべてに感謝した。

あの夏の日、私は単に家賃なしで住ませてもらっていた以上に、とても大きな報酬をもらっていた。目の前に広がる幸せな光景を見ながら、私は感謝の思いに微笑みつづけた。そしてルースは、ジョロウグモに目を向けたときに、既に微笑みを返してくれていたのだ。

運命に身を任せる

ルースが亡くなったあと、いくつか不規則なシフトの仕事が舞い込んできた。こういう仕事では、他のヘルパーとはシフト交代の時にごく短い時間しか顔を合わせない。この時が他のスタッフと交流できる貴重な時間だった。一二時間の長いシフトの間、内輪の冗談を言いあって笑うこともなく、会うのは交代の時だけ。接触する人は患者とその家族、それに往診の医療関係者だけだった。

こんな状況では人間関係は本当に患者と一対一になる。そのおかげでときどき読書をしたり、文章を書いたり、瞑想の練習をしたり、ヨガをしたりする時間を取れるようになった。一人きりの時間があまりに長いせいで気が狂いそうになるヘルパーもたくさんいて、患者の家に着いてみると、朝食前の時間なのにもうテレビがついているのも珍しくない。ありがたいことに私は一人で居るのが好きだし、長い時間静かに過ごすのもとても心地がいい。周りに誰か人がいたとしても、終末期の患者がいる家だから、騒々しくはならない。

　並木道のある住宅街のステラの家は、まさにその状態だった。ステラがもう長くないというのは単なる事実以上の重みを持っていた。夫妻は二人とも穏やかで優しい人たちだ。ステラは白く真っすぐな髪を長く伸ばしている。彼女は病に臥せっているにもかかわらず、〝優雅〟という第一印象を与える人だ。夫のジョージは上品な男性で、私をざっくばらんに迎えてくれた。

　家族が余命宣告を受けるのは、それだけで生活が一変するような一大事だ。しかしさらに、二四時間介護が必要な段階に進んだら、それまでの生活など吹っ飛んでしまう。プライバシーも、自宅で二人きりで過ごす特別な時間も、まったくなくなる。

　複数のヘルパーが常に出入りし、夜と昼でシフトを交代する。いつも来る者もいれば、他にも患者を抱えていて、その合間にやってくる単発のヘルパーもいる。だから家族は新しいヘルパーを迎え、それぞれの性格や職業倫理に対処しなければならない。そして私はほどなく、ステラをメインに担当することになった。往診看護師や緩和ケアの医師も訪問してくる。この医師にはその後、いろいろな患者のところで顔を合わせたが、感じのいい、優しくて優秀な男性だ。

　ルースを看取ったあと、派遣会社の人は私にとてもよくやったと言ってくれ、この道を進みたいなら、緩和ケアの研修を受けないかと勧めてくれた。私は自分の人生が今そちらに導かれている気がして、その話を受けた。ルースと過ごした時間と、そこから学んだことに大きな影響を受けた私は、もっと成長し、この分野で経験を積みたいと思うようになっていた。

　研修とは二つのワークショップに参加することだった。そのうちの一つでは、他のヘルパーと共に、正しい手の洗い方を習った。もう一つでは移動介助のやり方の実演を見せられた。私は介護の正式な訓練はほぼこれしか受けていない。そして私はステラの担当として派遣された。派遣会社の女性からは今まで終末期の患者を介護した経験が一人しかないことは黙っているようにと言われた。この人は私が仕事をこなせるだろうと見抜いていた。

私にとって、正直でいることはとても大切だ。けれど患者の家族がいる場で私の経験について訊かれたとき、私はいつのまにか嘘をついていた。どうしても仕事が必要だったからだ。介護スタッフの資格について新しい法律が施行されたが、私は何の資格も持っていなかった。これまでの経験を話して自分のスキルをわかってもらうようなことはできなかったが、ステラの家族には私を信頼し、安心してほしかった。自分がこの仕事をうまくやれることはわかっていた。大切なのは何よりも優しさと直感だということも。だから雇用主の嘘に調子を合わせ、実際以上に介護の経験があるふりをした。それでもやはり嘘のせいで居心地が悪かったから、患者に嘘をついたのはこの時が最後だ。

ステラはとても綺麗好きで、毎日きれいなシーツを敷いてほしいと望んだ。おしゃれでもあり、シーツの色や模様にあった寝間着を着なければ納得しない。ジョージはある時、ステラが着たいナイトドレスに合わないシーツを選んでしまったときは大変だったと笑っていた。私も笑いながら、その後ほぼすべての患者の家族に言うことになる言葉を言った。「それで本人が喜ぶなら」

そしてこの長身で優雅で、死の床にあっても自ら選んだナイトドレスとシーツに包まれているステラはあるとき私に、私の生活について質問した。

「瞑想はするのかしら?」

「はい」私はうれしくなって答えた。こんな質問をされるとは思っていなかった。

ステラは続けた。「どんな瞑想法を実践しているの?」私はそれに答え、彼女は理解してうなずいた。

「ヨガはする?」

この質問にも私は「はい」と答えた。「もっとしたいんですけど、あまり時間がなくて」

「瞑想は毎日しているのかしら?」

「はい。一日二回です」

ステラがしばらく黙ったあとに優しい声で、「ああ、ありがたいわ。ずっとあなたを待っていたのよ。これでようやく死ねるわ」と言ってくれたとき、私は思わず笑みを浮かべた。

ステラは四〇年前からヨガのインストラクターをしている。当時ヨガは西欧社会にはあまり普及しておらず、東洋からやって来た何か奇妙なものだと思われていた。ステラはインドに数回行ったことがあり、熱心に自分の道を探求していた。

当初は周囲の環境が信じている世界とあまりにかけ離れていたので、ヨガの教師を名乗るより、頼まれてエクササイズのインストラクターをする方が多かったという。時とともに社会が成熟し、ヨガが一般の人にもなじみのあるものになってくると、ステラはたくさんの生徒に技と知恵を教えはじめた。

夫のジョージは現役を引退しているが、自宅で少し仕事をしていた。彼は家の中を歩き回るときも静かな人なので、ありがたかった。家の図書室には精神世界系の古典がたくさん並んでいた。読んだことのある本もたくさんあったが、読みたいと思いながらもまだ読んでいない本もたくさんあった。読書家の夢をそのまま形にしたような図書室で、特に哲学、心理学、精神世界に興味のある者にとっては最高だった。私はむさぼるように、できるかぎりたくさんの本を読んだ。ステラはふと眠りから覚めると、何を読んでいるのか、今どこを読んでいるのかを私にたずね、その本について意見を言う。ステラはどの本の内容もよく覚えていた。意識がはっきりしていて長い会話ができることが時々あり、そんなときはいつも哲学について語った。そしてたくさん語りあった結果、私たちの意見はかなり近いことがわかった。

私のヨガの技術はすばらしく上達した。私はこっそりやらなければとか、別の部屋に行こうとか思わなくなった。ステラの寝室に通じるドアはいつも開け放してあったので、新鮮な空気が何にも遮られずに吹き抜けていた。すばらしい職場だ。ステラのベッドの端には飼い猫のヨギというおとなしい白猫が寝そべり、私をじっと見つめている。家の周囲が特に静かになる午後には、ストレッチや呼吸法をすることが多かった。眠っていると思っていたステラが少し目を覚まし、眠りに戻る前に私のエクササイズについてコメントしてくれたり、ポーズをもっとよくするためのアドバイスや、同様の別のポーズをやってみるようにとか、もっと難しくてダイナミックなのをやってみてもいいんじゃないかと言ってくれたりすると、うれしかった。

この頃、私はヨガをはじめて五年ほど経っていた。オーストラリア西部に住んでいたとき、パースの郊外フリマントルではじめたのだ。週に二度、自転車に飛び乗って隣の隣の街であるフリマントルまで通っていた。教師の名前はケイルだった。ヨガを彼から最初に習えたのはとても幸運だったと思う。ケイル自身は晩年になってから自分の道を見つけたという。背中を痛めたことをきっかけに、彼はヨガに惹かれた。これが運命的な転換点となり、彼は天職を見つけた。教えを受けた大勢の熱心な生徒たちにとってはありがたいことだ。

パースを離れたとき、私の人生はしばらく落ち着かなかった。けれどヨガへの思いはずっと変わらなかった。どこに住んでも、私はそこで教室を探し、短期で通うこともあった。けれどケイルに教わったことの続きをできるような教室は見つけられなかった。

ステラの寝室で過ごすうちに、どれだけ自分のヨガができていないかがわかってきた。私はまだ身体の動きと心をつなげることができず、つなげてくれる教師を捜していたのだから。ステラの導きのおかげで、すっかり変わった。その後も教室に通うことはあって、家での練習より少し進んだ。同じような考え方の人たちと知り合ういい機会にもなった。けれど練習自体が進むべき方向を教えてくれるようになった今、自宅での練習で迷うことはなかった。ステラは最後の生徒をしっかり導いたのだ。

ステラが不満だったのは、死を迎える覚悟はもうできているのに、なかなかそのときが訪れないことだった。私はある朝ステラの家に着いて、彼女に気分を尋ねた。すると彼女は、「どんな気分だと思う？　まだここにいるのよ、望んでもいないのに」と言った。

ステラはもう瞑想できなくなっていた。長年精神を鍛錬し、瞑想によって自分とのつながりを体験した結果、もといた場所に戻る日が近づいてきたのも自然なことだと思うようになったという。じっさい、彼女は自分のヨガの実践の密度が増すだろうと考えていた。けれど実践の密度が増したのは、私の方だった。毎日午後彼女が眠りにつくと、私は日課である午後の瞑想をする。後に彼女は私に、「あなたはラッキーね。私、今はとても不満なのよ。瞑想することも死ぬこともできないなんて」と言った。

「あなたがまだここにいるのは、きっと私のためなんです。私がまだまだ教えてもらわなければならないから、その時が来ないんだと思います」と私は言った。

ステラはうなずいた。「それなら納得できるわ」

人と人との関わりがみなそうであるように、ステラと私もお互いを通して学んだ。私が運命に身を任せることについての話題を切り出したことがきっかけになり、ステラはさらに大きな心の平安を得られるようになった。私がベッドの横に座って、過ぎた日の話や身を任せることを学んだ経緯を話すと、彼女は興味深げに聞いてくれた。

私には幸運だけを頼りに生きていた時期がある。私はステラに、何年も前、満タンにしたガソリンと五〇ドルとしばらくどこか涼しい所に行きたいという思いだけを道連れに南へと旅立った時のことを話した。ニューサウスウェールズ州のずっと南の海岸沿いにある街へ行こうと思っていたので、だいたいそちらの方に向かって出発した。途中にいる友人たちをたずね、一日限りの仕事が二回見つかったので、旅を続けられた。これ以前に既にいろいろなところを放浪していてあちこちに友人がいたから、彼らに再会できるのはとてもうれしかった。一〇年ぶりに会った友人もいた。そのうちにようやく目的の街に到着したが、そのときにはお金がほとんどなくなっていた。

山の中のトレーラーハウスキャンプ場は、荒々しい太平洋を望む、町一番の絶景スポットだった。だから私はここで一晩過ごすことにした。ジープの後部座席を取り外し、マットレスを敷く。出発前にカーテンをつけておいたから、どこでも寝られる。この町での仕事をチェックしてみると、最初は見通しが少し厳しそうだった。けれど、季節は秋、私の一番好きな季節だ。だから私はそれから二日間、ただこのすばらしい気候を楽しみ、たくさん散歩をして過ごした。

このままいくとトレーラーハウスキャンプ場の場所代を払えなくなる。手持ちのお金がなくなると、キャンプ場はシャワーと拠点としてだけ使い、あちこちに連絡を取ることにした。私は食物を少し買うと、近くに川があるという標識を頼りに藪へと分け入った。運だけに頼ってきた経験から、私はまた一番おそれていることと向き合わなければならないのがわかっていた。運だけでなにかを成し遂げようとするなら、頭を切り替えなければならない。いつもそれが一番難しかった。

過去の経験のせいで、そんな生き方を世間は許さないというような、よくない考えにまたとらわれてしまう。いったいどうしたらすべてがうまくいくかを考えていると、不安がまたその醜い頭をもたげはじめる。今現在の問題に集中することが過去にうまくいった方法であり、このときもうまくいきそうな方法はそれしかなかった。そして自然に囲まれているここは、自分の恐怖心と向き合うのにまたとない場所だ。生命が本来持っているリズムを取り戻せるから。

恐怖心が眠っている間は、身体にいいシンプルな食事をとるという単純で快適な日々を楽しんだ。すべてを洗い流してくれるような澄み切った水の中を泳ぎ、あちこちで野生動物に出会い、様々な声でさえずる小鳥に耳を傾け読書をするという、敬虔でのびのびとしていて美しい日々だった。

そして二週間ぶりぐらいに人の姿を見た。その日はよく晴れた気持ちの良い日で、彼らはお弁当を持ってピクニックにやってきた三世代の家族のグループだった。私は彼らを見て、ああ、きっと今日は週末なんだなと思った。そして私はジープをオープンにしたまま、藪の中へ長い散歩に出かけた。この家族連れの邪魔をしたくなかったからだ。午後遅くになってから、ジープの後部に寝て、しばらく読書をしていた。後部ドアと窓は大きく開けたまま。木々の間から、魔法のように美しく夕日が射している。

家族連れが帰っていくとき、私と同年代らしい、二人の子どもの母親が、みなから離れてこちらにやって来た。彼女の夫、両親、子どもはそのまま車に向かって歩いている。彼女は静かにこちらへ近づいてくると、ジープの中をのぞきこんだ。私がちょっと驚いて本から目を上げると、彼女はささやき声で、「自由でうらやましいわ」と言った。二人一緒に笑い声をあげ、彼女はそれ以上何も言わず、私に何か返答する時間も与えずに戻っていった。

その夜、カーテンを開けたままジープの中に横になり、川辺で合唱するカエルの声をＢＧＭにし、夜空にひろがる百万の星々に見下ろされながら、私はさっきの女性のことを考えた。彼女の言う通りだ。私はこの上なく自由だ。数日分のお金も食物も持っていないけれど。今この瞬間の自由さでは誰にも負けない。

その後、私があちこちへんぴな場所を旅したことについて、いろいろな人から、安全面の心配はしなかったのかと訊かれた。そう、考えなかった。心配すべき理由などほとんどなかったから。あのヒッチハイクのように危険になりかけた場面は二度ほどあったが、結果的に無事だったし、そういう数少ない経験はよい教訓になった。衝動的に動いてばかりいたけれど、なんとかなると、できる限り自分を信じて進んでいた。

けれど人間は何よりも社会的な生き物だから、私は町に戻った。母親に電話をする。母とはいつも健全で愛情に満ちた関係だ。彼女は母親として、私がうまくやっているかをいつも心配している。けれどある部分では、放浪が私の一部であることを理解してくれている。私が決めたことは批判しないが、便りがあるといつもほっとするようだ。この時は、母は私のためにいくらか賞金を当てようとして、二人分のくじを買っていた。母は生来の優しさを持った人なのだ。

「あなたはいろいろと私によくしてくれているから、このお金はどうしてももらってほしいのよ。そもそもあなたのためだと思って買ったから当たったのよ」こう言われて私は、二週間ほどやっていけるだけのお金をありがたく受け取ることにした。

翌朝、キャンプ場のジープの中で目覚めた私は、海に上る朝日を見ようと思い、岩場に降りた。私は日の出の最初の光が好きだ。夜の星がまだみな出ているのに、新しい一日がはじまるという瞬間だ。空がピンク色に染まり、やがてオレンジ色に変わっていくのを岩場に座って見ていると、遊び好きなイルカの群れが、とにかく楽しそうに水から飛び出して跳ねながら泳ぎすぎていった。この瞬間に、私はすべてはうまくいくと悟った。

その日、キャンプ場のオーナーと人生と旅について長く楽しいおしゃべりをした。そしてその後、オーナーは鍵をぶら提げてジープのところに戻ってきた。「八番があと一〇日間空いている。そこを使いなさい。金は一切受け取らないよ。私の娘が車の後部座席で寝ていたら、誰かにこうして欲しいと思うからね」とオーナーは言った。

「驚いたわ、テッド、ありがとう」私は感謝のあまり涙がこぼれそうになるのをこらえながら言った。

こうしてこれから一〇日間、夜眠る場所と料理をする場所を確保できた。けれどこの間も、この状況に対する猛烈な不安がわきあがってくる。お金を稼がなければ。食物のストックがまた減っている。私は町のありとあらゆる場所に出向いたおかげで、すばらしい人にたくさん出会うことができたが、仕事は見つからなかった。岬のキャンプ場まで丘を登って戻りながら、ため息をつく。私は目の前のことだけを考えようとしながら、人生の問題の根本的な解決策を見つけようともしていた。

私は自分のこういうところが嫌いだ。いつも大胆なことをしたいと思い、困難な状況を自ら繰り返し作り出してしまうところが。けれどやめられない。自分がもっともおそれている状況に自分を追い込んで苦しんだあげく、毎回、運の助けを借りてどうにか切り抜けてきた。そして運頼みな行動をとればとるほど、不安で追いつめられた気持ちになり、毎回どんどん苦しくなっていく。でも、繰り返すたびに楽になるとも言えた。これまでに私は何度も自分の信念を極限まで試し、その過程でいろいろなことを学び、自分をさらに信じられるようになってきた。とてもつらい思いはしたが分別も身につけられた。私は従来の社会のやり方にはまったくなじめなかった。

このとき、寄せてきた高波が岸を洗って引いていくのを見ながら、運命に従うことや、自然がつむぎだす奇跡に身を任せることの大切さを思い出した。潮の満ち引きをコントロールし、季節を毎年間違いなく巡らせ、命を作り出すのと同じ力が、私に必要なチャンスを運んでくれるはずだ。けれどそれにはまずこちらが身を任せなければならない。そのタイミングや結果を自分の思いどおりにしようとするのは、エネルギーの大きな浪費でしかない。私のしたいことは決まっていて、できることはすべてした。今の私にできるのは、運命の流れを妨げないようにすることだけだ。

私はこれを忘れていたなと思い、小さな声で笑ってしまった。これは前回学んだことではないか。もう限界で、本当にだめだというぎりぎりの状態になったときには、流れに身を任せ、そのときの状況を見つめるべきだ。そして今、また身を任せるときがやってきたのだ。

身を任せることはあきらめることではない。まったく違う。身を任せるにはとても大きな勇気がいる。結果をコントロールしようという努力がつらくなると、身を任せられるようになることが多い。こうなると解放されたのと同じだ。うれしい状態ではないけれど。自分にできることは大きな力にすべてをゆだねること以外に何もないという事実を認めると、それがきっかけになって、滞っていた流れがどっとほとばしるのだ。

翌朝は、岩場を下って水辺に降りた。日の出のときにはイルカたちが戯れながら私を迎えてくれる。私は不安と苦しみと抵抗心にもみくちゃにされて、空っぽになり、すべてが枯れてしまったような気がした。そう、ついに身を任せるときがきた。すべての感情が出尽くし、私の心には何も残っていなかった。けれどイルカたちを眺めているうちに、少しずつゆっくりと、希望を取り戻せるようになった。

この数日後、休暇でキャンプ場に来ていた人と少し話したとき、ここから七時間ぐらい南に行ったところにあるメルボルンで仕事をしないかと言われた。「もちろん」と私は思った。今の私は自由で、どこにでも行ける。それにそもそももっと涼しい南へ行きたいと思っていた。メルボルンはすぐに、私のオーストラリアで一番お気に入りの街になり、それは今も変わらない。でもこれまでメルボルンに住もうと思ったことはなかったし、こういう創造力を刺激する街に住むことがどれほど自分にプラスになるかも知らなかった。身を任せ、目の前の事に集中できたから、この仕事のチャンスを自分の方に引き寄せられたのだ。

ステラにすべてを語り終えると、私たちは微笑んだ。ステラは苺を一粒の半分食べ、素直にこう言った。彼女は自分が逝くタイミングをコントロールしようとしていた、そのコントロールをやめ、同時に彼女自身は不満でも、そのときがくるのはまだ先だということを受け入れる、と。人間の身体は誕生のとき、九ヶ月かけて形作られる。それと同じように、終わりのときにも多少時間がかかる場合もあるのだ。

ステラはいまやとても衰弱していて、食物はほとんど口にできなかった。ただ、飲み込むことはできなくても、小さな果物を、味わうためだけに口に入れることはできた。昨日は葡萄二粒。今日は苺半個。

彼女の病気は強い痛みを伴うもので、病院で診てもらった時には、既にとても苦しかったはずだった。けれど彼女自身はほとんど痛みを感じておらず、これには医師も驚いていた。病気が悪化しても彼女が感じるのは、激しい疲れだけだった。ずっと精神の鍛錬を続けてきたおかげで、自分の身体と非常に強いつながりを持っていたから、今もほとんど痛みを感じないですんでいる。そのおかげで最期のときも、苦しまずに旅立てた。

この二、三日前、私は彼女の指がむくみ、結婚指輪が深く食い込んでいるのに気づいた。血流が止まっているように見える。派遣会社に電話して相談すると、看護師から指輪を外すよう指示された。ベッドでステラの横にジョージが添い寝し、私が石けんを使ってそっと指輪を外した。かなり時間がかかり、やっと外れたときには、ステラもジョージも泣いていた。私は悪魔の手先になったような気がして、半世紀以上ステラの指にあった二人の愛の証を外したときには、一緒に泣いていた。

ジョージは普段からとても愛情深い人で、長年の結婚生活ではステラのことを愛情のこもった特別なニックネームで呼んでいる。夫婦が二人きりで親密に過ごせる貴重な時間を邪魔しないよう、私は部屋を出た。横になって抱き合えるのは、たぶんこれが最後だ。私はバスルームで立ち尽くして泣きながら、二人の愛の深さを見せてもらえたことをありがたいと思った。こんな愛情は見たことがなかった。二人とも優しく、誰に対しても思いやりを持ち、特に互いをとても思っていて、本当の友達でもある。だからステラの指から結婚指輪が永遠に外されたことを悲しんで泣く二人を見るのはつらかった。

息子と二人の娘たちはよく訪ねてきていたが、その時が近づいてきた今は、さらにとても頻繁にやってきていた。私は彼らが大好きだ。三人はそれぞれとても違っているけれど、みんな礼儀正しくて素敵だ。私は娘の一人と特に親しくなった。

あるとき、急に気温が下がった日があって、私は仕事中に薄着すぎることに気づいた。ジョージはステラのカーディガンを着るといいと強く勧めてくれた。ステラもジョージもとても似合うよと言ってくれた。いつも私が着るタイプのカーディガンではないから、お店にあっても目に留めなかっただろう。でも着てみると、すぐにとても気に入った。このとき、ステラとその家族はそのカーディガンを私にくれた。あれから長い年月が経ったけれど、今でも時々着ている。ステラはおしゃれな人だった。

その夜、私が自宅で眠っている間に、ステラが昏睡状態に陥った。翌朝、ステラの家に戻ると、家中に厳粛な雰囲気が漂っていた。ジョージと息子のデイヴィッドがいた。ドアから入るそよ風に吹かれながら、ジョージが美しい妻の脇に横になっていた。ジョージは冷たくなったステラの手を握っている。ステラはまだ生きていたけれど、死が近づいてきて、末端の血行が滞っていた。脚も冷たくなっている。デイヴィッドは椅子に座ってステラのもう片方の手を握っている。私はベッドの脇のもっと足元寄りにある椅子に座り、彼女の足に手を置いた。たぶん彼女に触れずにはいられなかったのだ。

一二時間の深い昏睡状態のあと、ステラは目を開き、天井の辺りの何かに向かって微笑んだ。ジョージは起き上がり、驚いたように言った。「笑ってる。何かを見て笑っている」

ステラはもう私たちがいることはわからなかったようだけれど、誰なのか、なんなのかわからないが、何かにむかって微笑みかけている彼女を見たら、私の中にずっと揺らぐことのない確信が生まれた。私は以前、瞑想したときに日頃感じることのないような高いレベルの喜びを経験して以来、死後の世界の存在を疑わなくなっていた。けれどステラが目を開いて天井を見つめ、驚くほど幸せそうに微笑んでいるのを見たら、この信念は何にも揺るがされないと確信した。人間には今の人生の後に行くべきところか、帰るべきところがあるのだ。

ステラは微笑んだ後、小さく息を吐き、黒目が上を向いて、完全に静かになった。ジョージとデイヴィッドが確認を求めるように私を見る。人の臨終を見た経験はルースのときしかなかった私は、ステラが大きく息を吐くのを待ったが、彼女はずっと動かない。「逝ってしまったのか？逝ってしまったのか？」二人は胸が破れるような悲しみに、絶望したように訊いてくる。

私は脈を見ようとステラの手首に触れたが、どくどくという自分の脈しかわからない。緊張しすぎて、もう自分が何をしているのかわからなかった。二人は必死な顔で私を見る。亡くなったと宣言したあとに、一日、二日《ふつか》もってしまったり、あるいはまた息を吐いたりするような事態は避けたい。私は助けを求めて祈った。

それから彼女を見ると、私は急にすっと落ち着き、彼女が逝ったことを悟った。静かで優雅で穏やかな最期だったから、すぐ近くで見ていてもわからなかった。けれど心の中にどっと愛情の波が押し寄せてくるのを感じ、彼女が逝ったことがわかった。私がうなずいてみせると、ジョージとデイヴィッドはすぐに部屋を出て行った。愛する妻が亡くなったと知ったジョージのあまりに悲痛なすすり泣きが家中に響き渡る。ステラとともに静寂な中に座っていた私の目からも、とめどなく涙が流れた。

二時間後、他の家族もやってきたし、現実的な事柄に対応しなければならなかったので、私たちは別れた。朝から昼になり、この辺はとても暑くなっていた。私はただ目の前の現実から気をそらしたくて、自分のこれからの身の振り方を考えていた。ずっとあちこちを旅してきたあのジープは、たたきつけるようにしなければドアが閉まらなくなっていた。少し前からこうだったのだが、このときは力一杯たたきつけたせいで運転席側の窓ガラスが粉々に割れ、ドア板の内側に落ちた。私は運転席に座ったまま、呆然と見つめた。今朝の出来事ですでに十分頭が麻痺していたから、ガラスの割れる大きな音で、さらにハッとした。私はもう破片しかガラスが残っていない窓越しに外を眺め、今の私にとっては家に帰るのが一番だと認めた。

替えの窓ガラスは三日しないと届かない。その間私はステラの家にいるか、波止場のそばに行くかして過ごした。この間何度も、私が家に帰るきっかけをくれたステラに感謝していた。本当の自分でいるためには、これが一番だ。二ヶ月後、私が親しくしていたステラの娘テレーズから手紙が届いた。ステラが亡くなった翌日、テレーズは通りを歩いていたときにふと母親のことを考えていたそうだ。すると大きな白いオウムが彼女のすぐ前に、翼が起こす風が感じられるほど近くまで飛んできたのだという。ステラはこんなふうに私たちにメッセージを送れる女性だったから、私はテレーズの手紙を読んでうれしかった。

一年ほど経ち、私はステラの家族に夕食に招かれた。私はこの夜がとても楽しみで、特にジョージに会って、どうしているかを知りたいと思っていた。テレーズも夫と一緒にやってきた。この夜は最初から和やかな雰囲気で、ジョージがとても社交的になってブリッジなんかをしていると聞くのはうれしかった。それからどういうわけか、夕食を囲んでの会話が、〝嘘〟についての話になった。テレーズが私にステラの臨終の際の様子で今までの患者と違うところはないかと訊く。これは私にとって、ステラの介護をしていたとき、本当は介護経験がとても少なかったことを告白するいいチャンスだった。

家族はみな私の介護に満足してくれていたので、真実を知ってももう気にしなかっただろう。けれどジョージが、私が来たことをとても喜んでくれ、みながまたこうして集まったことがどれだけすばらしいかと何度も言っていたので、私はやっぱり告白できなかった。本当のことを話せば、ジョージの気持ちはステラのことに戻ってしまうだろうから。この夜、テレーズと二人きりになれたらすべて話したかったのだが、そういうタイミングはなかった。

日々の生活の中で私たちはそれぞれの日常に戻り、この夜の後しばらくすると、連絡が途絶えてしまった。けれど数年後、また一家と再会する機会があり、やっと家族に自分が経験不足だったこと、本当のことを話せずずっと後ろめたかったことを告白するチャンスを得られた。彼らは寛大にも許してくれ、嘘をついたのは我々のことを思う優しさからだよね、と言ってくれた。そして最初からあなたはうちの母の介護をするべき人だと感じていたと言ってくれたが、私も自分がすべきことだったと心から思う。こうして再会し、みなが共にした出来事を語り合うのは、すばらしかった。毎年冬になると、私は今でもあのカーディガンを着て、折に触れてステラのことを考える。昨年の冬、あのカーディガンを着て、彼女がくれた本を読み返しながら、ふと目を上げて、自分の思い出に微笑んだ。この仕事を通じて、すばらしい人々に出会えたことは間違いない。

この件は嘘についての大きな教訓になった。ステラの介護を担当したあと、私は二度と患者に嘘はつくまいと決めた。そして何よりも私はそこから学んだ。私は率直な人間で、真実を言うことがどんなに難しくても、正直でいるしか苦しまずにいける道はない。そして起こった出来事から学び、自分を許せるようになることがもっとも大切なのだ。

後悔一　自分に正直な人生を生きればよかった

期待に応える人生

緩和ケアの患者グレースを、私はすぐに好きになった。彼女は小柄な身体に大きな愛情を秘めた女性だ。そしてその愛は子どもたちに注がれている。子どもたちはみな素敵な人たちで、それぞれにもう子どもがいる。

グレースの家は周囲とはかなり違う地域にあった。通りのどちら側にも豪邸などはなくて、私の第一印象は、ここには家族のエネルギーがあふれていて、テレビドラマの舞台にぴったりだなということだった。グレースについての印象は、何よりも彼女とその家族が素敵だということだった。みなとても地に足がついていて、心から暖かく迎えてくれた。

グレースとのつきあいも、他の患者たちの時と同様に、互いの話を通じて知り合うことから始まった。彼女はバスルームで他人にお尻をふかれるという目にあって人としての尊厳を失ったわと、よく聞く言葉を言い、私に、あなたみたいないい若い人がこんなひどい仕事をしていちゃいけないと言ったりもする。けれど私はもう仕事のこういう側面には慣れていたから、場を明るくするために、患者にはあえて何も言い返さない。病気になると、確実に自尊心のどこかが崩壊する。そして不治の病にかかったら、威厳などどこかに消え失せて、過去のものになる。自分が置かれた状況も、誰かにお尻をふかれるという事態も受け入れざるを得ないし、すぐに病気が重くなって、そんなことをかまっていられなくなるのだ。

　グレースは結婚してから五〇年以上、周囲に求められる役割を果たしてきた。かわいい子どもたちを育て上げ、一〇代になった孫たちの姿を見ることに喜びを感じていた。けれどどうやら夫がだいぶ暴君だったようで、グレースの何十年もの結婚生活は、そのせいでとてもつらかったという。ほんの数ヶ月前、その夫が終身の老人ホームに入ることを了承したときは、家族はみなほっとし、特にグレースは解放された思いだった。

　結婚してからずっと、夫から離れて旅することや、横暴な夫にあれこれ指図されず、何よりもシンプルで幸せな生活を送ることをグレースは夢見てきた。彼女は八〇代だけれど、年齢よりも健康でスタイルもいい。健康なら、どこへでも行ける。だから夫が老人ホームに入ったことは、彼女への何よりのプレゼントだった。

　けれど長年待ちこがれてきた自由を手に入れ、ようやく新生活がはじまったばかりのある日、グレースはひどく体調が悪くなった。問題の日から数日後、不治の病で、すでにかなり進行しているという診断が下った。グレースにとってさらにつらかったのは、病気の原因が長年夫が同じ家で煙草を吸っていたせいだったことだ。一ヶ月が過ぎるころには、病気がかなり進み、すっかり弱って寝たきりになり、お手洗いに行くときに支えられて歩くぐらいしか動けなくなっていた。生涯夢見てきた生活はもう実現できない。遅すぎた。この事実が彼女を激しく苦しめている。

「私、どうしてやりたいことをやらなかったのかしら？　どうして夫をのさばらせていたんでしょう？　どうして強くなれなかったのかしら？」彼女がこう自問するのを、私は何度も聞いた。グレースは勇気がなかった自分に猛烈に腹を立てている。子どもたちも彼女に同情していて、グレースがどれだけつらい人生を送ってきたかを話してくれた。

「ブロニー、自分がしたいことを誰かに邪魔させてはだめよ。死にかけている私に約束してちょうだい」私は約束すると答え、それから、幸い、私の母は自らすばらしい例を示し、自立の大切さを教えてくれたと話した。

グレースは続けた。「私を見てちょうだい。もうすぐ死ぬのよ。死ぬの！　自由になって自立する日をずっと待っていたのに、それが叶ったときにはもう遅いですって？」まぎれもない悲劇だ。私はその後、何度もこのことを思い出した。

グレースの寝室のあちこちに思い出の品や家族の写真が飾ってあったので、最初の数週間はいろいろと思い出話をしあった。グレースの不幸はかなり急に襲ってきた。彼女は決して結婚したくなかったわけではないという。結婚はすばらしいもので、結婚生活は二人で共に学び、成長していける場だと彼女は考えていた。グレースが間違っていると思うのは、一度結婚したからには、何があっても離婚すべきでないと教えられたことだ。彼女はそれに従って、ずっと自分の幸せをあきらめてきた。尽くされて当然と思っている夫に人生を捧げてきたのだ。

そしてこうして死に直面し、もう他人にどう思われるかなど気にしていない今、どうしてもっと早くこういう気持ちになれなかったのかと後悔し、激しく苦しんでいる。世間体を気にして、他人に期待される通りに生きてきたが、今になってすべて自分が選んだことであり、自分は先をおそれて何もできなかったのだと気づいたのだ。私は彼女をなぐさめ、自分を許す助けになろうとしたが、彼女はすべてがもう遅いという事実に打ちのめされたままだった。

長期の在宅介護の患者はだいたい最期まで看取るパターンが多いが、中には、いつものヘルパーの合間に数回だけ行くような、短期の仕事もたくさんあった。そしてグレースと同じような、苦しみと絶望と怒りの言葉を、その後いろいろな患者から聞くことになる。自分に正直な人生を送らなかったことというのが、ベッドの脇に座って聞いた一番多い後悔であり、教訓だ。これは気づいたときにはもうどうにもできないので、他の後悔よりも怒りが激しい。

グレースとはいろいろな話をしたけれど、ある時はこう言っていた。「何もご大層な生活をしたかったわけではないのよ。私はただよかれと思って、誰も傷つけたくなかっただけなのに」グレースほど優しい人に私は会ったことがないから、どちらにしても彼女が人を傷つけることなんてなかったはずだ。彼女にそんなことはできない。「でも自分のためにも何かしたかった。ただその勇気がなかっただけ」

グレースは今では、自分が勇気を出して望みを実現していた方がみなのためにもよかったのだとわかっている。「そうね、夫以外にとってはね」彼女は自己嫌悪の表情で言った。「私はもっと幸せになって、こんなふうに家族にもつらい思いをさせるんじゃなかった。どうして夫の仕打ちに耐えてしまったのかしら。ブロニー、ねえ、どうしてかしら?」胸が痛くなるような様子でわっと泣き出したこの愛しい女性を私は抱きしめたが、彼女は泣き止まなかった。

涙がおさまると彼女は、強い決意の表情を浮かべて私を見た。「いい、ブロニー。死を迎えようとしている私に約束してちょうだい。どんな時も自分に正直でいること、他人に何を言われても自分の望み通りに生きる勇気を失わないことを」レースのカーテンがかすかに揺れ、外の日射しが寝室に射し込む中、私たちは堅い決意を胸に、愛情のこもったまなざしで見つめあった。「約束します、グレース。もう実行しているけれど、これからもずっとやめないと約束します」私は心から正直に答えた。グレースは私の手を握り、自分の教訓が無駄にならないことを確認して微笑んだ。私が成人してからの一〇年以上、不満を抱えたまま金融業界や事務やマネジメントの仕事をしてきたことを説明すると、グレースはさらに私をわかってくれ、とても熱心に耳を傾けてくれた。その後、帰国した後、また銀行での勤務年数は増えた。けれどこの時間は私にとって、金融業界から離れるのに必要な乳離れの期間だったと思っている。

卒業して二年間は楽しかった。研修生仲間がたくさんいたから、職場が何よりの社交場だった。新米のほとんどは一七歳か一八歳だった。だから仕事といっても友達とおしゃべりしにいって、週末に遊ぶためのお金を稼いでいるようなものだった。仕事の内容は、最初は簡単に思えたし、もしあのままあの仕事を真剣にやっていても、その後も苦労はしなかっただろう。でもそうはならなかった。最初の二年が過ぎると、私はすぐに落ち着かなくなり、自分の生活に疑問を感じはじめた。それでも自分の運命は別のところにあると知りながら、それを探す勇気を持てぬまま、自分に求められている生活を一〇年間続けた。

家族が敷いたレールから外れて軽蔑されるのが怖かったからだ。気づいたら、周囲に期待された通りの人生を自ら選んでいたが、それはうまくいかなかった。それでも、別の銀行に転職し、制服や勤務先を次々に替えながらその生活を続けた。その結果、気づけばほとんどの銀行を渡り歩き、年齢から普通に考えられる以上に多くの部門を経験し、かなりのスピードでキャリアアップしていた。意図せずに成長していたのだ。

私はひどく不幸なまま、月曜日から金曜日までをまったく心に響かない仕事に費やしていた。銀行での仕事を楽しいと思う人はたくさんいて、それは彼らのためには喜ばしいことだ。金融業界にはそういう人たちが必要だと思う。けれど私にとっては、グレースと同じように、自分が望んだ人生ではなく、他人に期待される通りの人生だった。

私には家族の中に、冷静に対応できない相手が何人かいた。彼らの期待どおりの人間になれずにいたけれど、「ちゃんとした仕事」さえ続けていれば、仕事に関してはとやかく言われずにすむ。これ以上批判にさらされるようなことをしたら、どれだけつらい目に遭うかと思うと、おそろしくて何もできなかった。

一家の中の出来損ないという立場はつらいものだ。家庭内の力関係において、出来損ないには特別な役割があるが、それはいつも生易しいものではない。その集団で大きな力を持つ人たちが他の人たちの力を弱めることで立場を強化している場合、地位を上げるのは難しい。けれど私は介護の仕事を通じてたくさんの家族と関わるうちに、程度の差はあれ、衝突のない家庭などほとんどないと知った。どんな家族にも学ぶべきことはある。私の家族と同じだ。ただし、あの頃にそれがわかっていたとしても、私のつらさは癒されなかっただろう。

物心ついてからずっと、私は家族みなにからかわれ続けてきた。家族はみな乗馬が好きなのに私は水泳が得意で、牧畜業の家に生まれたのに私はベジタリアンで、定住者一家の中の遊牧民という調子だった。だいたいは冗談の形で言われ、言っている本人は私を傷つけるかもしれないなどとは思っていなかった。でも何十年も言われつづけると、面白いと思えなくなる。それに時々、というよりわりと頻繁に、私が傷つくとわかっていながら、完全に悪意を持って言ってくることもあった。この状態に長年置かれたら、千人分の強さがあっても疲れきってしまう。記憶もないような年頃から、ばかにされ、怒鳴られ、お前は救いようもないと言われてきた場合はなおさらだ。

その結果、私はいまだに家族との関わりを楽しいと思ったことがない。だから当時私は、ただ家族の期待通りに生き続けることしかできなかった。でもそのうちに家族から離れ、本心を見せなくなった。はじめて自分を守ろうという本能が発揮されたのだ。

世界には人の理解を得られない芸術家がたくさんいる。そう、私も芸術家だ。ただ、まだそれを自覚していなかったけれど。わかっていたのは給料を下ろしに来ただけのお客さんに保険商品を売りつけるのは、どう考えても好きになれる仕事ではないことだけだった。私はただ、お客さんに感じよく心のこもったサービスをしたいだけで、それなら得意だった。けれど銀行業界は変革期にあったから、それだけではだめだった。とにかく売れ。そればかりだ。

そういう人は楽しいことをするよりも苦しみを避ける方に力を入れねばならないという。そして、苦しみがあまりに大きくなったとき、ようやく人は勇気を持てると。それまでの間、苦しみは私の内面を蝕みつづけ、ついに限界に達した。

私が「ちゃんとした仕事」をまた退職し、島で暮らしてみると決めたとき、家族はみな混乱した。「なぜそんなことをするのか？　今度はどこへ行こうっていうんだ？」そして私はそれを尻目にずっと、「島に行って暮らすの！」とはしゃいでいた。遠ければ遠いほどうれしかった。そこには自分の人生がある。それはすばらしいことだった。本土には私のよりどころであり、大切な友人でもある母親に連絡する以外、接触しなかった。

瞑想の入門編をやってみたのもこの時期だった。後に、他の誰とも違う自分の長所を伸ばすための瞑想法を見つけた。この方法を実践する中で、私は理解しはじめ、共感を体験した。それはとても美しくて強い力だった。

私を傷つけた人たちは自分がつらいから、それを私にぶつけていたのだ。幸せな人はそんなことをしない。自分に正直に生きている誰かを尊敬することはあっても、非難することはない。上の世代から私の世代に持ち込まれた苦しみを理解した私は、私の代でその連鎖を切り離すという選択ができた。私は他人を支配したことはないし、したいとも思わない。人は変わりたいと思い、その準備ができたときに変わるのだ。

共感を持って人生を見直し、家族に理解されたい、愛してもらいたいというかつての望みは実現しないだろうという現実を受け止めると、心が解放された。私の人生は様々なレベルで大きく変わった。自分を癒しながら、何に苦しんでいるかを自覚し、過去を直視する勇気がみなにあるわけではない。耐え切れなくなるまで目をそらしている人が数多くいるだろう。

家族とのこういう関係はその後何年も完全には消えなかったが、その影響はどんどん薄れていった。時間もエネルギーも必要だったけれど、私は自分に問題があるわけではないとようやくわかった。問題を抱えていたのは、私を批判したり、非難したりした人たちの方だった。

仏教の説話に、仏陀がある男に怒鳴られてもまったく気にしなかったという話がある。どうしたらそんな風に、気にせず落ち着いていられるのかと問われた仏陀は、「誰かがあなたに贈り物をし、あなたがそれを受け取らなかった場合、その贈り物は誰のものですか？」と問いの形で答えた。もちろん、それは贈り主のものだ。だから私に不当に浴びせられる言葉も同じだ。そもそも幸せな人の口からそういう言葉は出ない。

私が人生について学んだ一番大切なこと、何よりも何よりも大切なことは、共感は自分からはじまるということだ。他者に共感することで自分が癒されはじめるし、その先に進むためにも共感が必要だ。昔の行動パターンにとらわれそうになったとき、なんとか脱することができた。苦しみの正体を見抜き、自分のせいで苦しいのではないと判断できた。そもそも苦しんでいたのは相手であり、私はその苦しみをぶつけられただけなのだ。もちろんこれは家族との関係に限った話ではない。個人的なものも、公的なものも、仕事上のものも、すべての人間関係にあてはまる。人はみな苦しみを抱えている。人間であれば誰でも。

ただ、自分に優しくなるのは、私には非常に難しかった。振り返ってみると、けっきょく何年もかかっている。みな自分には不当なほど厳しいものだ。自分自身に愛情を持ち、自分もとても苦しんできたことを正しく理解し、自分に優しくなるのはとても難しかった。他人から浴びせられる不当な意見に耳を貸し、それを真に受けることの方がよほど簡単だったし、なじみがあった。それですぐに幸せになれるわけではないかもしれないけれど、成長するためには、自分に優しくなり、何よりも自分を思いやることを学ばなければならない。それでもとりあえず私は癒されはじめた。

こうして、長年の家族の影響が薄れはじめた。私は強くなって、言い返せるようになったし、本心を隠すのをやめ、ようやく自分の意見を言えるようになった。誰のものでもない自分の苦しみについて話した。人はみな起こった出来事を自分なりに解釈する。自分の受けた苦しみを表現し、解釈できるのは自分だけだ。何十年も続いたパターンを打ち破るには、かなりのパワーが必要だった。けれどこれまで受けた苦しみを考え、もう失うものは何もないと思ったら、その力がわいてきた。もう黙ってあのまま苦しみを抱えていくことはとてもできなかった。

けれど結局その苦しみの源は、すべて互いの愛されたい、認められたい、理解されたいという欲求だ。だから思いやりこそ前に進む唯一の手段なのだ。思いやりと辛抱強さだ。あれほどいろいろなことがあったのに、まだ家族との間には、表面的には違う形を取りながらも、愛情が残っていた。

ここまでの人生はまるで同じ川を下るのに、流れに乗って泳いでいくと、いつも同じ場所で大きな岩にぶつかっているようなものだった。けれどある日、私はこの岩はずっと動かないと悟った。だからその岩にぶつからないようにコースを変え、のびのびと自由に泳いでいくことにした。

いつもその障害物、つまり私の本来の道のりを阻むものの方に自分から向かっていって、その度に行く手を遮られ、苦しむ必要などないではないか。

今こそ違う行動をするべきだった。今こそ違う道を選び、「もうたくさん」と大声で言うときだ。これ以上、同じパターンに苦しめられるつもりはない。今より孤独になるとしても、今より穏やかに生きられることだけはたしかだ。今まで通りの道を選んでいるかぎり、心の平安は絶対に得られない。

この思いを言葉にして表明して以来、私の中ですべてが変わりはじめた。自尊心を持てたおかげで強くなり、自分の意見をはっきり言えるようになった。新しい健全な種をようやく蒔くことができたのだ。その種の育て方はまだわからないけれど、とにかく蒔いた。今こそ、自分の望みどおりに生きる時だ。一歩一歩、歩みは小さくても。

話を聞いてもらってから、私はグレースと自然に親しくなれた。彼女はどんな家族にも学ぶべきところはあると言った。一度もトラブルにぶつからない家族など考えられないし、多くの人は、家庭でもっとも多くのことを学ぶのだ。互いに愛し愛されるためには、相手をありのままの姿でまるごと受け入れ、さらに相手の期待に振り回されないでいるしかないと私たちは話し合った。言うよりも行うのは難しいかもしれないが、これが私たちにできるもっとも愛情深いやり方だ。

グレースもいろいろな話をしてくれた。自分の人生を、子どもたちが成長していった様子や近所の移り変わりを思い返し、やがてまた死を前にした後悔に苛まれる。彼女は他人の期待に応えるのではなく自分の気持ちに正直に生きればよかったと後悔している。残された時間が限られている今、本音を言っても失うものはほとんどない。このとき私たちは人生の核心に触れていた。とても個人的なことばかりを話していたので、もうだらだらおしゃべりなどしなかった。グレースにすべてを打ち明けることは、私にとって予想外の大きな癒しになり、私に話すことでグレースは癒された。

そのうちに、そのときの私の状況について、音楽を志していることや、曲作りや歌をはじめた経緯が話題にのぼった。お茶を飲みながら話していると、グレースはぜひ明日、ギターを持ってきて、何か弾き語りをしてほしいと言う。私は喜んでそうすることにした。そして翌日、グレースのために幸せな気持ちで歌うと、彼女はベッドに起き上がり、微笑み、ハミングしながら聴いてくれた。どの歌もまるで世界一素敵な歌だというように楽しんでくれる。家族もやって来て何曲か聴いてくれたが、やはり同じように優しく聴いてくれたから、とても励まされた。グレースは特に、「オーストラリアの空の下で」という曲をとても気に入ってくれた。長年旅に憧れていたからだという。

この日以来、彼女はときどき、歌ってほしいと言うようになった。ギターなんかなしでもいいわと言う。だから私は寝室で、椅子に座って目を閉じて、微笑みながら私の歌をすべて熱心に聴いてくれるグレースのために、この素敵な女性のために歌った。グレースは何度も繰り返しリクエストしたけれど、彼女のために歌うのは苦にならなかった。

グレースの身体は日に日に衰えていった。もともと小柄な身体がさらに縮んだ。昔からの友人たちがお別れを言いにきた。親類たちがベッドの周りに座り、涙をこらえながらおしゃべりをしている。家族はみなグレースの介護に親身で、グレースのことをとても思っていて、よく来てくれた。私はそれがうれしかった。優しい人たちで、私は好感を持ったけれど、みなが帰ってしまったあとはグレースと二人きりになり、また歌ってほしいと言われる。それは特別な時間だった。

グレースはもうあまり歩けなかったが、ベッドの脇で簡易トイレを使うのは承知したものの、排便のときだけはどうしても嫌がった。私が簡易トイレを洗わないですむよう、ちゃんとしたトイレに行くと言い張る。この件に関しては頑として譲らず、洗うのはたいしたことではないと私がいくら言っても聞き入れなかった。ありがたいことに手洗いは寝室の隣にあったが、二人でそこまで行くのは長い時間がかかる。グレースはとても弱っていた。彼女が用を済ませると、きれいにし、立ち上がって下着を引っ張り上げるのを介助する。下着をちゃんとしている間、彼女を支えるには、すばやい動作が必要だった。

それから今度は寝室へ戻る旅がはじまる。歩行器にもたれて歩くグレースの腰を私が後ろから支えて歩く。先ほど慌てていて、下着にネグリジェのすそが少しはさまっているのに、グレースは気づいていない。彼女はそのままちょこちょことベッドまで歩いて戻りながら、ふいに「オーストラリアの空の下で」を歌い出した。私は感動した。歌詞が違っているところもあったけれど、そのせいでなおさら愛しく思えた。

私は気づいた。今が自分の音楽人生最高の瞬間なのだと。この時ほどの喜びは後にも先にもないだろう。もう新しい曲を書けなかったとしてもかまわない。自分の歌が大切な人にこんなにも喜びを与え、その人は最後の日々に、私の歌を目の前で歌って喜びを返してくれたのだ。音楽に関わる上でこれ以上望みようがないほどの励みになった。

その二日後、職場に着くと、今日がグレースの最期の日だとはっきりわかった。ご家族に電話をしますからね、と言うと、彼女は最初首を振った。彼女は衰弱しきっているのに、手を伸ばして私を抱きしめる。か細い腕にこれ以上負担をかけないために、私はベッドに横になって彼女を抱きしめた。グレースが満足したので、しばらくそのまま、静かにおしゃべりをした。彼女はずっと私の腕をなでてくれていた。どうしてご家族に来てほしくないんですか？　と訊くと、彼女はこれ以上みなを悲しませたくないのよ、と答えた。みなをあまりに愛していたのだ。

　けれどみなさんはお別れを言いたいはずですよ、だからその機会をあげなかったら、きっとみなさんこれからずっと傷ついて、罪悪感を持って生きていくことになるわ、と私は言った。彼女は、ここに来なかったことで罪悪感を感じてほしくないと納得し、家族に知らせることに同意してくれた。そして私が電話をするとすぐに、家族がやってきた。けれどその直前にグレースは苦しい息の下で言った。「ブロニー、私との約束、覚えている？」

　私は涙を流しながらうなずいた。「はい」

「自分に正直に生きてちょうだい。他人にどう思われるかなんて気にしないで。約束してちょうだい、ブロニー」グレースの声はかすれ、ようやく聞き取れるぐらいだった。「約束します」私は静かに答えた。グレースは私の手をぎゅっと握ってから眠りに落ち、その後一瞬だけ目を覚ましてベッドの周りで家族が自分の最期を見守っているのを見てとった。そして数時間後、グレースは眠りながら逝った。その時が来たのだ。後になって、キッチンで静かに座っていると、彼女との約束が鮮やかに耳に蘇ってきた。私はグレースと約束しただけではない。自分とも約束したのだ。

　数ヶ月後、私はアルバム発表のステージで、あの曲をグレースに捧げた。ご家族が聴きにきてくれていた。スポットライトがまぶしくて、客席の顔はほとんど見えなかったけれど、見えなくてもよかった。あの愛しい女性、自分の思いどおりに生きなかったけれど、私にそうする決意を与えてくれたグレースを、彼らもまた愛しているとわかっていたから。

はじめて会った日曜日の午後、アンソニーはまだ三〇代後半だった。濃い金色の髪はカールしていて、病気になっても、生まれつきのいたずらっぽい表情を失っていない。これほど若い人を介護するのは私にとっては、大きな変化だった。互いに打ち解けるのは簡単で、こんな状況で出会ったのに、私たちは最初からユーモアをまじえて楽しく話せた。

アンソニーは有名な実業家一族の家に生まれ、弟一人と妹四人がいて、ずっと甘やかされて育った。欲しいものは何でも手に入る環境を、若い頃は大いに利用したという。しかし富裕な一家に生まれたために、果たさねばならぬ責任も大きかった。このプレッシャーが仇になり、彼は知性にもチャンスにも恵まれていたにもかかわらず自己評価がとても低い。彼はそれをユーモアや茶目っ気で押し隠していたけれど。長男として、家族の期待に応えられないことが、彼の心に重くのしかかっていた。

一〇代の後半はスポーツカーを乗り回し、警察に追われ、高給取りのOLを雇い、関わった人みなを振り回した。典型的なおぼっちゃまの所業だ。彼の過去の行動の中には憎めないものもある。けれど、自尊心を持てない彼は、危険なほど向こう見ずで挑戦的な生き方をしていた。そういう行動の一つのせいで、内臓と手足を痛め、回復できるかどうかもあやうい状態で入院することになり、彼は健康と一緒に自由も手放した。

医師たちは彼に自由を取り戻すためにできる限りのことをしたが、見込みがあるとは言えなかった。しかもアンソニーはかなりあきらめていた。彼はすでに自分がもう回復しないかもしれないのを知っていて、それをはっきりさせるために、早く次の手術をしてほしいと医師に求めた。

二度の手術が行われた。それから一週間ほど、鎮痛剤で眠る彼のベッドの脇に私は付き添った。その後はただ経過を観察し、徐々に回復していくことを願いながら待つしかない。

そして私が朗読をするのが日課になった。これはある夜、私が本を読んでいたとき、彼が何を読んでいるの？　と訊いたことからはじまった。この頃私は中東から戻ったばかりで、また中東で暮らしたいと思っていた。読んでいたのは中東の歴史と政治を公平な視点から知的に解説した本だった。中東には女性が従属的な立場に置かれている国もあること、宗教の名の下に原理主義者たちが過激化していること（すべての宗教には優しさの教えがあるのに、どの宗教の原理主義者もそれを忘れてしまう）を私は認識していたが、中東の文化的側面はメディアにまったく登場していないとも思っていた。

中東の温かい心を持った人たちはとても家族を大事にしているし、私をこの上なく厚くもてなしてくれた人たちもいた。彼らは偏見のない美しい心を持っていて、ためらうことなく私を歓迎してくれた。これはオーストラリアで出会った中東系の人たちも同じだった。西欧では、特に高齢者にとっては、家族のつながりがあまりに失われている。私はときどき単発の仕事をして、孤独な人たちを数多く見てきたので、身をもってそれを知っている。

文化や地域によってどれだけ生き方が違うのかを知るのはとても魅力的だ。他の文化の美味しいごちそうを見つけるのもすばらしい。しかしどこでも変わらないこともある。私は人種差別をする人の気持ちがまったく理解できない。世界の大部分の人も私と同じで、ただ幸せになりたいと思っているはずだ。けれど我々はみな大なり小なり心の中に苦しみを抱えている。

アンソニーは私がそれまでにどんなことを学んだかをもっと聞きたいと熱心に言った。だから私は二人分のハーブティーを淹れると、その香りがふんわりと漂う部屋で、その本の内容を読んだところまで話した。それからも読書を続けたけれど、これ以降は朗読をした。毎日一、二時間はこんなふうに過ごすようになり、お互い楽しかった。この習慣はかなり長い間続いたので、アンソニーに彼が自分では決して手に取ることのないような本を何冊も紹介することができた。次はどんなジャンルの本がいいか選んでもらおうとしても、彼はいつも私の読んでいるものがいいと言い張る。

　そこで私は精神世界系の古典を何冊か紹介した。人生について、哲学について、既存の概念を打ち破るような本を。その後、彼のケアをしているときに、そのまま内容について語り合う。動かなくなった片腕を持ち上げ、もう片腕はギプスの中で、そして動かない方の足の傷の処置をしてから、食事の介助をし、髪をとかすなどの身繕いを手伝う。

　けれど、自業自得である怪我の手術は、けっきょくあまり成功しなかった。治った部分もあったが、生涯治らない障害も残った。けっきょく、この先一生つききりの介護が必要となり、彼は退院できなくなった。そこで彼は少なくともパンフレットのうたい文句と料金は街でも一、二を争う療養施設に入ることになった。

　アンソニーはまだ若いのに、どんよりした色の壁、死が近い老人たちに囲まれて生活することになった。ひどい環境だ。そう思った私は、せめて壁を明るい色に塗り替えてほしいと思った。それでも最初は彼に不満はないようだった。介護が必要になったと家族が知ったことで、彼は家庭のプレッシャーから解放された。それに他の老いた入居者たちは彼の存在に大いに慰められ、彼をかわいがってくれる。

　時が経つにつれ、彼の輝きは鈍ってきた。外界からの刺激がなくなって頭を使うことが減り、知性が麻痺していった。「人はその環境に染まる」という言葉通りになったのだ。

人間は非常に周囲に影響されやすく、染まりやすい生き物だ。考えることができ、選択できる自由意志を持っている間は、自分の心で行動を決められるが、誰もが周囲の環境に多大な影響を受ける。自分の人生を顧みて、選択しようと意識していないかぎり。

たとえば、現実的で既に幸せを手に入れている人たちが、さらに出世をしようと夢中になりつづけるのも周囲の環境に染まっている例だ。アップした収入や、新しい友人たちにふさわしい生活をしたいという欲求のせいで、変わっていくことはよくある。たとえば、かつては満足して住んでいた地域も十分とは思えなくなり、もっと自分にふさわしいと思う地域へと引っ越していく。もちろんそのおかげで幸せになることもあるが、そうならないこともある。

田舎出身のたくさんの人たちが都会生活に順応し、都会のファッションや忙しいライフスタイルに染まっていく。田舎にファッションがないわけではない。たしかにある。けれどこれもまた、住んでいる場所に影響された結果だ。都会育ちでも田舎暮らしに順応し、ゆっくりとしたライフスタイルに変え、ブランド物の服を捨て、ジーンズにゴム長で自分の土地を歩き回る生活に幸せを見いだす人もいる。どこにでも長くいれば、人はその場所に大きく影響されるのだ。

二〇代半ばの頃、私は面白おかしく生きていた。二〇代のはじめはとてもつらかった。一九歳のときにはもう婚約していて、ローンまで背負っているという深刻な状況だった。婚約者との関係は不自然なところだらけだった。この時なんとか私は抜け出せた。今考えてみても、どうして生きていられたのかわからない。パートナーにひどい精神的虐待を受け、心理的な駆け引きで振り回され、さらに様々な形で怒りをぶつけられてばかりいたので、つねに私の自信は削り取られていた。

ちょうど新しい仕事——予想どおりだと思うが、銀行の仕事——に就いた頃、すべてが耐えられなくなった。職場の人たちはいい人たちだったし、私はいつの間にかまた人生を楽しみはじめていた。定職に就いたおかげで、現状から脱した先の生活を夢見られるようになり、ついに私は抜け出した。それからほどなく私は仕事のためにオーストラリアの北沿岸に移り住んで、新たな生活をはじめた。

すぐに、ダンスとうわついた生活のし放題になり、私は何も考えず楽しく暮らした。ドラッグも身の回りにたくさんあった。今でこそお酒が身体に合わないのを知っているし、飲むことは私にとってもう大事ではない。とはいえ、今も一滴も飲まないというほどお酒を避けてはいない。新たな体験のチャンスは他にもたくさんあったが、一年も経たないうちに、そのほとんどをやってみていた。この頃は「アイス」などの、私には通り名さえよくわからないような最近の覚せい剤はまだなかった。私の周囲の友人たちの間では、自家栽培のマリファナが一番よく使われていて、アヘンを吸わせてくれた友人もいた。

新しい経験を試してみるのもいいなと思える環境だったけれど、そういうのは一度だけやってみて、それきりにすると自分の中ではっきり決めていた。幸いヘロインだけはやってみようと思わなかった。ヘロインには近づいたことがない。この一年の間に試してみたアヘン、マジックマッシュルーム、LSD、コカインはすべてその後二度とやっていない。あの頃の無軌道な行動は、厳しすぎる環境で育てられたことと、あの恋人との交際の反動で、せずにはいられなかったのだと思う。けれどそのすべての裏には、当時は自覚していなかったけれど、自己評価が極端に低いという問題があり、これはその後も私につきまとい、今も消えていない。

けれどドラッグを濫用する生活は私には合わないのはすぐにわかった。何か薬をやっているときは幸せだけど、これはハイになりたいからでなく、新しい経験をしたいからだと自分に言い訳していた。自分はもっと健康な暮らしの方が好きなのだとわかってはいた。けれど無意識のレベルでは、何十年にもわたって、何を信じるべきかを他人の意見に左右されることに疑問を感じていなかったから、解決すべきことはまだ山ほどあった。何を幸せだと思うかを、まだ人の意見で決めていたのだ。

数年後、島での短い生活の後に、私はイギリスの村に住み、パブでビールを注いでいた。スピードがそこらじゅうに転がっていた。地元の若者は二筋分鼻から吸い込んでから、瞳孔が開ききった状態でパブに入ってきて、一晩中歯ぎしりをしている。彼らの毎日はいつも変わらない。だから誰かがスピードを手に入れてくると彼らの現実は大きく変わり、同じ景色がまったく違って見える。彼らはただ退屈から逃れたいだけで、見ていると数日後には憂鬱で疲れきった状態になっているから、それだけの犠牲を払う価値があるのかどうか、私は疑問だった。

私も何度かパートナーと一緒に参加した。けれど自分たちには合わないとすぐに気づいた。スピードが切れた時の状態はひどいもので、自分の身体をそんな風に痛めつけるのは嫌だった。でもその約一ヶ月後、またもや周囲に流されて、まともな人生を送るための選択をしっかりと自分でよく考えなかったせいで、人生が変わるような経験をしてしまった。

ディーンは週末ずっと仕事だったので、私は村の若者たちの仲間に入り、電車に飛び乗って、ロンドンへ夜遊びをしに行った。当時私は二〇代後半だったが、レイブに行くのはこれがはじめてだった。今まで行かなかった理由は簡単だ。自分の好きなジャンルの音楽がかからないからだ。けれど一人で家にいるよりも楽しい時間が過ごせると彼らに説得された。みな友人ばかりだったので、私は行くことにした。

エクスタシーは一度だけやってみたことがあって、そのときは大丈夫だった。ばか騒ぎして夜を過ごし、その後薬が切れた時は、お腹がすごく気持ち悪かったし、数日間は気力も体力もまったくなかったけれどなんとか乗り切れた。もうこれでたくさんと思っていたので、エクスタシーはその後勧められても毎回断っていた。そしてこの経験をしてからずっと自己嫌悪が消えないので、もちろんこれ以降は二度とやっていない。自己嫌悪ならそもそも間に合っているではないか。それなのに、この時私はロンドン行きの電車に乗り、八人の仲間たちにエクスタシーの錠剤をやらないかと強く勧められていた。

都会ではみんな毎週何錠も飲んでいるんだから、この小さいやつを一錠飲んだって何も心配ないだろう？　彼らはそう言う。私は今も、この人たちを責めるつもりはない。まったくない。彼らは自分たちがエクスタシーを楽しんでいたから、私にも一緒にやろうと誘っただけだ。けっきょく最終的に決めたのは私だ。薬が喉をすべり落ちていくとき、ちょうど列車がヴィクトリア駅に入った。真冬のこの季節、外は凍てつくように寒かった。

みなと一緒にクラブに足を踏み入れたとたん、私は鳴り響いている曲に嫌悪感を抱き、早く朝になってほしいと思った。もちろん曲にもよるけれど音楽はアコースティックの方がデジタルのものより好きだ。スピーカーからテクノサウンドが大音量で鳴り響いている。私はあえてこの場を批判的に見ないことにし、仕方ないから夜が明けるまではここにいようと決め、気持ちをリラックスさせると、ダンスフロアにいる仲間に加わった。みんなすぐにノリノリになったが、私はただ我慢して過ごしているだけだった。

するとふいに薬が強烈に効いてきて、私はこのままではまずいと悟った。人ごみから抜け出さなければ。汗がぽたぽたしたたり落ちる。ダンスフロアで誰かがぶつかってくるたびに閉所恐怖症に襲われた。私はあちこちにぶつかりながら、少しでも空いている場所をみつけようとした。

響き渡る低音で床板と一緒に私の身体もビリビリ震える。近くで踊っている仲間たちの笑顔がぼやけ、遠くに見える。私はあっという間に自分をコントロールできなくなっていた。すぐに安全な場所に行かなければ。

もうろうとしながらも必死で女性用の手洗いに向かっていると、騒音と笑っている顔とライトがみなひどく歪んで見えた。一晩中個室にこもっていたかったけれど、ずっと独占する事はできない。個室の中で、それをしばらく考えていたが、外から女の子たちがノックしはじめたので、仕方なくこの一人きりの空間を明け渡した。

クラブから出ようにも外は寒すぎるし、町へ帰る電車は午前六時までない。女性用手洗いの騒音と出たり入ったりする人々の笑い声が頭の中で渦巻き、私はぼーっとしてきた。そして私は出窓に目を留めた。あそこに避難しよう、そう思った。洗面台によじのぼって、なんとか出窓に乗ってみると、座っても滑り落ちないだけの広さがあるのがわかった。横に身体を滑らせてみると、シンクと手洗いを見下ろすちょうどいい一角がある。騒がしさも混沌も、すべてが下に見える。そして私は背中と頭を窓にもたせかけて、落ち着きを取り戻そうとした。

汗が滝のように流れつづける。寄りかかっている窓のガラスは氷のように冷たく、喉から手が出るほどほしい一時的な慰めを与えてくれた。居場所をみつけられたから、これで少しはなんとかなりそうだ。哀れな心臓は、異常な速さで鼓動している。朝まで心臓がもってくれますように。私はそう祈った。激しい鼓動はおさまらない。それなのに病院に連れていってもらうことは思いつかなかった。潜在意識のどこかで、違法なドラッグをやっているからとおそれていたのかもしれない。この時の私には凍った冷たい窓に頭をもたせかけて座っていることが、最善の策に思えた。

「大丈夫かしら」イギリス人の女の子が私のジーンズのすそを引っ張りながら訊いた。裾は彼女の目の高さにあった。

私は彼女の声をぼんやりと聞きながら、口を開き、頭を後ろにもたせかけたまま、天井を見つめて座っていた。返事をするのはとても無理だ。心臓の鼓動はもう止められず、身動きもできない。

「ねえ、大丈夫?」彼女は訊く。私は全身の力をふりしぼって彼女を見下ろし、うなずいた。

「水、持ってる?」私が肩をすくめると彼女は姿を消し、すぐに水のボトルを持ってきてくれた。

「飲むのよ」彼女は強い口調で言う。言われた通りにすると、手洗いの水道でボトルに水を入れてくれた。

「ありがとう」私はかすかに笑みを浮かべて言えた。会話をするのは難しかったけれど、話した方がいい。気持ちを集中しなければならないおかげで、完全に意識を失わずにすむ。彼女としばらく話すことができた。この人は私を救ってくれた天使だ。

この後私は朝まで窓枠に座っていた。身動きもできず、心臓が口から飛び出そうなほど激しく鼓動していたが、窓に吹きつける冷たい夜気のおかげで、ヒートアップする身体を少し冷やせた。さっきの親切な女の人は、その後も何度も様子を見にきては、毎回ボトルに水を入れ、少し話していってくれた。名前も知らないこの人がいなかったらどうなっていたかは想像したくない。

クラブの閉店時間の三〇分前に、彼女が窓枠から降ろしてくれた。私はまだハイになっていて、その状態はちっとも楽しくなかったけれど、少しはっきりしゃべれるようになっていた。彼女と少し笑いながらおしゃべりもできた。二人でこの状態をちょっと冗談にしてはいても、私がどれだけ危険だったのか、二人ともわかっていた。だから私は感謝の思いをこめて彼女を抱きしめた。

それから彼女は私を店内に連れ戻し、仲間たちを探してくれた。彼らはこの夜の半分は私を捜していたので、私の姿を見てとてもほっとしていた。彼女は彼らに「ちゃんと様子を見ていてあげて」と言うと、一人に私の手を引き渡し、私にキスをして、微笑みながらさようならと言った。

町に帰る電車の中で、仲間たちはどれだけ楽しい夜だったかを語り合い、ゲラゲラ笑わずにはいられず、まだクラブにいたかったなあと言い、ドラッグが切れてくるのを残念がっていた。私は窓に頭をもたせかけて寝たふりをしていたけれど、本当に眠るのはまだまだ無理だとわかっていた。心臓はまだ口から飛び出そうなほどドキドキしていたし、とにかく早く薬が完全に抜けないかと思っていた。

この日以来、私は自分の大切な身体を有毒な化学物質で痛めつけるのはやめた。この後まる二日間眠りつづけ、目覚めたときには新しい私に生まれ変わり、貴重な教訓になる経験をしたことを感謝していた。ひどい目に遭った哀れな身体は疲れきっていたから、私は横になったまま天井を見つめ、何よりも生きていられたとほっとした。これからはもっと自分を大事にし、与えられた健康という宝物を守っていかなければならない、そう思った。

数年後、ライブ会場でエクスタシーの錠剤を勧められたが、この時は礼儀正しく、けれど一瞬の迷いもなく断った。この頃にはもう自分とはまったく縁のないものだと思っていた。そしてここでまた自分は環境に染まったんだなと思った。ありがたいことに、新しい環境に。私のライフスタイルはすっかり健康になっている。友人と会うときは、一緒にヘルシーな料理を食べ、火の周りでお茶を飲んだり、長いウォーキングをしたり、川で泳いだりする。こういう環境の方が私には合う。こういう環境ならどれだけ染まってもいい。

けれどアンソニーは最悪のパターンで環境に染まった。施設に入って一年目は訪ねていくとラジオやテレビで知った最新の話題について話し合うのを好んでいた。頭が冴えていて、いつも知的な意見を言ったり、ちょっと皮肉なコメントをしたりしていた。それに、私に最近の様子を話してほしいといって、本当に興味を持って聴いてくれた。

けれど、時が経つにつれて、彼の明るさは消えていき、以前は太陽の光を浴び、道行く人と言葉を交わして楽しく過ごしていたのに、外に連れ出そうとしても断られるようになった。施設の庭に座って、鳥を眺めたり、互いの近況を報告しあったりするだけの時もあった。それでもたくさん話し、笑って、楽しかったけれど。

友人や家族に、毎日を今よりよくするために、何か新しいことを学んでみたらと勧められても、彼は聞く耳を持たない。彼は何度もこう言った。「みなの言ってることがわからないよ。ここでの暮らしで十分だよ。ここで生きていくことにしたんだよ」アンソニーは過去に人に迷惑をかけたから、ここにいるのはその報いなのだと考えていた。

「アンソニー、あなたはもう報いを受けたわ。あの経験で学んだし、それが大事なことよ」と私は言う。それでも彼は自分を許そうとしない。それに、自分の人生をもっとよくしようという意欲もなかった。アンソニーは施設の毎日のゆるやかなペースに適応し、社会に出て普通の暮らしをしたいとはもう思っていなかった。障害を負ったことで、ある意味解放された、もう新たな挑戦をしなくてもいいと感じているようだった。様々な障害を抱えながらも、刺激的で充実した人生を送る人たちもたくさんいるというのに、言い訳にして何かを始めるのを避けている一番の理由は、また何か仕事をはじめて失敗するわけにはいかないからだろう。アンソニーは私の問いに対し、もう何かをはじめる勇気がないと認めた。はじめなければ失敗もない。彼にはもう一グラムの気力も残されておらず、日がのぼり、そして落ちていく毎日を、眠ってやり過ごすことを選んだのだ。

私はそれから一年ぐらい、彼の許をときおり訪ねたが、彼の陰鬱な環境は変わらなかった。そして一方的な友情というのは長続きしないもので、彼の場合もその例にもれなかった。アンソニーは誰かに電話をする気力を失った。私には訪問の合間にいつも電話をくれていたのに、それもなくなった。実際に顔を合わせても、話すことは胃腸の具合がどれだけ悪いかとか、職員の態度がどれだけひどいかというような話題ばかりになっていった。身なりにかまわなくなったのも目についた。

アンソニーはまだ若いのに老け込み、大半の入居者より三〇歳は年下なのに、すっかり周囲に溶け込んでいた。環境に染まってしまったのだ。魅力的な若者だった彼の輝きが失われていくのを見て、私は自分の心の望むままに生きるためには、強い意志を持つことがどれほど大切かをここでも思い知らされた。悲しいことだが、彼の人生は私が送りたくないと思う人生の生きた見本だった。

数年後、彼の弟が電話で、彼が亡くなったと知らせてくれた。彼の生活は死のそのときまで変わらず、施設から出ることを一切拒んで、家族の集まりにも参加しなかったという。放っておいてほしい、そう言っていたと弟は語った。最期の瞬間、ベッドに横になったまま、彼は人生を振り返って何を考えたのだろう。私はそれを考えずにいられない。

アンソニーが自分の人生に失敗したと思っていたことに私は衝撃を受け、それをきっかけにさらに前進した。アンソニーはまったく努力をしなかったから、向上や変化のチャンスを得られなかった。失敗というのは、成功するかどうかで決まるわけでも、何に挑戦するかで決まるわけでもない。何かをはじめれば、それでもう成功なのだ。アンソニーの最大の失敗は、環境に飲み込まれてしまったことであり、何かに挑戦し、それによって人生をよくしようという意欲をまったく持てなかったことが問題だった。彼のように知的ですばらしい人をこんなふうに失くしたのは大きな損失だし、彼が生まれ持った才能が活かされなかったことも残念だ。

私を含めて人間はみな環境に染められるのだとしたら、自分にできる最良のことは、これからは正しい環境、つまり自分が向かっていきたいと望む方向に合った環境を選んで身を置くことだ。自分の夢に向かって生きるのには、まだ意志の力が必要だけれど、こうして周囲の環境に自分がどれだけ影響を受けるかを認識できたので、道は少し進みやすくなった。

そして私は、この自覚とあらためてわいてきた意志を持って、どんな人生にしていくのかを考えて意識的に選択し、自分の意志で選ぶことがどれだけ大切かを心に留めるようになった。

とらわれる

患者との関係は最初からうまくいくとは限らない。私が担当した患者はほとんどが死期を迎えた人たちだったが、精神的な病気の治療を受けている患者も担当した。短期の患者の中に、私がついてから落ち着いたり、よい方向に向かったりした人がいたので、さらに難しいケースが私に回ってくるようになったのだ。どんな経験も無駄にはならない。私は過去に周囲の人々から理不尽な態度を取られてきたおかげで、手強い人たちへの対応が人より得意なようだった。

手強い患者にあってもひどく困る事はそんなになかった。そんなにというだけで、もちろんまったく困らないわけではないが。私が穏やかに接しても、まったくおさまらない患者もいて、そういうときは何をしても無駄だった。街でも指折りの豪邸に到着したとき、今回の女性患者に関する警告を思い出した。その女性患者フローレンスは介護が必要と言われたことに関してひどく激昂していて、そんな必要はないと頑として言い張っていた。こういうことはそれまでにもあった。もう自分で何でもできるわけではないのを認めたがらないお年寄りは数多い。みな、そういう時が来たことをなかなか受け入れられないのだ。

けれどさすがの私も、怒り狂ってほうきを振り回し、金切り声を張り上げている女性に追い回されるとは思っていなかった。彼女の髪は最後にいつ手入れをしたのか見当もつかない。爪の間には泥か、あるいはそれよりも悪い何かが詰まっている。片方だけスリッパをはいた姿は、とてもシンデレラ物語の主人公には見えなかった。それに、着ているドレスはどう見ても一年は着っぱなしのようだった。

「出ていけ、私の土地から出て行け」彼女は金切り声でそう叫んだ。「今すぐ殺してやる、うちから出て行け。あんただって他の奴らと同じだ。出て行かなければ殺してやる」

ほうきはぎりぎりのところで私に当たらず、空を切った。私は人生のいろいろな場面に対処はできるけれど、ばかではない。殉教者でもない。フローレンスをなだめようと、言葉をかけつづけたけれど耳の遠い彼女には伝わらない。彼女がほうきを振り上げたまま、車のフロントガラスを割ってやると脅したので、あきらめた。「大丈夫、出て行くわ、フローレンス、大丈夫だから」自分の縄張りを守りきった彼女はひどく興奮した荒々しい様子で、しっかりとほうきを握りしめたまま、私道の端に立っていた。

車で走り去りながら、バックミラーで彼女が視界から消えるまで見ていた。まったく身動きもしない。関係のない人には滑稽な話だろう。だからこそ私は彼女が気の毒でたまらなかった。彼女はどんな人だったのだろう？　どんな人生を送り、何が原因で今のようになってしまったのだろう？
一ヶ月後、再び同じ場所に出向いたとき、その答えがわかった。フローレンスはあの後、力づくで捕えられ、鎮静剤を飲まされたようだ。そのときの様子は詳しく想像したくない。フローレンスはどれだけ怖い思いをしただろう。しかし一ヶ月間、精神科の施設に仮入院したおかげで、彼女の状態は改善していた。薬が効いたことに安心した医師たちは、二四時間体制で介護をするようにという指示つきで彼女を退院させた。

往診の看護師が私の到着を待っていた。「彼女は眠っていますが、もうすぐ目を覚ますはずです。だからそれまで一緒に待っていますね」と看護師は言った。豪邸に入る二重扉を開けると、シャンデリアや巨大な大理石の階段と家中にあるアンティークの美しい家具に迎えられた。しかしそれだけでなく、明らかに何かが腐っている悪臭にも迎えられた。

次の部屋で清掃員たちに出会うと、看護師が言った。「玄関は終わっているんです。後で残りの家の中を案内しますね」フローレンスは一〇年以上ゴミ屋敷で暮らしてきたのだが、その奇妙な異常行動が目につくようになるまで、家の中の状態には誰も気づいていなかった。近所の人から彼女のひどい奇行を伝えられた往診看護師が自宅を訪れたときに、ひどい状況がはじめて発覚したのだ。もちろんフローレンス本人には誰も近づけなかったが、窓から家の中をのぞきこめば様子は十分にわかった。

フローレンスは缶詰だけを食べており、食品庫には一年分のたくわえがあった。それ以外に何もなく、新鮮な食品や調理できるような食材はまったくなかった。キッチンはゴミだらけで、床が見えなくなっていた。わずかに露出している床には何インチもの真っ黒なほこりが積もっている。バスルームも似たような状態だ。汚れたタオル、ひからびた石けんがところ狭しと山になっていて、どう見ても、シャワーも浴槽もずっと使われていない。

　看護師に連れられて階下に降りると、さらに寝室が六、七部屋とバスルーム二つが同じ状態で放置されていた。清掃業者は家全体の掃除を請け負っていて、それには数週間かかると見積もられていた。階下のあるドアを開けると、カエルさえ住めないような汚いプールがあった。私はプールサイドから家のメインフロアを振り返り、その豪邸ぶりを眺めながら、もしも壁が口をきく事ができたら、何を語るだろうかと考えた。

　フローレンスは病院ですっかりきれいにしてもらい、清潔でかわいらしいナイトドレスを着て眠っていた。髪はもうもつれておらず、キレイに洗ってカットされていた。爪もきれいになっている。まるで別人だ。

　ベッドは元々使っていたものを撤去して介護用ベッドに替えてある。彼女がベッドから降りないように、私しかいないときは必ずベッドの横の柵を上げておくようにと厳しく指示された。もう一人のヘルパーが午前と午後、二時間ずつやってきて手伝ってくれる。午前中の二時間はシャワーと身仕度と朝食に使う。午後は庭やバルコニーに連れ出して新鮮な空気を吸ってもらうのだ。フローレンスの介護には強い鎮静剤が欠かせない。その他の時も、つねに軽く薬を投与されていた。この介護プランの結果、フローレンスはかなりおとなしくなっていた。

　一ヶ月が過ぎると、私たちのいる邸宅はまばゆいばかりの姿に変わっていた。清掃チームはついに仕事をやり遂げたのだが、その後も一週間に一度来てもらう契約になっていた。フローレンスには頭がはっきりする素敵な瞬間がときどきやってくるようになり、そんなときには少しずつ話をしてくれた。華やかで刺激的な人生の話だった。豪華客船で何度も世界旅行をし、あちこちのすばらしい場所を訪れたそうだ。彼女がベッドの近くの引き出しを指差すと、私がアルバムを渡し、彼女がそれを一枚一枚説明してくれる。目の前の彼女と写真の中の人は同じ人物だとはとても思えなかったけれど、ときどき彼女が写真の中で笑っている若く美しい女性そのままに見える瞬間もあった。

フローレンスとはとても親しくなったとは言えないけれど、一緒にいることになった状況を受け入れるのに十分な程度には、お互いに好意を抱いた。けれどまだ、あの怒り狂った荒々しい彼女が垣間見える瞬間もある。もう一人のヘルパーがいなければ、ベッドから連れ出すこともできない。薬はおとなしく飲んでくれたが、それでも毎日のシャワーでひどいけんかになるので、髪を洗う日がとても怖かった。けれどシャワーから出た彼女はとても機嫌がよく、鏡の前であれこれ世話をさせてくれ、笑っている姿にはかつての華やかさが感じられた。

彼女の財産はずっと家族が受け継いできたものだ。古い、ふるーいお金よ、と彼女は言う。夫も生まれつきのお金持ちだったが、彼女が受け継いだ資産は桁違いだった。夫はビジネスで何度か危ない取引をし、数年間服役した。フローレンスが誰も信じなくなり、偏執的に振る舞うようになったのはこのときからだ、とフローレンスがつきあいを許している親類が教えてくれた。

そして釈放から一年もたたないうちに夫が亡くなった。その結果、彼女の偏執的なところは治ったり改善したりするチャンスもないまま再発し、精神はさらに不安定になった。彼女は夫を完全に信頼していたし、他の人たちはみな彼女からお金を取ろうとしていると信じ込んでいたので、夫が服役したのは他人に陥れられたからだと思っていた。夫が無実かどうかは、私と彼女の間には関係ないので、私はこの件については何も考えなかった。

フローレンスは介護ベッドで寝たきりの暮らしをだいたいは受け入れていた。自宅にいることに満足していたし、ときどきは私たちが連れてきた人に面会することを承諾した。けれど、毎日午後、もう一人のヘルパーがやってくる数時間前になると、フローレンスの違う面が現われて、まったく別人になってしまう。そうなるのはタイマーをかけられそうなくらい、毎日同じ時間だった。

「ここから出して。このいまいましいベッドから出してちょうだい。助けて。助けて。助けて。た・す・け・て」彼女はそう叫び、その声が豪邸中に響き渡り、大理石の床に反響する。私が部屋に入っていき、しばらくだが彼女を落ち着かせられるときもあったが、それもほんの数秒だ。そう、長くても三秒だった。そしてまた同じ事が繰り返される。「助けて。助けて。助けて。たーすーけーてー」

もしもここがこんな豪邸ではなくて、壁がこんなに厚くなく、隣家とこんなに距離がなかったら、きっと毎日、悲鳴が聞こえると通報されていたに違いない。しまいには、私が部屋にいようといまいと関係なくなる。彼女は補助のヘルパーがやってきて、ベッドから降ろすまで、助けて、ベッドから出してと金切り声を挙げつづける。

こういうときの彼女は何を言っても聞かない。私は彼女に同情していたから、ベッドから降ろしてあげたくなったけれど、彼女の別の面を知っていたから決して降ろさなかった。自分の身の安全と引き換えにはできなかった。ほうきを手に私を追い回し、決然と立っていたあの荒々しい姿は忘れられない。あの姿には、毎日午後に言い合いをするときに思い知らされる彼女の好戦的な性格が表われていた。だから私は医療関係者が立てた介護プランに従っているのだ。けれど彼女には同情していた。自宅に閉じ込められるなんて、どんなにおそろしいだろう。

フローレンスを閉じこめている、ベッドの横の柵はプロが必要と判断したものであり、実際に必要だった。けれど柵の中にとらわれる以前は、彼女は妄想にとらわれていた。病気のせいで彼女は誰のことも信用できず、留守にすると何かを盗まれると思い込んでいたので、自宅を離れられなくなっていた。ベッドに閉じ込められるべきではないけれど、あの自分で自分を縛りつけていたひどい状態と比べたら、彼女は今、ずっと人間らしく生活している。

幼い頃、箱に閉じ込められた記憶がある。でもこの時私は閉じ込められているとは感じていなかった。家の脇の庭にある大きな木製の箱の中にいたのだ。年上のきょうだいの一人が中に入ってごらんといって、その後鍵を閉めてしまったからだ。あの時、真っ暗な中に座っているのに何だかほっとして、楽しかったのを今でも覚えている。まだ二歳か三歳だったころ既に、自分は一人でいるのが好きなことも、静かな時間はすばらしいということも知っていたのだ。しばらくして、狂ったように私を呼ぶ母の声が聞こえてきたので、私は返事をし、事態は解決した。私は箱から出してもらって、家族との混沌とした騒々しい生活に戻った。

けれど、大人になった今は別のものが私を縛りつけている。自分の道を一歩一歩進むことを尊重する強い意志を持てたものの、昔からの考え方が邪魔をする。この自縄自縛の罠から自分を解放しようとしているが、ステージに立つときの不安と緊張を克服するのは特に難しい。

もしもこの頃に、写真を撮ることと書くことから発展して、最後にはステージに立つことになるよと誰かに言われていたら、ばかばかしいと笑っていただろう。きっかけは自分の写真を市場で、やがて画廊で売るようになったことだった。それだけで食べていけるほどには売れなかったけれど、ゆっくりと着実に歩みつづけるには十分な励みになった。

こうしたちょっとした支えのおかげで、私は写真関係の仕事をしようと決心し、メルボルンにあるカメラマンのスタジオでの仕事に就いた。残念ながら、職種は事務職で、一年ほど窓のない部屋で蛍光灯に照らされて退屈な仕事をした後、これでは以前の銀行での仕事と同じでまったく満足できないと気づいた。創造的な仕事に関われそうなチャンスは全然めぐってこなかったので、私はこの仕事に興味を失い、不注意なミスばかりするようになった。この仕事をしていたときはため息ばかりついていたのを覚えている。頬杖をついて、仕事で満足感を得る方法がないかと考え……そしてまたため息をついていた。

ただ、この時の経験から、よい写真を撮るには写真関係の業界で働く必要がないことを知った。デジタルに詳しい友人二人の助けを借りて、写真にその写真から感じた言葉を添えた本を作った。この本をいいと言ってくれる人は結構いたが、出版されるには足りなかった。意見を求めた出版社の人たちからは、カラー印刷の値段がネックだと言われたけれど、きれいな本だと言ってくれた人もいた。数年の間、私はこの本に全力投球し、気力も集中力もめいっぱい注ぎ込んだが、断りの手紙ばかりが増えた。心からの励ましの言葉が添えられていることもあったけれど。こうして落胆し、涙に暮れているうちに、私はギターを手にしていた。まだろくに弾けなかったものの、私は自分にとってはじめての曲を半ば書き上げた。このときはまだ、それがどれほど大きなことかわかっていなかった。

既に流れに身を任せることの必要性を学んでいた私は、写真集が刊行されるかどうかは、最終的にはそれほど問題ではないと思えるようになった。実際にこの本を作ってみる勇気が出せただけで、自分にとってはもう成功だった。成功は、誰かがあなたの本を出版しようと言うか、却下するかで決まるわけではない。そんなことには関係なく、自分を貫く勇気の問題なのだ。この本をめぐる教訓が既に恵みをもたらしてくれたのを感じ、私はついに流れに身を任せられるようになった。ひょっとしたら、この本は私にこの教訓を与えるための存在だったのかもしれない。あるいはいつか、私の準備がもっとできた時に、この本は形になるのかもしれない。

どちらでもかまわない。私は流れに身を任せるのだ。がんばったせいですっかり疲れたし、この本を出版したいという思いにすべてをかけすぎた。そろそろ結果を出そうとするのをやめて、元の生活に戻るべきだった。私は書きかけの歌のこともほとんど忘れ、答えを求めて、瞑想とヒーリングにさらに時間を費やした。いつものように瞑想をし、沈黙の時を過ごしたあと、私はあの書きかけの歌を仕上げたいという強い衝動を感じた。そしてその日、私は曲作りは自分のライフワークの一部であると気づき、その曲を完成させたばかりでなく、もう一曲書き上げてしまったのだ。いったん書きはじめてしまうと止まらない。歌が溢れ出してくる。

子どものころは、みなで親類や友人のためにコンサートを開いていた。私の音楽好きは遺伝なのだ。私の父は家族がいう「ちゃんとした仕事」もしていたが、ギターを弾き、作詞作曲もしていて、歌手だった母に出会った。けれど私はこれまでステージに立ちたいと思ったことはなかった。今でもそんな気持ちは全然ないけれど、ただ作品のために人前に立つことになった。私はその他大勢でいるのが幸せだ。自分で演奏しない作曲家はたくさんいるから、自分もそうなりたいと思っていた。けれど自分の歌を聴いてもらうには、最初は自分で歌うしかない。

これは恐ろしくて、私はかなり動揺し、なかなか落ち着かなかった。愛せる仕事を見つけるために既にとてもつらい思いをしてがんばってきたから、やっと見つけた答えを無視するわけにはいかなかった。でも、ようやく見つけた仕事をするには人前に出なければならないなんて。私はずっと、ひっそりとした生活を愛し、守ってきたというのに。どう考えても、予想される未来は望ましいものではない。

過去を克服するための試練は楽なものではない。私にとっては猛烈に厳しい時間だった。否定的な態度をたくさん取られてきた経験も、今回は助けにならない。私はただ、周囲になじみ、誰にも文句を言われない生活をしたいだけなのに。

何週間もの間、毎日長い時間を、大好きな川辺で一人で過ごし、これが私の人生が向かっている方向だと思いながら泳いだ。ひとかきごとに清冽な水が私を清めてくれる。水の中に潜ると、水の外の世界は消え去る。川辺には鳥たちのさえずりと川岸の木立の間を優しく吹き抜けるそよ風の音しか聞こえない。静けさが私を癒してくれる。だからたびたび私は川へ行って、静けさにひたった。ある日など、カモノハシを見た。カモノハシはとても臆病な生き物で、人間の近くに姿を現わすことはほとんどないと言われているのに。こういう幸運な出来事が私を回復させてくれた。

私は川岸に座り、疲れきった魂を自然が魔法のように癒してくれるのを感じていた。そよ風が優しく顔をなでる。自分に正直にならなければ。これまでの出来事をすべて振り返ってみると、私は心の奥底で、自分がある程度人前に出ることになるとわかっていた。人前に出るのを避けるために歌をやめることもできたが、自分はなんとかやれるだろうと私は思った。そもそも人生は自分のものだし、これから起こることにどう対処するかは自分の選択だ。

そしてついに、この仕事が自分の人生の道筋にあり、この仕事をすることで誰かを助けたり、自分が成長したりできればいいと思えた。私の音楽を聴いてくれる人がいるかどうかの問題ではなく、音楽の勉強を通じて成長できると信じたこともこの流れに身を任せる助けになった。ミュージシャンである友人二人が支えてくれたことも励ましになった。

ステージに立ちはじめたばかりの頃を思い返すと、自分にもお客さんにも同情する。音楽自体はまあ聴けるものだったかもしれないが、かなり後まで、どう見てもつらそうに演奏していたはずだ。手は震え、ギターの音は不安定で、弾き間違えるし、のどは詰まっていた。そんな自分がとても嫌だったし、緊張のあまり気分が悪くなることもしょっちゅうだった。これを改善するには瞑想がかなり役に立った。練習もだ。覚えるものは何でもそうだけれど、けっきょくは練習で上達する。けれど緊張や不安は私を駆り立ててもくれた。これが自分のライフワークであり、携わりたいと憧れていた道だと受け入れたのだ。自分の歌を聴いてほしいという気持ちもあった。ずっと自分の考えを抑えつけてきたけれど、表現しようと思えば、手段はいつもそこにあるのだ。

最初の曲を完成させたとき私は三〇代に突入してだいぶ経っていたし、演奏をはじめたのはさらに一、二年経ってからだった。お酒をいっさいやめていたので、私は人工的な物質の助けを借りずに、正面から不安と向き合わなければならない。けれど演奏は心を開く助けになった。そのおかげで自分の才能の様々な部分を目覚めさせることができた。フローレンスの介護をしていたとき、私は街のパブで曲作りサークルに参加していた。こういうサークルのほとんどは好きになれなかった。この当時の私はとても孤独だったし、トラウマを抱えていたせいで自分の殻に閉じこもっていたから。ステージに上がって自分の歌を歌う事は、どうにかできていたけれど、楽しいと思えるようになったのはずいぶん後のことだった。

それでもサークルは私を成長させてくれた。部屋じゅうの見知らぬ人たちに自分自身の考えを表明しているときは、間違いなく心を開いている。自分の歌を何度もほめてもらえたこと、また自分には言わねばならないことがあったこと、この二つのおかげで私はシンガーソングライターになれた。

そのうちに、私は自分が自分のスタイルや性格に合わない場所で歌っていたことに気づいた。その後何年か騒々しいライブに出たが、嫌になり、パブのライブに出るのはやめた。修業時代はもう終わりだ。ライブで歌う機会は減ったかもしれないけれど、パブのライブに出て認められてけに出るようになっていて、観客が私の歌をちゃんと聴いてくれるばかりでなく、ちゃんと理解してくれるという喜びも味わっていた。同じ考え方を持つ人たちとわかりあえるのはすばらしい気持ちだった。このときから、コンサート会場でのライブや自分に合うテーマのフェスティバルだけに出ることにした。

ステージに立ちはじめた頃の自分を思い出してみると、あんなにも弱かったことが信じられない。今では自信を持ってライブに出ている。自分に合った場所で、自分に合った観客に向けて演奏しているからだ。私の歌にはいろいろな意味があり、ほとんどの曲は静かな曲だ。とても。許される限り。私はもうパブでチャリティくじの当選番号をマイクで叫ぶ声に負けないように歌わなくてもよくなったし、壁のスクリーンに映し出されるテレビでボクシングがはじまると観客がいっせいに興味を失うような目にもあわなかった。ステージでミスをしても、ひそかにふっと笑って、そのまま演奏を続けられる。演奏者だって人間なのだ。

〝ミスター・インビンシブル〟にじろじろ見られないですむようになったのも清々しかった。そう、いつもパブで飲んでいるうちに、なぜか突然、自分はジョニー・デップにそっくりの美男だと思い込むような男性だ。彼はステージの真ん前に立ち、一八杯目のビールをこぼさないようにしながら身体を前後に揺らし、私に流し目をしてくる。彼は女性たちにとって自分は神からの贈り物のようなすばらしい男だと信じ込んでいて、うなずきかけたり、ウィンクをしたりしながら、君だけのためだというように腰をくねらせる。そしてこいつは自分のお眼鏡にかなうと思ったら、ステージの脇で待ち伏せし、君は男を求め、すばらしい愛を探しているんだろう、そんな君の祈りに応えてあげようと言う。こういう目には嫌と言うほど遭った。彼らに幸いを。

創作活動を仕事にするために、私はステージの上での緊張を克服する以外にも、私にしては勇気ある行動をした。一年間音楽を勉強したのだ。もっと音楽について勉強したいと思い、さらに独学で音楽理論を勉強し、そのプログラムのオーディションに合格できた。このオーディションでは自分の曲も披露した。声がかなり震えていたけれど、それでも合格した。三〇代になって学生に戻れた私は、その時間を一秒も逃さず楽しんだ。

ステージでの緊張を克服するために、別の手段も使った。練習は確実な手だった。自分を出すことが、演奏にも歌にも自信を持つことにもいつも役立った。けれど特に役に立ったことが二つあった。どちらも自意識から自由になるための手段で、ステージの上だけでなく、どんな場面にも応用でき、役に立っている。

不安になったり、「どうしてできるなんて思ったんだろう?」などという否定的な考えが浮かんできたりした時は、歌の途中でも瞑想をはじめるのだ。歌うのをやめたり、ステージに座り込んで蓮のポーズをしたりするわけではない。歌もギターも続ける。ただ自分の呼吸に意識を集中し、吸って、吐いてというリズムを感じる。その間、歌詞が途切れずに出てくるだろうかとか、ギターのどこを抑えるかを自分の身体が覚えているだろうかという心配をしてはいけない。自分を信じ、呼吸に集中するのだ。これはとてもうまくいく。この方法を採ると、私は落ち着いて前より表現力豊かに、存在感を持って歌えるようになる。

もう一つ、私の考え方を変え、不安を克服させてくれた方法は、エゴを捨て、今は聴いてくれている人たちを楽しませることに専念する時だと考えることだった。演奏の前に、音楽が降りてきて、ここにいる人たちに喜びをもたらせることを感謝する簡単なお祈りの言葉を口にするのだ。こうして私は緊張から解放され、聴衆と同じぐらい思いきり音楽を楽しめるようになった。

ステージではすばらしいことをたくさん学んだ。音楽をやりたいと志す前から、いつも身近に音楽があったことをとても感謝している。今身につけようとしていることを通じてどんな才能が開花するか、身につけてみなければわからないでしょう？　やり遂げなければわからないのだ。今後演奏を続けるかどうかはもう問題ではなくなった。続けるなら、おおいに楽しむだろう。そしてもしやめるのなら、次にやることをとても楽しむだろう。どちらでもかまわない。私は導かれるままに進んでいくつもりだ。

ステージでの緊張を克服したおかげで、その他の時も自分の気持ちをコントロールできるようになった。物心ついた頃から自分で作り出してきた否定的な思考パターンから解放されたのだ。何かにとらわれているなら、そこから解放された方がいい。そのほとんどは身体的に捕われているわけではないし、そうだったとしても、その原因は否定的な思考パターンや後ろ向きな思い込みなど、実態のないことからはじまっている。

残念ながら、フローレンスの場合は、補助のヘルパーが来るまではベッドに捕われている。私がいても叫び声が小さくなるわけではないので、同じ部屋にいない方が身のためだと思った。時々私は部屋に首を突っ込んでみる。そうするとフローレンスは二秒ぐらい動きを止めて私を見てから目をそらし、また「助けて」と叫びはじめる。この女性《ひと》は歌手になればよかったのに。声量なら保証付きだ。

シドニーの波止場をヨットが通った。ヨットに乗っていた素敵な男性たちと友人だった頃を思い出し、私は今頃彼らはどうしているんだろうと考え、微笑んだ。そのとき玄関のベルが鳴り、私の追憶は破られた。

もう一人の介護者とベッドの柵を降ろしはじめると、フローレンスはあっという間に叫ぶのをやめる。ほんとうにあっという間に。そして私たちに微笑みかけ、「まあ、二人ともこんにちは。今日はご機嫌いかがかしら?」と言うのだ。私たちは顔を見合わせて微笑み、彼女をベッドから助け降ろす。補助のヘルパーはフローレンスの金切り声を一緒に数時間聞いてくれるわけではないのだが、それでも毎日午後来てくれるのは歓迎だった。

「どうもありがとう、フローレンス。あなたはご機嫌いかが?」と私は訊き返す。

「悪くないわ。ブロニー。波止場にいるボートを見ていたの。水曜日にレースがあるのよね」

「そうね、フローレンス」と私は同意した。

三人で庭を散歩しながら、みなで草花の色鮮やかさに驚嘆する。この庭は何年も荒れ放題になっていた。けれど最近フローレンスの親類が資産管理の代理人になり、フローレンスの意識がはっきりしたときに楽しめるよう、庭をきれいにしておくべきだということになったのだ。そして庭師たちが離れ業をやってのけ、プールもすっかりきれいになった。

「うちのきれいな庭を見てちょうだい」フローレンスはいう。「今頃の季節は本当にきれいね」私と補助のヘルパーは心から同意した。すっかり放置されていたのに、その下には美しい庭が残っていて、今は昔の輝きを完全に取り戻している。

「あそこに降りてあのお花を植えたのは、ほんのこの間のことよ。庭の手入れは気が抜けないの。特にいろんな虫たちにはね」私たちは微笑み、また同意した。ほんの一、二ヶ月前はこの庭が荒れ果ててぼうぼうのジャングルだったことを考えると、フローレンスの言葉は面白かった。

フローレンスは花にからまった蔓を数本取り除きながら続けた。「庭仕事はなまけちゃだめ。たくさんの愛情と時間を注がないといけないの」私は彼女に咲いている花のことをたずね、彼女は驚くほどはっきりと詳しく答えてくれた。「この蔓は花に絡まって窒息させてしまうのよ」フローレンスはそう言いながら、さらに数本蔓を取り除いた。私がうなずくと、彼女は続けた。

「私は何者にもとらわれないの。知っているでしょう。だから、お花もとらわれないようにしてあげるの」

　そしてフローレンスが美しい庭を束縛から解放しつづける間、私は心の中で、自分自身が束縛から抜け出す勇気を持てたことに感謝して祈った。私も今ではこの花と同じように、自由に成長し、花開けるのだ。

後悔二　働きすぎなければよかった

バランス

お皿を拭いていると、患者のジョンがオフィスで男の子のようにくすくす笑っている声が聞こえた。「そう、彼女はちょうどいい年頃なんだよ」彼は笑って、電話の向こうの友人にむかって、私の話をつづけた。ジョンはもうすぐ九〇歳になる。私はまだ三〇代だ。以前ある七〇歳の老人が「男はみんな少年なんだよ」と言っていたことを思い出し、私はひそかに笑いながら首を振った。

その後、オフィスから出てきたジョンは、私が知っている人当たりのいい紳士に戻っていて、さっきのいたずらっぽさなどまったく感じさせない。けれど彼は、一緒にランチに行ってほしいのだが、ピンクのワンピースは持っているかな？　もし持っていないなら、買わせてほしいのだが、かまわないかな？　と言った。私は笑いながら、ワンピースを買ってくれるという申し出は礼儀正しく断った。ピンクのワンピースなら本当に持っているから。食事に行くのは本来の介護の仕事には含まれていないけれど、喜んでお供させていただきます、と私は余命わずかなこの老人に答えた。彼はすばらしく喜んでくれた。

とても高級なレストランに二人分の席が予約されていた。波止場をのぞむ公園に面した窓際の真ん中のテーブルという、お店で一番の席だった。金の縁取りのある紺のジャケットを着て、アフターシェイブローションのさわやかな香りを漂わせているジョンは、とてもこざっぱりとして見えた。彼は私の腰に手を置いて、テーブルまでエスコートしてくれた。外の景色を眺めてからふと振り向くと、彼が近くのテーブルに座った四人の男性にウィンクしているのが見えた。四人はみなくすくす笑いながら私を眺めていたが、私にばれたと知った瞬間にいっせいにまじめな顔になった。

「お友達ですか？　ジョン」私はにっこりしながら訊いた。彼はもごもごしながら、こんなにスタイルのいいヘルパーさんが来ていて、どれだけ幸運かを友人たちに見せたかったんだと認めた。私は笑ってしまった。「私の歳の女なら誰でも、たいていの八〇代の方々よりもスタイルがいいと思いますよ」そう答えながらも私は、彼のマナーには非の打ち所がないのを認めざるをえなかった。同年代にもこんな魅力と食事のエチケットを身につけた男性が、もっといればいいのに。私たちはおいしいランチを楽しんだ。ジョンが前もってレストランに電話し、完全菜食主義者《ベーガン》の女性を連れて行くと知らせておいてくれたので、お店ではおいしい野菜ローフを特別に用意してくれていた。

彼の友人たちはランチの間、邪魔をしてはいけないし、テーブルにやってきてもいけないと言われていたらしい。後で私を紹介するから、と。だから彼らは自分たちが食べ終わってからも長い間、私とジョンが食事とおしゃべりを終えるまで、辛抱づよく待っていた。それから、ジョンがまた私の腰に手を置いて、友人たちのテーブルまで連れていってくれたので、私は彼らに愛嬌を振りまきながらも、ジョンが一番注目を浴びるよう気を配り、完璧なガールフレンドを演じた。ジョンはまるで得意げに羽を逆立てている求愛期の雄鶏みたいだった。とても楽しい時間だった。

けれどその実、彼は不治の病に冒されている。彼の最後のお出かけの一つで、この害のないお遊びにつきあってあげたとしても問題ないはずだ。ジョンの自宅に戻り、ピンクのワンピースからもっと実用的な仕事着に着替えると、ジョンにとっては残念なことに、私が彼をベッドに連れていった。彼はお出かけを楽しんだが、今は疲れきってもいた。

死を前にした人たちはとても体力が衰えているので、ちょっとした外出も週八〇時間煉瓦を運ぶ重労働のように感じられる。消耗しきってしまうのだ。多くの家族や友人たちはよかれと思って訪ねるが、病人を疲れさせてしまう可能性があるのをわかっていない。最後の一週間ぐらいになると、五分か一〇分ほどの面会も患者にとっては重労働になるのだが、次々とお見舞いがやってくるのはだいたいこの時期だ。

この日の午後はジョンと私だけしかいなくて、彼はぐっすりと眠っていた。私はピンクのワンピースをたたんでバッグにしまいながら、ランチで彼を喜ばせられたのは素敵なことだったと思った。私にとっても楽しい時間だった。

私の若さは別の意味でもジョンの役に立っている。私の方が彼よりもコンピューターがわかるからだ。私は、彼のオフィスで一ヶ月前からしている仕事の続きをした。ジョンはその年齢にしてはすばらしいことに現代のテクノロジーを理解しようとしていた。けれど彼はフォルダーやデータの整理というものを知らないので、ファイルの中がめちゃくちゃだった。彼が眠っている間に、私がカテゴリーを作り、何百もの書類を、後でわかるようにインデックスをつけながら、あるべきところにおさめた。けれどさっきも言ったとおり、ジョンはその年齢にしては、驚くほどコンピューターを使いこなしている。

次の週になって、ジョンが衰弱していくのを見ると、先週ランチに行っておいてよかったと思った。彼はもう自宅から出られないだろう。時間はまだ数週間あるかもしれないし、ないかもしれない。それはわからないけれど、彼が急速に衰えているのはたしかだった。その日の午後遅く、ジョンと私は自宅のバルコニーの寝椅子に座り、ハーバーブリッジとオペラハウスの向こうに日が落ちていくのを眺めていた。ドレッシングガウンとスリッパという姿のジョンは、少し食べようとしていたが、難しいようだった。「無理しなくていいんですよ、ジョン。食べたいものを食べられるだけ食べればいいんです」私はそう言った。この言葉の裏の意味を二人ともわかっていた。ジョンは死に直面していて、その時はもうそう遠くない。彼はうなずくと、お皿にフォークを載せ、私に手渡す。私はトレイを脇に片付け、そのまま二人で夕日を眺めていた。

夕暮れの静けさを破ってジョンが言う。「ブロニー、私はあんなに働くんじゃなかったよ。なんて愚かなばか者だったんだ」私はバルコニーのもう一つの寝椅子に腰を下ろしながら、ジョンを見た。促すまでもなく、彼は続けた。「私は働き過ぎたから、今こうして孤独に死んでいこうとしている。最悪なのは、引退してからずっと一人だったこと、それにそんな思いをする必要は本当はなかったってことだ」私が聴いていると、彼はすべてを話してくれた。

ジョンと妻のマーガレットは五人の子どもを育て上げ、今ではもうそのうちの四人のところに孫がいる。残りの一人は三〇代の前半に亡くなった。子どもたちがみな成人して巣立っていくと、マーガレットはジョンに引退してほしいと言った。二人とも健康で元気で、豊かな引退生活を送るのに十分なお金もあった。けれどジョンは決まって、もっとお金が必要かもしれないと言っていた。それに対してマーガレットはいつも決まって、必要なら、子どもたちが出て行ってがらんとしている広い家を売って、二人きりの生活にあった家を買えばお金が浮くわと応じていた。ジョンがずっと仕事を辞めなかったので、このやり取りは一五年間繰り返された。

マーガレットは寂しくて、第二の人生での二人の絆を見つけたがっていた。彼女は長年、旅行のパンフレットを熟読し、国内外のいろいろな場所に行ってみようと提案していた。ジョンももっと旅をしたいと思っていたので、マーガレットの提案にはいつも賛成した。けれど残念ながら、ジョンは仕事上の地位も満喫していた。仕事そのものというより、仕事のおかげで世間や友人たちの間で高い地位にいられるのが好きだったのだと彼は告白した。そして難しい商談をまとめることが中毒のようになっていたとも語った。

ある夜、マーガレットがジョンに、もう引退してほしいと泣きながら訴えた。ジョンは美しい妻の姿を見て、彼女が彼と過ごせなくてとても寂しがっていること、それに二人ともとても歳をとったのだということに気づいた。このすばらしい女性は彼が引退するのを辛抱強く待ってくれている。妻を見ると、彼女は出会った日と変わらずにきれいだ。けれどこのときジョンは生まれてはじめて、二人とも永遠に生きるわけではないのだと思った。

今となっては本人にも正当化できない理由で彼は引退を尻込みしていたのだが、この時は引退しようと口にした。マーガレットは飛び上がって彼に抱きつき、今度は悲しみの涙ではなく喜びの涙を流した。けれどその笑顔は長くは続かなかった。彼が「あと一年のうちに」とつけ加えた瞬間に消え去ったのだ。このとき会社では新しい取引の交渉をしていたので、彼はそれを最後まで見届けたかった。マーガレットは彼の引退を一五年間待ってくれた。もう一年ぐらい、もちろん待ってくれるだろう。二人は歩み寄ったが、彼女の方は仕方なく妥協しただけだった。太陽が完全に沈んで見えなくなると、ジョンは私に、自分がいかに勝手か、あの時もわかっていたのに、どうしてももう一つ取引をやり終えてからでないと引退できなかったのだと語った。

長年この時を夢見てきたマーガレットにとって、やっと物事が現実的になってきた。実際に計画を立て、旅行代理店に何度も電話をした。毎晩ジョンが家に帰ってくると、マーガレットは夕食を用意して待っている。かつて家族全員が座っていたテーブルで食事をしながら、彼女はとてもうれしそうにいろいろなアイデアや計画を話した。ジョンはやっと引退について積極的に考えるようになったけれど、マーガレットが時期を早めてはと言っても、一年後という最初の答えを変えなかった。

引退に同意してから四ヶ月後、その日まであと八ヶ月というときに、マーガレットは体調が悪くなった。最初は少し吐き気がするという程度だったが、一週間近く経ってもよくならない。ある日、ジョンが帰宅すると、「明日、病院を予約したわ」と彼女は言った。もう日は落ちて、辺りは暗かった。職場から帰宅する人々の車の音が、遠くからまだ聞こえている。マーガレットは元気なふりをして言った。「きっと何でもないと思うけど」

ジョンは妻の身体が心配だったけれど、次の夜、マーガレットに医師に検査を勧められたと聞くまで、深刻な事態は予想もしていなかった。検査の結果は次の週まで出なかったが、その間に彼女はますます具合が悪くなり、痛みが激しくなったので、どこかが悪いとしか思えなくなった。ただし二人はどれだけ悪いかをまだ知らなかった。マーガレットは余命いくばくもなかったのだ。

人は往々にして、将来の計画を立てることに時間をかけすぎる。幸せはずっと先になってから手にすればいいと考え、この世の時間はすべて自由になると思っていることが多い。明日があるのかどうか、本当は誰にもわからないというのに。ジョンが今感じている後悔はよくわかる。仕事に夢中になる気持ちはわかるし、それに罪悪感を持つ必要はないと私は思う。私も今の仕事が大好きだ。常に悲しみがつきまとう仕事だとしても。

けれどジョンに、もし支えてくれる家族がいなくても、仕事はそれだけ楽しかったですか？

と訊くと、彼は首を振った。「私は仕事がとても好きだったよ、もちろん。それに地位もすごく気に入っていた。けれど、今となってはそれが何になる？　私は人生で本当に自分を支えてくれたものに十分な時間を費やさなかった。マーガレットと家族、そう、大切なマーガレットに。妻はいつも愛し、支えてくれた。それなのに私は彼女のために家にいようとはしなかった。妻は面白い人でもあったんだよ。一緒に旅をしたら、きっととても楽しかったはずだ」

マーガレットはジョンの引退予定日の三ヶ月前に亡くなった。実際にはジョンは彼女の看病のために予定を早めて引退していたけれど、ジョンはそれ以来、引退のことでどれだけ罪悪感に苛まれてきたかを語った。彼は自分のいう「間違い」を認められる気持ちになったが、今でもマーガレットと笑いながら旅をしたかったという思いは消えない。

「私は怖かったのだと思うよ。そう、怖かったんだ。怯えていた。ある意味、地位が私の価値を決めていた。もちろん、こうして死を控えてここに座っている今は、良い人間でいることだけで、人生には十分以上だと知っている。我々はなぜ、物質的な成功で自分の価値を計ろうとするのだろう？」ジョンは心に浮かんだことを口に出しながら考えていた。時折もらす脈絡のない言葉からは、いつの時代も多くの人々が自分の価値を心ではなく所有している物ややり遂げたことにあると考え、すべてを手に入れようとすることへの悲しみがあふれているのがうかがえた。

「より良い暮らしを求めるのは悪い事ではない。誤解しないでほしい」彼は続けた。「でもさらに上を求めつづけることになるし、自分を業績や持っているもので判断したいという気持ちの表われだから、結果的に愛情とか、自分が本当に好きなことをする時間とか、自分の人生のバランスなど、本当に大事なものから離れていってしまう。きっと大事なのはバランスだ。そうじゃないかな？」

私は静かにうなずいた。頭上の空には星が出てきて、水面には街の色とりどりの灯りが映っていた。私にとっても、バランスを取るのはいつも少し難しかった。ヘルパーという仕事でも、私はオール・オア・ナッシングで考えがちだった。患者の死期が迫っている場合、患者の家族はできるだけいつも同じヘルパーの介護を受けられるよう望むので、私は勤務日は一二時間のシフトで入るのが普通だった。しかも余命一ヶ月を切ると、週に六日働くことも珍しくなかったし、その間に泊まりのシフト、つまり三六時間ぶっ続けで患者の家に居ることもあった。そもそもどんなに好きな仕事でも、週四八時間労働というのは健全な働き方ではない。

患者が眠っている時間もあるが、その間もそばについていなければならない。やることは他にもたくさんある。こういうときはまるで自分の人生が一時停止させられているように感じる。もちろんこの仕事は人生の一部なのだから、後から考えれば人生は止まっているわけではない。だが、患者が亡くなったときには、私は疲れきっている。こんなふうに全力疾走で走り抜けたあとは、しばらく専属の患者が現われないのが普通だった。その間、私は休みを歓迎し、久しぶりに会う友人とおしゃべりをし、音楽と物を書くことを再開し、また一からやり直す。こうした長期の休みを一つか二つ単発のシフトをこなす程度で過ごすのはとても快適だ。けれど仕事の不規則さのせいで収入は不安定だった。仕事がなくなれば、お金もなくなる。

ちょうどこの頃、私は週一回の仕事を依頼された。内容は母子センターでのオフィスワークだった。定収入につながるこういう仕事は大歓迎だ。センターでは妊娠中の女性と産後の母親たちに出産講座を行っていた。今週いっぱいもつか、あるいはすぐに最期の時がくるのかという人たちの介護の合間に、座っていると子どもたちが登ってきて、頰によだれまみれのキスをしてくれる仕事に行っていた時期が何週間かあった。

このまったく正反対の状況に置かれることが、人生の喜びを思い出すためのいいきっかけになった。患者は亡くなり、センターにはまた新しい赤ちゃんがやってくる。赤ちゃんは信じられないほどか弱くてかわいかった。私の上司マリーはとても広い心の持ち主で、これほどすばらしい人に私は会ったことがない。私は今でも彼女が大好きだ。私の仕事には母親学級の資料を改訂することも含まれていた。そのため私は一日のほとんどを、世界中の様々な文化の女性たちの妊娠や出産に対する考え方の違いについての資料を読んで過ごすことになった。そのおかげで我々西欧人が出産に対する恐怖を植えつけられているのに対し、他の多くの文化の女性たちは自然にとらえていることがわかった。その結果痛みが大きく軽減される場合もあるという。妊娠、出産はみなに祝福される、喜びにあふれたすばらしいこととされているのだ。

誕生と生命にかかわるのは、私にとってとても健康的なことだった。余命いくばくもない人々のそばにいて、患者や家族に強く共感していると、ときどき疲れきってしまう。世界には自分の人生のすべてを死に行く人々に捧げている人たちもいる。そういう人たちはきっと、感情を切り離す訓練が私よりできているのだ。あるいはバランスを取る術を知っているのか。私にはわからない。私はそんなことは考えず、精一杯患者を大事にしていた。わかっているのは、週に一度、生命の終わりではなくはじまりにかかわることで、この数年、気づかぬうちに失ってきた明るさを生活の中に取り戻せたことだけだ。まるで誰かが窓を開けてくれ、さわやかな風が吹き抜けていくような、新鮮で生き生きとしたエネルギーを取り戻せた。

毎週こうして両極端の場にいくことによって、私は余命宣告を受けた患者のことも赤ちゃんとして見られるようになった。それに、新米ママたちが誇らしげに大事な赤ちゃんを見せてくれると、私はその赤ちゃんたちが希望を持って成長し、充実した人生を送るところを想像する。そしていつか、私の患者たちと同じように彼らも人生の終わりにたどり着くだろう。こんなふうに人生のはじまりと終わりに接しているのはとても興味深い体験だった。私はとても幸運だったと思う。

この時から、私はさらにこれまでに出会ったすべての人々に好感を持てるようになった。誰にでもか弱い赤ちゃんだった頃があり、そしていつの日かみな死んでいくのだと認識したからだ。もちろん私自身も。私は自分の両親やきょうだいや友人や見知らぬ人々が、無邪気で希望にあふれた赤ちゃんや子どもだった頃のことを考えるようになった。彼らが家族や保護者や社会などから傷つけられて、生まれ持った無垢な信頼や疑うことを知らぬ心が変わってしまう前はどんな人だったのだろうと考えるのだ。そうするとその人の心の善良さがはっきりと見えてきて、みなを子どもを守る母のような気持ちで愛せるようになった。

さらに、長年私にぶつけられてきた心ない言葉は、それを言った人たちの本当の気持ちではなかったのだと思うようになった。生まれ持った純粋な美しい心ではなく、生きていくうちに受けた傷が言わせたのだ。彼らの中には今も、何十年も前に生まれたかわいい赤ちゃんがいる。愛しくて小さくて純真な子どもが今でも彼らの中に生きているのだ。そしてある日、多くの人たちと同じように、死を前にして人生を振り返り、悟るのだ。

私はある人たちを嫌っていたこともある。けれど私が嫌いだったのは、その人たちの態度や言葉だけだった。私はそう思った。今は彼らの無垢な心やかつては世界がかならず幸せを運んできて、自分の面倒をみてくれると信じていた心を愛している。それが裏切られたとき、苦しみがはじまり、幻想が壊れたつらさから彼らは完璧とは言えない行動を取るようになったのだろう。私だって同じだ。私だって自分のつらさや自分の希望した人生と現実が違うという失望から他人を傷つけた。小さな女の子だった私は他人の苦しみにさらされることによって信じる心を壊されたが、そこからの行動は自分の苦しみによるものだ。

私の家族をはじめとするこうした人たちの心は、生まれ持った純粋さを失ったわけではない。ただ苦しみや日々の生活のせいで曇っているだけだ。かつて私がある人たちに求めた幸せや友情は、これからでも実現できる。どちらにしてもそんなことはもう大きな問題ではない。私は彼らを、すべてを信じている無垢なかわいい赤ちゃんだと考えることにしたのだから。彼らが他人になにか優しくないことを言っても、それは私と同じように傷ついてどうしていいかわからなくなった子どもが、自分のつらさを表現するために言っていることだ。だから私は彼らを愛しつづけられる、私はそう思っていた。

バルコニーでジョンの隣に座っていると、年老いた彼の中にもか弱い子どもがいるのがわかった。何か周囲の影響で、仕事で自分の価値を証明する方が、妻と旅行に行くよりも幸せになれると信じてしまったかわいい小さな男の子が。彼がときどき深いため息をつくたびに、その頰をゆっくりと涙が伝う。もの思いに沈んでいる彼を一人にするため、私は皿を家の中に持っていって、洗った。バルコニーに戻ると、ジョンの脚に膝掛けをかけ、頰にキスをしてから、また横に座る。

「ブロニー、人生について一つだけ君に教えられることがあるとしたら、これだ。働きすぎたと後悔することになるような生き方をしてはいけない。自分が後悔することになるなんて、最後の最後になるまでわからなかったよ。けれど心の奥底では、自分が働きすぎていると気づいていた。あんなに働いたのはマーガレットのためだけじゃない、自分のためでもあった。今のように、他人にどう思われるかなんて気にしなければよかったんだ。どうして死が迫ってくるまでわからなかったんだろうね」彼は首を振り、続けた。「仕事が好きで、力を注ぎたいと思うのは全然かまわない。けれどもっとプライベートに力を注ぐべきなんだ。大切なのはバランスだ。バランスを失わないことだ」

「そうですね、ジョン。まだ私はそうできるようがんばっている途中だけれど、心配しないで」私は正直に言った。彼はこの言葉の意味をわかってくれた。これまでにお互いにいろいろな話をしてきたので、わかってくれたのだ。それからジョンは一人で笑い出した。いったい何がおかしいのか話してほしいと私は言った。

「そうだな、一つ君に教えてあげられることがあるが、それは働きすぎるなということじゃない。別のことを思いついたんだ、今急にね」

「教えてください」私はにっこりした。

　彼はいたずらっぽい目でわたしを見た。「ピンクのワンピースは絶対捨てるなってことだ!」ジョンは笑いながら私の椅子を指し、それから自分の椅子の脇をたたいた。椅子を引き寄せるようにという合図だ。私は笑いながらそれに従った。それから二時間ほど、私たちは膝掛けをかけて寄り添って座り、波止場を眺めていた。話している間にときどき心地よい沈黙が訪れ、またどちらからともなく話しはじめる。沈黙の後、ジョンが深いため息をついてから話しはじめることもあった。私はそれに応え、彼の手を取り、ぎゅっと握った。

　ジョンは悲しげに微笑みながら私を見た。「家族以外に、この世に何かよいものを遺せるとしたら、この言葉を遺すよ。働きすぎるな。バランスを失わないようにすること。仕事だけが人生にならないようにしろ」私は優しく微笑み返し、彼の手を持ち上げて、手の甲にキスをした。

　それからしばらくしてジョンは亡くなった。この時はまだ知らなかったけれど、私はその後、介護した患者たちから、彼と同じ言葉を繰り返し聞くことになる。けれど私の胸には自らの人生を振り返って明確に語ってくれた彼の言葉が刻まれている。

人生の意義

空き家にならないようルースの家に住み込んでいた頃からしばらく経ち、私はだいぶいい生活ができるようになっていた。留守宅の管理を私に任せるといいという評判が、裕福な人たちのネットワークに口コミで広まったおかげだった。数週間とか数ヶ月ごとに住む場所が変わることで消耗した時期もあったけれど、おかげであちこちのきれいな家に住むこともできた。そのうちの一軒はオーストラリア一のお金持ちの邸宅に隣接していた。間違いなく富裕層の住む環境だ。

留守宅の管理の仕事の多くは掃除や庭の手入れなどで、窓拭きだけということもあった。自分の家のように住ませてもらいながら、やるべきことはそれだけ。言うまでもなく楽な仕事だ。このネットワークにはお金持ちなばかりでなく、創造力が豊かな人たちもいた。だからとても明るくてカラフルで魅力的な家が多かった。

そしてこの留守宅の管理の顧客を通して、パールの介護を引き受けた。パールの家は本人同様に明るかった。余命宣告を受けた人のいる家にしては最高に。パールと私は一目でお互いを気に入った。パールは三匹の犬を飼っていて、一匹は知らない人をとても怖がるのに、私には会って数分で膝に座ってくれた（動物好きな人がわかるのだ）。この小さな黒い犬の行動のおかげもあって、パールと私はすぐに信頼しあえた。

パールは数ヶ月前、六三歳の誕生日の直前に不治の病だと診断された。三匹の飼い犬と家を愛する彼女は、自宅のベッドで死を迎えようと決めた。その時が来たら三匹を引き取ってくれるという友人がいるので、パールは犬たちが離ればなれにならずに済むと安心している。自分の最期が近づいてきていることも、彼女は穏やかに受け止めていた。

私が介護した患者の多くは、最初は自分の置かれた状況を受け入れられない。最終的に避けられない結果がやってくると認めるまでに、激しく心が揺れ動く。余命宣告を受けたとき、ショックに耐えられない患者もいる。それなのに家族や医療関係者の中には、患者にどれほどの衝撃を与えるかを理解せず、あまりにも事務的に告知する者もいる。けれどこういう時には優しさが絶対に必要だ。

パールはそのときが来たことを受け入れる準備がかなりできていた。スムーズに受け入れられた理由の一つは、三〇年以上前、一年の間に夫と一人娘を相次いで亡くしたからだという。もうすぐ二人に再会できると心の中でわかっているのだ。

夫は仕事中に不慮の事故で突然亡くなった。彼女は「不慮の」出来事などこの世にないと信じているので、そういう表現は使わなかったが。彼女は言う。「意味のあることだったのよ。もちろんとてもつらかったわ。でもあれから三〇年以上も生きてきたけれど、夫を失うという経験をしたおかげで今の私があるのだし、人を支えられるようになるために必要なことだったとわかったわ。彼の死を経験しなかったら、私は違う人間になっていたもの」

幼い娘を亡くしたことは哲学的にとらえている。娘トーニャは八歳のときに白血病で亡くなった。「子どもを失うことは、みなが言う通りとても不幸なことよ。誰も経験しなくていい。けれどそう、世界のどこかでは毎日、誰かが我が子を亡くしている。私もその大勢のうちの一人に過ぎないのよ」娘について語る彼女の言葉を聴きながら、私はその穏やかさを尊敬した。「長く苦しまなかったことは娘のためにありがたかった。あの子は私に無条件に人を愛することを教えるために生まれてきてくれたんだと思うの。あれ以来、私は血がつながっていない人のためにも動こうと思えるようになった。ああ、トーニャ、私のかわいい娘」

娘について、細かいことははっきり思い出せなくなってきたけれど、その姿は心の中で今も鮮やかに生きている。パールは今も娘を強く愛している。愛は消えない、彼女は幸せそうに言った。それからトーニャが亡くなってからの日々がどれだけつらかったかを語ってくれた。元の暮らしにちゃんと戻れるまで、かなり長い年月が必要だったという。けれど彼女は自分が不幸だとは思っていない。子どもを失うつらさを知っていて、他の人にはそんな思いをさせたくないと思っているが、子どもを持つ喜びも知っている。この気持ちはすべての人が味わえるものではないと彼女は語った。

私たちはどんな困難でも、乗り越えれば必ず何かを得られると話し合った。パールは言う。「運命に裏切られたという態度を取りつづける人も多いけれど、それで何になるというの？　自分で自分を不幸にしているだけよ。全然運命のせいなんかじゃない。誰のせいでもないわ。自分の人生に責任を持てるのは自分だけ。人生を精一杯生きるには、自分に与えられたものをありがたいと思い、不幸だと思い込まないことね」

人生に裏切られたと思っている人には今までかなりたくさん会ってきたけれど、あるときステージに立っていて、自分もその一人だったと気づき、今までの人生で一番ハッとしたと私は話した。自分が過去の傷にとらわれ、自分の人生がどれだけつらいかしか考えられなくなっていることに気づいたときは本当に驚いた。

彼女は私を批判しなかった。「誰でもそうなってしまう時はあるわ。共感と裏切られたという思いは紙一重なのよ。でも共感は自分への優しさから生まれるもので、自分を癒す力になるわ。

運命を恨み続けることは自分を傷つけるし、時間の無駄ね。他人を寄せつけなくなってしまうだけじゃなくて、本当の幸せを知る機会をなくしてしまう。どんなことも誰のせいでもないのよ」彼女は続けた。「不幸から抜け出すのも、どんないいことがあったかを認識するのも、困難に立ち向かうのも、みな自分でしなければならない。そういうつもりで生きていけば、幸せが向こうからやってくるはず」私はこの女性《ひと》が大好きだ。

それから困難な生活をしている人はたくさんいて、大きなチャレンジをしている人もいるけれど、彼らは小さなことに喜びを見いだし、めげずにがんばり続けているのだと彼女は語った。一方で、自分が本当はどれだけの幸せにめぐまれているかをわからずに、他人と比較し、延々と不平を言い続ける者もいる。この点について、私はパールに全面的に賛成できる。私はまだ心の中に苦しみを抱えていたけれど、自分に与えられた幸運を見失ってはいなかった。もっと大変な思いをしている人は必ずいる。

夫と娘を亡くした悲しみから立ち直り、元の生活に戻ることができた彼女は数年間仕事に没頭した。仕事は楽しいと思っていた。同僚や顧客も好きだったし、彼らを元気づけ、幸せでいてもらうために仕事をしようと考え、ちゃんとそれを実現していた。でも心にはいつもぽっかりと穴が開いていた。けれど二〇年近くの間、空しいのは家族を失ったからだと思っていた。

あるとき、ふとした言葉で彼女の人生は変わり、気づくと新しいコミュニティプロジェクトを立ち上げようとしている顧客を時間外に手伝いはじめていた。パールはそれほど意識していなかったが、どんどん積極的に参加するようになった。このプロジェクトが好きだったし、関わっている人々の意図に賛同したからだ。「二〇年以上忘れていた情熱を感じたの。どうしてだかわかる?」彼女は問いかけ、私は答えを待った。「私にはやりたいことがある。本当にやりたいことが。仕事をしていても空しかったのはそのせいだったのよ。私にとっては以前の仕事には十分な意義がなかったの」

この話は容易に理解できた。私はパールにこれまでの仕事について話した。緩和ケアと音楽という、充実した仕事にたどり着くまでの試行錯誤も全部。彼女は私の今の仕事には、以前のものよりも意義があると認めてくれた。人はみな本当の自分にあった仕事をしていれば、そこに意義を見いだせるはずだと考えていた。見方の問題なのだ、と。

パールの家には美しい温室がある。ガラスの天井を通して冬の陽が暖かく降り注いでくる。明るくて素敵な場所だ。毎朝、車椅子でパールを連れていくのだけれど、その膝にはいつも必ず犬が一匹、ときには三匹みんな乗っている。摘みたての葉で淹《い》れたハーブティーを何杯も飲みながら、日常の幸せをかみしめる。ここにいると全然仕事という感じがしないと私が言うとパールはぱっと明るい顔になった。「もちろんよ。それでいいのよ。自分の好きな仕事をしているときは仕事だと感じない。ありのままの自分でいられるからよ」

コミュニティプロジェクトはけっきょく、パールのライフワークになった。一年後、彼女は元の仕事を辞め、新しい職務に専念した。当初は収入が減ったが、そんなことは気にならなかった。それに収入はそのうちに増えていった。「ジャンプには助走が必要だけど、その前に何歩か後ろに下がらなければいけない時もあるのよ」彼女は笑った。「お金は本当に誤解されている。好きなことはお金にならないと思い込んで、ずっと自分に合わない仕事をつづける人たちがいる。その反対かもしれないのにね。本当に好きなことだったら、他の仕事より集中できるからお金がもっと入ってきてもっと幸せになれるかもしれない。もちろん、考え方を変えて、どうやったらお金が入ってくるかばかり考えないようにするのには少し時間がかかるけれど」

以前ある友人が、このことをうまく表現していたので、私はそれをパールに話した。我々はお金を重視しすぎている。必要なのは、やりたいことやプロジェクト、自分に合う仕事を見つけ、それに集中し、決意と信念を持ってやることだ。お金のために働いてはいけない。プロジェクトのために働くのだ。そうすればお金は後からついてくる。予想外のところから入ってくることも多い。

私は奇跡を信じていたから、このことは既に知っていた。お金が入ってこなくなるのは、だいたい私がお金がなくなるのをおそれた時で、その結果、さらにお金がなくなる。日々の幸せを噛み締め、いいことに注目し、導かれるままに進んでいくと、必要なものは向こうからやってくるのだ。

自分のやりたいことを実現するために、勇気を持って努力を続けたことへの最大のご褒美が舞い込んだのは、はじめてのアルバムをレコーディングしようとしていたときだった。私はこのとき一番好きで一番長かった留守宅管理の仕事をしていた。この家にはなんとレコーディングの機材がそろっていたので、これ以上ないタイミングのはずだった。小さな熱帯雨林を見下ろす場所に立つ、落ち着いたピンク色の豪奢な邸宅だ。関係した全員にとってもタイミングは最高だった。特にプロデューサーはとても忙しい人だったのに、この時はなんとか時間を作れた。伴奏をしてくれる人たちにとっても都合のいいスケジュールだった。たった一つ、足りないものがある……お金！　手持ちのお金では全然足りない。

それでも直感はそのまま準備を続けろというので、私はそれに従った。バンドの人たちのスケジュールをおさえる。私はリハーサルや曲の最後の仕上げに時間をかけた。けれど予定の日が近づいてくるにつれて、ここまで私を邁進させてきた信念がぐらつきはじめた。心の奥底では、実現できないなら、ここまで導かれなかったはずだと知っていた。だから緊迫した日々を過ごしながらも、すべてはなんとかなると強く信じていた。私には過去にも奇跡を信じて行動した経験がある。だから自分には必要なものを引き寄せる力があると信じている。けれどわき上がる不安は、信じる気持ちだけでは抑えきれなくなりそうだった。

レコーディングは月曜日にはじまる予定だった。金曜日の午後、お金はまだ入ってきていない。猛烈な不安が襲いかかってくる。プロデューサーはただ働きしてくれるほど暇ではない。他のミュージシャンたちの時間も限られている。パニックになりはじめた私は、すぐに瞑想用のクッションのところに行き、座った。涙がどっとあふれてくる。この数ヶ月、集中し、気を強く持っていようとしていた間にたまっていた思いが今あふれ出てきたのだ。私はしゃくりあげながら、不満をすべて解放し、もうこれ以上つづけていけないと認めた。その気力はもう残っていない。私は導かれるままにやってきたが、これ以上は進めない。あまりにつらすぎる。もうこれ以上何もできない。

そして、「あっ」と思った。身を任せるときだ、あのすばらしい瞬間がやってきたのだ！　今こそそのときだ。もうできることは何もない。もっと大きな力に身を委ねる時がやってきたのだ。私は不安で、疲れきっていたので、気をそらすために出かけよう、何かライブでも聴きにいこうと思った。ちょうどそのとき、ある友人から電話がかかってきた。彼女は私の状況など何も知らず、彼女の友人と三人で出かけないかと誘ってくれた。二人はカフェが併設されている書店に行くのだという。一人で出かけてライブを見るよりもずっと魅力的な誘いだったので、私は行くことにした。今夜は今の状況を忘れるよう自分に言い聞かせ、明るい気持ちで出かけた。明日は明日の風が吹く。明日のことは明日やればいい。今夜はすべてを忘れていなければ耐えられない。

友人のガブリエラが書店で本を見ている間、私はカフェで彼女の友人リアンとおしゃべりをしていた。リアンとは数年前に一度、偶然ごく短い時間会ったことがあったが、その後接点がなかった。彼女に今どこに住んでいるかと訊かれたので、私は留守宅管理の仕事をしていると説明した。リアンはこの話に興味を持った。彼女は不動産関係の仕事をはじめようとしていたところだったので、これまでに私が住んできたいろいろな郊外都市についての感想をとても参考になると言ってくれた。リアンにさらに問われた私は、家賃なしの生活をしながら、創作活動、特に音楽をやる夢のためにこういう生活をすることになった経緯を話した。

リアンは離婚話がこじれて面倒になっていたところで、私と同様に、自分の現状から気をそらしてくれることなら大歓迎だという。だから私たちの会話は自然に続いていった。それから彼女が私のアルバムについて訊いたので、私は現実に引き戻されてしまい、話の流れを変えなかったのを後悔した。けれど私は正直に今の状況を話し、すべてを解決するような奇跡が起こるのをどれだけ望んでいるかと言った。

それからさらにリアンに問われるままに、アルバムについて、一緒に制作に携わっている人たちについて、どんな楽器を使う予定なのか、曲のインスピレーションは何から得るのか、歌いたいという気持ちはどこから来るのかを話した。それを聞いた彼女はなんの迷いもなく、自分は今まで何か芸術の支援をしたいと思っていたけれど、誰を応援していいかわからなかったし、それにこれから自分のプライベートはしばらくひどいことになりそうだから何か前向きなことがしたい、だから月曜日の朝、必要なお金を持っていってあげるわ、と言ったのだ。

安心と喜びの涙があふれた。信じられなかった。何も考えず、私は彼女をぎゅっと抱きしめ、大泣きしてしまうのを必死でこらえた。解決したのだ。なんとかなった。アルバムが作れる。お金が向こうからやってきた。

リアンは何度かレコーディングを見にきた。私たちが歌い、演奏し、一トラックずつレコーディングしている間、彼女は細長いカーペットの上に寝そべって、ヘッドフォンで聴いていた。その姿を見て、私はとてもうれしかった。このレコーディングが実現していることを喜んでくれている。何て美しくて気前のいい女性《ひと》なんだろう。この一件で私は奇跡を信じつづける強い気持ちを身につけ、その後何度も信じつづけられた。助けは必ずやってくる。ただそれを邪魔しなければいいのだ。

パールはこの話を喜んで聞いてくれた。彼女が信じているとおりのことが起こった話だから。「まったくその通りよ。恐れると人は動けなくなる。お金は単なるエネルギーみたいなものね。善意と幸せをみなに運んできてくれるエネルギー。けれどみな間違った使い方をしていて、お金そのものに力を与え、追い求め、おそれる。そうしているうちにお金に執着しすぎて人生のバランスを崩すの」彼女は言った。「空気と同じくらい手に入りやすいのに。これからも空気が十分あるかどうか心配して時間を浪費する人なんていないでしょう？　お金が十分あるだろうかなんて心配するべきじゃないわ。そうやって考えること自体が、身体から流れ出てくるクリエイティブで愛にあふれた自然のエネルギーを邪魔するから」私は心から同意した。

パールがコミュニティプロジェクトに参加しはじめたころ、元々いた人たちはいつも資金の状況を心配していた。何のためにそのお金が必要なのかではなく、どうやったら資金を集められるかに、みなの全エネルギーが注がれていた。ありがたいことに、同僚たちはパールの考え方を受け入れてくれた。最初は自分たちがこのプロジェクトのそれぞれのセクションに必要な資金を集められるという自信がなかったが、信じつづけるパールを信じた。だから彼らは、資金は集まると信じてプロジェクトの成功のために働きつづけながら、その間資金が得やすくなるよう、できることは何でもしていた。そしてできることをすべてした後は運を天に任せ、もう資金が入ることが決まっているかのように働きつづけた。その間パールの信念は揺らがなかったので、同僚たちはとても勇気づけられた。

すぐにあちこち予想外のところから資金が提供され、同僚たちは非常に喜んだ。プロジェクトは他の郊外都市まで拡大され、さらに多くの人を助けたという。数年のうちに、パールと同僚たちにもかなり給料が出るようになり、プロジェクトはまた拡大し、さらに多くの人たちを助けたが、その間彼らはうまくいくことを一瞬たりとも疑わなかった。

太陽が家の真上に移動していたので、パールと私はリビングに戻り、少し早いけれど私は暖炉に火を点けた。パールは疲れていた。けれど彼女は、日中はできるかぎりベッドに行かないと決めていて、どうしても昼間のうちに休まなければならないときは暖炉のそばのソファで休む。私はパールが居心地よく過ごせるように、クッションやきれいな大判の膝掛けを調整した。パール自身も家全体もこの膝掛けの色合いも、とてもいきいきとしている。暖炉の炎が美しく部屋中を照らし、和やかな光景を作り出していた。彼女が落ち着くと、犬たちがソファに飛び乗り、パールに寄り添った。美しい光景だった。パール、犬たち、暖炉、室内の色合いが一体になって、長年経った今でも私の心に鮮やかに蘇える。

「お金で大事なのはね、使い道よ」彼女はだしぬけにいった。私は彼女の考えに喜んで耳を傾けながら椅子をソファの方に引き寄せた。「立派な目的があるときが一番お金が集まってくるわ。私たちのプロジェクトが資金を集めることができたのは、人助けが目的だったからよ。もちろん私たちは毎日、意義のあることをしているという充実感を味わいながら、自分が本当にやりたいことをして、お金を得ていたのよ」

パールは、だからこそ仕事の意義が大切なのだと語った。仕事に意義を見いだせれば、自然に、正しい目的意識を持ってそれにあたることができる。意義のある仕事はどんなものでも、何らかの形で他の誰かのためになる。その意義を実現するためにお金は集まってくる。我々はできる限りのことをするとともに、不安によってその流れをさまたげないようにしなくてはならない。特に、中年になると、人生や世の中に様々な疑問がわいてくるだろうし、仕事で世の中とつながっていたいという気持ちが強くなるものだ。これがパールの言う意義を求める自然な気持ちだ。

知的で賢い彼女は、自分の考えを惜しげもなく語ってくれる。もしもパールが病に冒されていなくても、私は彼女とこうしてスムーズに語り合えていたと思う。パールは子どもを持つ人が、自分の価値を信じているわけでも、自分の子どもを幸せに育てることが最大の社会貢献だという意義を感じているわけでもないという例を挙げた。子育てはいい大人を作ることでもあるのに。〝私は母親というだけで他に何もできない〟という言葉が嫌いだ、とパールは言う。子どもを育てるのはなによりも大事なことだし、本当に意義のある仕事なのに、と。ガーデニングを通して大地の美しさを大切にしている人たちにも同じことが言えるという。

私はパースに住んでいた頃の知り合いである素敵な女性を思い出し、彼女のことをパールに話した。私は毎朝駅まで歩くときに彼女の庭を見てとても幸せだった。咲きほこる花や色鮮やかな木々を眺めて本当にうれしかったので、私はついに彼女の家の郵便受けに、こんなに楽しませてくれたことへの感謝を綴ったカードを入れた。色とりどりの花とエキゾチックな植物が美しい左右対称の形に植えられ、日ごとに少しずつ移り変わり、新たな景色を作り出していく。自分が人を喜ばせていることに気づいていない人もいるのだ。ある日、ついに私は八〇歳という高齢のこの女性、イヴォンヌに直接会い、彼女の庭をどれだけすばらしいと思っているかを伝えた。するとイヴォンヌはすぐに、私があのカードの差出人だと気づき、私たちは友達になった。

「そう、庭は彼女の人生の意義だったのね。自分の人生に意義を見いだすのは何よりも大切なことよ」パールは続けた。「そういう意味では私、あんなに長い間仕事に没頭するべきじゃなかったわ。楽しかったけれど、私の本当のライフワーク、あのプロジェクトを通して見つけたライフワークにはあまり役に立たなかった。でも自分が目指すべきところにたどり着けたのはあの仕事のおかげね。あるお客さんのおかげで私は変わる方法を見つけたの。自分のやりたいことを見つけるには何年もかかることがあるけれど、この方法のおかげで私は見つけた。けれど見つけた後に得られる満足感を考えたら、何年かかってもやってみる価値はあるわ」

　私は満足できる仕事を見つけるために自分がどれだけ苦しんだかを振り返り、たしかに苦しんだだけの価値はあったと思った。すばらしい女性とおとなしい三匹の犬たちと一緒に暖炉のそばに座っていて、これが自分の仕事であることをとてもありがたいと思った。パールにそれを伝えると、彼女は同意の印に微笑んでくれた。

「私が後悔していることがあるとしたらね、ブロニー、それはあんなに長い年月をありきたりの仕事に費やすんじゃなかったっていうことよ。人生は本当にあっという間に過ぎていくわ。家族を失って、それがわかったの。けれど残念ながら、人はなにかがわかっても、それを実行できるとは限らない。だから以前は後悔していたとしても、今はもうしていない。そのかわりに、自分に優しくなることにしたの。早く前の仕事を辞めなかったことや、わかりきった事実になかなか気づかなかった自分を許すことにしたのよ」自分を許した方が後悔しつづけるよりも健全だ、と私はパールに同意し、これまで患者からどれだけ学んできたかを話した。

彼女は笑いながら言った。「そうね。あなたは言い訳ができないわね。死の床についてから、もっと早くに知っていればよかったと言うことができないのよね。あなたは私たちの失敗例を教訓にできるのだもの」私は笑いながら同意した。けれど話しているうちにパールは疲れてきたようで、本人もそれを認めた。だからもう一度彼女が居心地がいいようにクッションを調整し、カーテンを閉めると、暖炉の火に照らされたソファでそのまま休んでもらうことにした。戸口で振り返り、しばらく彼女と三匹の犬たちを眺めていたら、涙があふれてきて、頬を伝った。

このときの私はまだ自分の本当の価値を知りはじめたばかりだったけれど、少なくとも既に心を込めて仕事をしているのだと思うと、ありがたくて胸がつまった。私は微笑みを浮かべると、キッチンに向かった。チャイを一杯淹れ、パールが眠っている間、別の静かな部屋でゆっくりと過ごした。この日の午後は、周囲の家々も静まり返っていた。この家はいつも静かで穏やかだ。

その後何週間かパールに付き添っていたが、彼女は日ごとに衰弱していき、最後にはもうベッドから出られないと自ら認めた。彼女はこの家をすみずみまで大事にしているので、私に、ここにいる間は自分の代わりにこの状態を維持しつづけてほしいと言った。私はにっこりして、任せてくださいと答えた。たしかにこの家はどこをとってもすばらしくて、私はここに居られたことに感謝しているけれど、何よりもパールに感謝している。

パールの友人たちがお別れを言いにやってきて、その中にはコミュニティプロジェクト時代の同僚たちもいた。彼らは彼女のおかげで自分たちの人生がどれだけ変わったか、彼女の業績は消えない足跡となって、今もたくさんの人を助けていることなどを話してくれた。けれど人生の意義は立派な仕事である必要はない。何千人もの人を救う人もいる。一人か二人だけを助ける人もいる。どちらの仕事も同じように重要なのだ。人はみな目的を持ち、その意義を社会全体の役に立てられるよう模索している。そしてもちろん、それは自分たち個人の助けにもなる。意義のある仕事をしているうちに、それはもう仕事ではなくなり、パールの言葉を借りれば、ありのままの自分でいられるようになるのだ。

パールが亡くなった日、後ろ手にドアを閉めて外に出ると、美しい冬の太陽が照っていた。私は足を止めて深呼吸する。顔に降り注ぐ日射しが心地よい。金融業界で働いていた頃、私はずっと自分が愛せる仕事を探し求めてさまよっていたのだと今わかった。

そして今、冬の日射しの中で、私はパールのことを考えて笑みを浮かべ、彼女がどれだけすばらしい人だったかを思った。私は愛せる仕事を本当に見つけた。恵まれていると思っている。私は考えこみ、感謝の思いに浸り、彼女を思っていたので、彼女の家の前庭にずいぶん長くたたずんでいた。けれどそんなことはかまわない。私は微笑んでいたし、感謝できる仕事があるのだから。

シンプルさ

患者の余命があと一週間になると、家族、特に患者の子どもも非常につらいのは当然だ。子どもは四〇代前半から五〇代後半であることが多く、自分自身の子どもがいる人が大半だ。

自分の親を亡くすという恐怖、さらにそのときに自分がどれだけつらい思いをするだろうというおそれから、気持ちが張りつめてしまう人もいる。こういう状態を見ると、死を隠す社会は人を苦しめているとよく思う。死を前にして湧いてくる、とてつもなく強い感情に対処する準備がみなできていないし、どうしようもなく怯え、無力感を感じる。この傾向は本人より家族に強い。

患者たちはこの世を離れる前に心の平安を取り戻すが、子どもたちは感情のコントロールができなくなり、恐怖とパニックに振り回されてしまうことが多い。

私は仕事で個人の自宅に出入りするうちに、たくさんの家族の関係を見てきた。その結果、程度の違いはあっても、どんな家族にも何らかの問題があり、互いに癒し、学ぶべきこともあるとわかった。家族それぞれが爆発の可能性を抱えていると気づいていない者もいる。けれど問題のない家庭はない。患者の子ども同士の間で相手に対していらだったり、怒ったりしていると聞いたら、私はそこから礼儀正しく距離を置きながらも、状況をなるべく同情的に見ることにしていた。

家庭内の物事の決定権争いは、こういうときにもっとも激化する。きょうだいのうちの一人が、家の管理、食品の買物リスト、介護ヘルパー、近い将来に行う葬儀などのすべてを仕切りたがるのはよくあることだ。他の子どもが助言したり、意見を言ったりすると言い争いが起こる。誰にでも発言する権利はある。本当に時間が限られてくると、みなこの思いが強くなる。けれど元々家族を仕切りたがっていた者は誰よりもこの欲求が強くなる。こういう権力の誇示を見ているのはつらかった。親を失うことをおそれているのが原因で起こるいさかいだ。

けれど私は何よりも患者の幸せを優先する。だからチャーリーのベッドを挟んで金切り声の言い合いがはじまったのが聞こえたときは、すぐに寝室に駆け込んだ。私の大事な患者チャーリーが寝ている上で、成人した二人の子ども、グレッグとマリアンがどうしようもないほど激しく怒鳴りあっていた。「いい加減にしてちょうだい」私は穏やかだけれどきっぱりとした口調で言った。「続けるなら別の部屋に行ってください。お父さんを見てちょうだい。不治の病で寝ていらっしゃるんだから、やめてください」

マリアンはわっと泣き出し、父親に謝罪した。チャーリーは物静かな男性だ。そして言い争いは普段からのことのようだった。「グレッグが何にでもけちをつけてくるのよ」彼女は言った。マリアンは長い黒髪ときれいな青い目をした女性で、絵画のモデルになれる人だと私は思った。けれどその目は泣いたせいで赤くなり、とても悲しそうだった。

するとグレッグが即座に怒った口調で言い返した。「そうか、俺はどうして遺言状でお前が俺と同じだけもらうことになっているかがわからないんだ。お前は出て行った。それほどがんばってもいない。俺はお前よりよく働いているし、お袋が死んでからずっと親父のためにここに残っていたんだ」この理由を聞いて、私は胸が痛くなった。この言葉の向こうにいるのは、か弱くて傷ついた小さな男の子だ。二人とも父親に似ているところがあるけれど、グレッグは母親にも似ているのかもしれない。彼は髪が茶色で、マリアンより色白だ。けれど彼は泣いてはいなかった。彼は湯気が出そうなほど怒っていた。

チャーリーの方を見ると、彼は大きな茶色の瞳で悲しげに私を見て、黙って肩をすくめてみせた。私は二人を部屋から連れ出しながら言った。「二人とも今はここから出た方がいいわ。誰のためにもならないし、特にお父さんのためにはならないから」紅茶を淹れると、三人でキッチンに座り、私は二人が話すのを聞いていた。マリアンにはあまり言いたいことがないようだったので、私がなぜかと訊くと、彼女はこんなこと、言い合いをする価値もないと答えた。二人は相手が傷つくようなことを言い合っていたけれど、それでもまだ愛情があるようだった。私は自分の家族との関係では、正直でいることが修復のきっかけになったことを思い返し、二人に話し合うよう勧めた。

たとえば私と父との関係はかなりひどかった時期があり、その頃はつらかった。けれど正直さと思いやり、それに時間が見事に修復してくれた。チャーリーの介護をしていたこの頃には、私と父は互いを尊重しあい、ユーモアを交えて語りあえる温かい間柄になっていた。こんなふうになれるなんて、以前は想像もできなかったけれど、どんな家族でも、愛情が残っていて、双方にその気があるなら、私たちのように関係を修復できる。グレッグとマリアンの間には、明らかに兄妹愛もわかりあいたいという気持ちもあるようだ。あまりのつらさに関係が歪んでいるだけなのだ。

二人がそれぞれ自分の悲しみを吐き出した後で、私は二人に、お互いのどこが好きかを訊いた。「好きなところなんてないよ」グレッグはぶっきらぼうに答えた。私がユーモアで場を和ませると、彼は二つのことを挙げた。マリアンもいくつかグレッグのいいところを挙げた。二人とも、特にマリアンを憎みたいグレッグは、これを言うために自分の意地と戦っていた。私がなぜこんなことを訊いたかというと、自分の家族について考えるときに、これが役に立ったからだ。長年、家族との関係でとてもつらい思いをしていた頃、私は彼らの好きなところや大好きなところを考えてみることにした。グレッグと同じように、私も最初は何も思いつかず苦労した。けれどそれはつらさが私の目をふさぎ、彼らの長所を見えなくしていたからだ。それを取り除いてみると、家族と私はあまりに価値観が違うせいで親しくなれなかっただけで、実は彼らは常識をわきまえた善良な人たちであることがわかった。

昔、彼らが善意からいろいろなことをしてくれたのを思い出せる。後に、私をおとしめるためにそのことを持ち出したこともあったが、当初はよかれと思ってしてくれたのだ。それに時々、それぞれ独特のやり方だったけれど、私に愛情を示そうとしてくれたこともあった。けれどひどく傷ついていた私はそれにかみつき、拒絶した。欠点ばかりに目がいって、長所が見えなくなっていたが、本当はすばらしい人たちなのだ。だから今はグレッグとマリアンがわだかまりを解消すべきだ。

話しているうちに、グレッグが長年マリアンを恨んできたことがわかった。理由は単に、彼女が勇気を持って、運命に導かれるままに、自分の望む人生を生きているからだった。彼の人生をマリアンが邪魔したわけではない。グレッグ自身が自分の望む人生を生きる道を選ばなかったのだ。この日の午後、つもりつもった思いが吐き出され、夜には最初よりも亀裂が深くなり、二人は仲がいいとはいえなくなっていた。二人ともそれぞれチャーリーと二人きりで過ごしてから帰っていった。そしてまた、チャーリーと私の二人だけになった。

二人が帰った後、チャーリーの部屋に戻ると、彼は私に首を振ってみせ、穏やかな声で笑った。「さて、ブロニーちゃん。あのいさかいの種はもう二〇年前から積もり積もっていたんだ。火山がいつ噴火するかといつも思っていたんだよ」彼はくすくす笑った。「私がいるうちに噴火してよかったよ。たぶんようやく仲直りした二人を見られるからね」

窓の外の自然の木々では鳥たちがさえずり、オレンジ色の蝶がひらひらと飛んでいる。チャーリーと私は微笑みながらそれを眺めていたが、やがてまた話に戻った。チャーリーは子どもの頃、グレッグとマリアンがどれだけ仲が良かったか、グレッグはいつも妹の面倒を見ていて、マリアンは兄を尊敬し、慕っていたことを話してくれた。けれどマリアンが一〇代になって自分の考えを持つようになると、二人はけんかをし、それ以来ずっと仲が悪いのだという。

「私はマリアンのことは心配していないんだ、ブロニー。あの子の方が幸せだ。問題はグレッグだ。あいつは自分の価値を証明しようとばかりしている。あいつはいつも自分はマリアンよりも私に尽くしていると言うんだが、それはある意味正しいけれど、マリアンももっと目立たないやり方で私をすごく助けてくれているんだよ。それにグレッグは私に尽くす必要なんかない。あいつはいつも私が自分でできることや、本当は自分でやりたいこともやってくれてしまうんだ」チャーリーはため息をつくと、続けた。「あいつは好きでもない仕事でばからしいほど長時間働いて子どもを養っているが、その子どもの顔を見る時間もほとんどない。どうしてそんなことをするのか、私には本当にわからない」

「チャーリー、グレッグはあなたに愛されているとわかっているのかしら？」私は思い切って訊いてみた。チャーリーは当惑した顔で私を見つめた。

「わかっていると思うよ。あいつがここで何かいいことをしてくれたらいつもほめているからね。私があいつを誇らしく思っていることはわかっているはずだ」

「どんな風に？　今まで彼がしたことではなくて、彼の人柄をほめたことはありますか？」

チャーリーはしばらく黙った後、こう答えた。「直接はないな、そう、ない。けれどわかっているはずだ」

「どうして？」私はさらに訊いた。

チャーリーは笑った。「驚いた人だな。そこまで追及するのかい？」私は笑った。それから自分の考えを話した。彼は素直に、きちんと耳を傾けてくれた。さっきチャーリーはグレッグがいつも自分の価値を証明しようとしていると言ったけれど、本当は父親の愛情を求め、認められたいと思っているのではないかと私は言った。それからチャーリーにシャワーを浴びさせる間も、二人で話しつづけ、その後彼を車椅子でベッドに戻した。彼はいつも午後にシャワーを浴びることにしていたが、それでは疲れるようになってきたので、もうすぐベッドでの清拭ですませることになるだろう。彼の呼吸は弱く、ベッドに戻ってからもなかなか通常の呼吸に戻らなかった。

彼は日ごとに弱っている。だから私は休んでもらうために彼を一人にした。

　二時間後、寝室の戸口からひょいと中をのぞくと、彼は私の方を向いて微笑んだ。だから私はベッドの脇に座り、彼が飲み物を飲むのを介助しながら、他に何か必要なものはないかと訊いた。彼は首を振り、子どもたちの話をまたはじめた。「あの子たちにはただ幸せになってほしいだけなんだ。どんな親も自分の子どもにはそう願うだろう。私はグレッグにあんなに働くのをやめて、もっとシンプルな暮らしをしてほしい。あいつはいいやつだ。けれど自分に満足していない」彼は続けた。「シンプルな暮らしこそ幸せな暮らしだ。あの子たちの母親はいつもそうしていた。選択の余地はなかったけれどね。あの頃は生活が厳しかった。けれどシンプルさは今の世の中でも実現できる。それがいい選択なんだ」

　若くて魅力的なチャーリーが花嫁と寄り添っている写真が部屋のマントルピースの真ん中に飾られている。私は若い頃のチャーリーと奥さんが、まだ幼いグレッグとマリアンを育てている様子を想像した。チャーリーが率直に語ってくれることに、私は好感を持った。とても昔気質な感じの誠実さだ。彼は心に浮かんだことをそのまま口に出しながら考えていた。「そうだな、あいつは私があいつをどれだけ思っているか、本当はわかっていないかもしれない。愛していると言葉にして言ったことはない」

　私は言った。「人はそれぞれ違うんです、チャーリー。態度で察することができる人もいるけれど、はっきり言葉で言われないとわからない人がほとんどなんです。グレッグはそちらのタイプなんだと思います。これから言ってあげても、困ることはないでしょう？」

　彼はうなずいた。「あいつに言ってやらなくては。七八歳の老人が息子に愛していると言おうとして緊張するなんて、おそろしい世の中になったな。こんなこと練習したことがないからね」

彼は笑った。けれど彼の顔にはまじめな表情が浮かんでいた。固い決意がはっきりと表われてきたのだ。チャーリーは続けた。「私があいつを大切に思っているとわかったら、私に認められようとがんばる必要などないし、シンプルな暮らしをしようとあいつは納得してくれるだろうか？私は本当にあいつを愛しているんだ」

私はチャーリーに人の反応は誰にもわからないと言った。それでグレッグの生活が変わるという保証はない。大切なのは父親に愛され、認められていることをグレッグが知ることで、そうすれば彼はきっともっと穏やかな気持ちになれるだろう。

チャーリーにとってシンプルに暮らすという件は、残された時間が少なくなるにつれてさらに大事になってきた。彼は人々が様々な理由で働きすぎているという。毎月の支払いを続け、家族を養っていくために仕方がないと思っている場合が多い。チャーリーもそれはわかっている。多くの人にとって生きていくのが大変なのは事実だが、別のやり方は必ずあると彼は主張する。「見方を変えれば解決する場合もある。こんなに広い家に住む必要はあるのか、こんな派手な車に乗る必要はあるのか、というように生活を見直せばね」と彼は言う。問題は単に考え方ややり方を変えるだけでなく、いちばん大切なものはなにかを考え、家族の一員として働くことでよりよいバランスを見つけられるというのだ。

地元の社会もシンプルさを目指すべきだ、とチャーリーは説明する。人々がみな社会の一員として動けば、それほど多くの資金は必要ないという。たくさんの社会がエゴとプライドのせいで立ち行かなくなったり、発展できなかったりしているとチャーリーは語る。けれどももっと工夫して、シンプルに生きるには、自分の住む地域の重要性と必要性を理解することが大切だ。我々がこのことを忘れたために、時間の流れがどんどん早くなり、世の中全体がバランスを欠いていっていることが悲しい、とチャーリーは言う。

チャーリーは今の世の中でこれを実現するのはとても難しいと認めている。本当に大切なものを見失っているから、社会そのものがシンプルさを学ぶことが必要だと彼はいう。けれどそれにはまず、個々の人がそれぞれ変わっていくことが必要だ。そうすればけっきょく、いつの世もそうであるように、大多数の考え方や生き方に沿って社会が変わっていくからだ。彼はまた、権力者を厳しく批判することが必要だと指摘する。世界各国の政府には優秀な人材もいる。けれど彼らはお役所主義やもっと金と権力のある者に妨害されていることが多い。だから大きな変革を実現するには、私たちの一人一人にやるべきことがあるという。生活をシンプルにすることは、とてもいい出発点だ。

チャーリー自身も家族を養っていたので、生きていくこと、家計を支えていくことのプレッシャーがどれほど大きいかはよくわかっている。けれどこの世を去ろうとしている今、物事を違った視点から眺め、これをもっと早くに実現していたら、グレッグを違ったふうに導くことができたのに、という思いを口にする。「子どもというのはもっとおもちゃをもらうより、もっと長く両親と過ごせた方がうれしいものだ。最初は文句を言うかもしれない。けれど子どもにとって一番幸せなのは両親と、できれば父母両方と良い時間を過ごせることだ。男の子たちにはもっと大人の男性がそばにいることが必要だ。グレッグがあんなに仕事ばかりして、自分を証明しようとしていたら、息子たちのそばにいてやれないだろう?」チャーリーは座ったまま考え込んでいたが、私が見ていると、新しい考えがわいてきたようだった。「私は息子を愛している。あいつに言うべきなんだね?」

私は喜んでうなずいた。それから、彼はだしぬけにこう訊いた。「君はシンプルに生きているかね？」これを訊いて、私は静かに笑った。

「ええ。私の生活は物質的にはとてもシンプルですよ、チャーリー。それに私は自分の精神生活も、少しずつシンプルにしていっています」私は正直に答えた。この数年の気持ちの流れが、シンプルどころか複雑怪奇だったことを思い出して、まだ少し笑いながら。「考え方をシンプルにするのに、瞑想がとても役に立ちました。瞑想のおかげで人生のあらゆる部分がいろいろな意味で改善されたと思います。私は本当に変わって、それまで縛られていたたくさんのことから自由になれました。そして、そうです、物質的な面での私の生活もとてもシンプルですよ」

チャーリーは私とは世代もライフスタイルも違うので、瞑想については外国のもので、オレンジ色のローブを着た人たちが目を閉じて座って行うということぐらいしか知らなかった。彼は私に瞑想とはどんなものかと尋ねた。私はなるべく簡単に、心を集中する方法を身につけることによって、自分の思考をより客観的に見ることができるようになるのだと説明した。これによって自分が頭の中で勝手に苦しみや恐怖を作り出しているのがわかる。この不健康な思考パターンが広がり、強まるにつれて、自分を本当の人となりではなく、自分に付属するもので判断するようになる。それは本当の自分ではないのに、どんどん加速してしまう。

人間は賢く、直感を持った生き物だが、長年の間に頭の中で恐怖や錯覚を作り出し、何も見えなくなってしまう。だから瞑想によって精神を集中する方法、簡単な例を挙げると、自分の呼吸を意識することによって集中するやり方などを学ぶと、自分の考えをコントロールし、よりよい思考を意識的に選択することができるようになる。

チャーリーは何も言わず、じっと私を見ている。私は微笑んで彼の反応を待った。やがて彼は言った。「すごいね。どうして五〇年早く君に出会えなかったんだろう？」私は笑いながらひょいと立ち上がり、彼に一口飲み物を飲ませた。

私たちは話を続け、今度は彼が私に物質的にシンプルな生活とはどういう意味なのかと訊いた。長年移動しつづけてきたので、持ち物のすべてについて、これは大事かどうかを考えるようになった、と私は語った。家具と一緒に引っ越したこともある。実家の農場に無料《ただ》でおいてもらうか、有料の倉庫を借りて保管していたこともある。こうして家具なしで暮らした期間を経るといつも、こういう物がなくても幸せに暮らせるのだなと実感する。そうなると、どうしてこういう物を取っておかねばならないのか疑問になってくるのだ。

だから家具を売り、持っているのは身の回りの品だけにして、必要になったらまた別のところで新たに揃えることにした。その時がもう一度やって来たら、自分のキッチンがほしいとずっと思っている。私には自由な放浪生活が合っている。けれど何かを実現するには必ず犠牲が伴うもので、自由にも代価は必要だ。またしばらく腰を落ち着けたいと思うのは、いつもだいたい自分のキッチンが欲しくなったときだ。

しかしそうして一年から一年半ほど定住生活をすると、またもや未知の世界に飛び出す興奮を味わいたくなる。私は物を所有すると、ひどく身が重くなったように感じる。自分がそうなるとわかったから、しばらくはあまり物を持たない方がいいと思うようになった。新たに腰を落ち着けるときは、毎回運よく、口コミやリサイクルショップやガレージセールで家具を簡単に揃えられた。これはうれしかった。リサイクルショップで物を買うのは、地球を愛する気持ちに合っている。ただでさえ減っていっている資源をこれ以上使わないですむのだ。使い捨て社会に生きる現代人は新しい物はどんなものでもどこかからやって来て、古い物はすべてどこかへ行くはずだということを忘れているようだ。だいたいは、どちらのつけも地球が払わされる。地球全体と人間も含むすべての生物の存続を考えると、これはとても危険な代償だ。

実際、私はいつも素敵な物に出会って、一から新居を構えることができた。家具がちゃんと揃わないのではないかと心配したことはない。けっきょくいつも、とても簡単に揃うのだ。そのうちのとても素敵な家具のいくつかは長年ずっと持っている。毎回こんな風にタイミングよく家具が集まるのだから、他のことだってうまくいくだろう。

倉庫に保管料を一年間払ってから、これはいらない物ばかりだし、お金の無駄遣いだと私はついに思った。親切で頼もしい友人の助けを借りて、彼の自宅でガレージセールを開かせてもらった。カトラリー、本、ラグ、リネン、置物、絵画など何でも。お客さんが私の物を見て興奮し、買ったり、値引き交渉をしたりしているのを見るのはとても楽しかった。売れ残った物はすべて、その日のうちにチャリティショップに持ち込んだ。

この頃私は超小型の車に乗っていた。ジープはこの一年ぐらい前にハイウェイの六車線の道路で、派手な最期を迎えていた。今の車は小さいけれど、街で乗る分にはとても経済的で加速が早かった。「ライスバブル」という愛称で知られている車種だ。そう、ガレージセールを開いたのは、この車に乗せられる以上の荷物を持たないようにするためだった。

残った荷物は五つの箱に収まった。私のお気に入りの本が入った箱が二つ。これはまた読むとわかっている本や、誰かにインスピレーションを与えるために貸したり、あげたりするための本だ。残りの本はどこかの新しい持ち主の許で、また楽しく読んでもらえるだろう。残りの三箱の中身は、ＣＤや日記やアルバム、ちょっとした思い出の品が少しと母が縫ってくれたパッチワークのキルト、それに服だった。そして私はライスバブルに荷物を満載すると、カーステレオのスイッチを入れ、出発し、人生の次の章へと突入した。

ＢＧＭはガイ・クラーク、カトリーナ・アンド・ザ・ウェイブス、ベン・リー、デイヴィッド・ホスキング、シンディ・ボステ、ショーン・マリンズ、メアリー・チャピン・カーペンター、フレッド・イーグルスミス、アバ、ザ・ウォーターボーイズ、ＪＪ・ケイル、サラ・ティンドレー、カール・ブローディ、ジョン・プライン、ヘザー・ノヴァ、デイヴィッド・フランシー、ルシンダ・ウィリアムズ、ユスフ、オザーク・マウンテン・デアデヴィルズなど。名曲ばかりだけれど、どの曲も旅のお供にぴったりだった。私は走行距離が伸びるにつれて、私のこの世での持ち物は今乗っているライスバブルの中にある物だけだと実感しながら、のびのびと楽しく歌った。一〇〇〇キロほど走ったところで、私は実家で車を停め、箱をいくつか降ろした。こうしてあとは服と私自身だけになった。

チャーリーは私の話をおもしろがり、老いてざらざらになった手をうれしそうにこすりあわせながら聞いてくれた。それから私はこの旅の後、しばらく放浪した頃の話をした。そして今、私はシドニーにいて、豪邸の留守宅管理をし、物質的に本当にとてもシンプルな生活をしているのだと話した。これを聞いてチャーリーは、私が彼の言うシンプルな生活の大切さを理解していると納得してくれた。物をたくさん所有しすぎると、引っ越しをするつもりがなくても、それが重荷になる場合もある。物をなくすだけで、その人の気持ちもゆったりとしてくるものだ。

翌日、グレッグがやって来て、ずっとチャーリーと一緒にいた。私はチャーリーに頼まれて、マリアンに電話をし、今日は来ないでほしいと頼んだ。次の日はその逆にしてもらう。マリアンには父親と二人きりで過ごしてもらい、グレッグには来ないように頼んだのだ。チャーリーは事前に、時々さりげなく顔を出してほしいと私に言った。グレッグと気まずくなったら、私がいることで場の雰囲気を変えられるかもしれないというのだ。けれどそんな必要はなかった。お茶を運ぶためとメッセージを伝えるために二度ほど顔を出したけれど、二人が大事なことを話し合い、伝え合っているのは明らかだった。

チャーリーを休ませるためにグレッグが帰る予定の時刻が近づいてきたとき、二人に寝室に呼ばれた。グレッグの目は泣いたせいで赤くなり、二人は手を握りあっていた。「ブロニー、あなたにも知っていてほしいんだ」チャーリーは言った。「私はこいつを心から愛している。こいつはいい息子ですばらしい男だ」

これを聞いて、もちろん私も泣いた。チャーリーは続ける。「息子はもう十分なことをしてくれた。これ以上証明する必要なんかない。もっとよい人間になるために、するべきことも、持つべき物も何もない。ここに座っている私の息子がこの上なく大好きなんだ。そして彼の父親であることは、私の人生の大きな喜びだ」

私は小さく声をたてて笑いながら、チャーリーのようなお父さんを持って幸せね、と言った。グレッグは同意し、服の袖で涙を拭った。「それから父は、僕がシンプルな生活についてあなたに少し教えてもらえるんじゃないかと考えているそうなんだけど」

また笑いながら私は、そのことなら、あなたのお父さんに教えてもらう時間はまだ十分あるわ、と答えた。私が代わりにする必要はない。けれど別れ際に、「そうね、一つだけ言わせてもらうなら、『常にシンプルに』ね」と微笑みながら言った。

翌日はマリアンがやって来て、彼女もチャーリーと一緒に泣いたり笑ったりしているのが聞こえた。この家には愛があふれていて、私もいい影響を受けずにはいられなかった。それから数週間の間、親子三人は長い時間を共に過ごし、以前よりずっと距離が近づいた。チャーリーは二人が帰る時は必ず、それぞれに愛していると言い、二人も同じ言葉を返していた。チャーリーが生きていて、まだ間に合ううちに、心が通じ合い、癒されたのだ。

チャーリーの最期の日、グレッグとマリアンはそれぞれ父親の手を握っていた。私は二人に頼まれて部屋の中に座り、チャーリーが穏やかに去って行き、呼吸が遅くなり、やがて完全に止まるのを一緒に看取った。よく晴れた朝で、窓の外では鳥たちがいつものようにさえずっている。それがこの場をさらに美しくしていると私は思った。鳥たちはチャーリーのためにさえずりつづけている、と。

グレッグとマリアンを二人きりにするため、私はしばらくベランダに座り、チャーリーとの思い出を噛み締め、彼が今どこにいるかわからないが、この先の旅路の幸運を祈った。部屋に戻ってみると、グレッグとマリアンはベッドの脇に並んでいて、手をつないで父親を見つめ、涙を流しながらも笑ったり、微笑んだりして、彼の思い出を楽しそうに語り合っていた。

それから一年ほど経った頃、グレッグからメールが届いた。彼の一家は広い自宅を売ったそうだ。転職し、収入は減ったが、今は小さな田舎町で暮らしているという。通勤距離は以前と変わらない。けれど今の通勤経路は田舎道で、行き先は大きな田舎町だから、かかる時間は以前の半分になった。そのおかげで彼は毎日以前より一時間半も長い時間を子どもと過ごせている。生活費も安くなり、以前よりシンプルな生活を送っている。けれど生活の質はとても上がった。妻も喜んでいて、新しくできた友人たちや今のライフスタイルをとても気に入っているという。グレッグは父親の面倒を見てくれたことを私に感謝し、マリアンについて愛情を込めて語っていた。どうやら最近マリアンが彼の家を訪れたばかりのようだ。

このメールを読んで、私はもちろんとてもうれしかった。チャーリーのことを、あの青い目と明るい笑顔といろいろ話し合ったことを思い出した。彼の言葉がグレッグに届いただけでなく、実行されていると知ったことでも、とてもうれしくなった。
けれどこのメールで一番よかったのは、グレッグのサインだった。私の幸せを祈ってくれた後の、たった一言で物事をまとめた言葉を読んで、自分の顔に満面の笑みがひろがるのがわかった。

常にシンプルに

そうよ、グレッグにチャーリー、その通りだわ。

後悔三　思い切って自分の気持ちを伝えればよかった

現実を直視できない

はじめて会った時、ジョセフは不治の病を患っている九七歳の男性にしては驚くほど元気そうに見えた。ジョセフは優しい人で、ときどき少年のように無邪気な笑顔を見せる。穏やかだけれど、当意即妙のユーモアの持ち主でもある彼を、私はすぐに好きになった。

ジョセフの家族は余命宣告のことを本人には伝えないことにしていた。私は隠しておくのは難しいのではないかと思ったが、できる限り希望に沿えるようつとめた。けれどそれから数週間のうちに彼の病気は急激に悪化し、もう見過ごせなくなった。一人で立つことなどもうできない。日ごとに私の介助に頼ることがどんどん増えていく。わざわざ告知されるまでもない。立ったり座ったりしようとするたびに病気を実感するから、彼と私の間では暗黙の了解になっていった。だから、家族は彼の病気を隠しつづけていたけれど、ジョセフは自ら確信していた。自分の病気はとても重いと。

痛みは薬でできる限り抑えられていた。よくあることだが、薬の副作用で腸の働きが止まっていた。それを改善するための薬も出ていたが、あまり効いていない。だから排泄を助けるために、気の毒だが浣腸が必要だった。こうなると、プライバシーなどなくなってしまう。私が小さなチューブを挿入しやすいよう、横向きに寝て待っているジョセフにはもう尊厳などない。もちろん私は場を明るくしようとつとめ、気づいたら、こういうときにいつも言うことになる言葉を言っていた。

「ジョセフ、人間の人生は食べることとうんちすることからはじまるけど、最後も食べることとうんちすることで終わるのね」私は優しく冗談を言った。終末期の患者の介護をしていると、人は生まれ、死んでいくのだとあらためて実感する。生まれたばかりの赤ちゃんが快適に感じるのは食物を摂取することと、うんちやおならをしてお腹をすっきりさせることだ。そして人生の終わりを迎えたとき、周囲の人はヘルパーに、その人がまだ食べられているか、ちゃんと排便できているかどうかを訊く。

不治の病を患い、強い鎮静剤を投与されている患者が、やっと排便して楽になったと聞くとみなほっとする。ジョセフが薬のすぐ後に慌ててトイレに行き、すっきりできたときにも、家族はやはり安心していた。もちろん私もほっとした。ジョセフが楽になってくれたからというのもあるけれど、実は誰かに浣腸をしたのはこれがはじめてだったからでもあった。

ジョセフの息子の一人は近くの郊外都市に住んでいて、毎日やってくる。もう一人の息子は別の州に住んでいる。娘は海外住まいだ。息子は毎日ジョセフが疲れるまでの間だけおしゃべりをする。話題はだいたい新聞のビジネス面について。ジョセフは急速に衰えていて、話せる時間は短い。私はこの息子をいい人だと思ったが、自分との共通点は見つけられなかった。悪い人だと思う理由もなかったけれど。後に、ジョセフにこのことを言うと、彼は、息子はいい奴だが、「私の金にしか興味がない」と言った。私は相手がどういう人かは自分の感覚で判断したかったので、ジョセフの言葉に影響されて息子への印象が変わらないようにした。

それから数週間の間、ジョセフはいろいろな話をしてくれた。だいたいはどれほど仕事が好きだったかという話だったけれど。ジョセフと妻のジゼラはホロコーストを生き延びて、解放されると、オーストラリアへ渡ってきた。強制収容所での話はときどき断片的に出てきた。けれど私はあえてそれ以上は訊かなかった。いつでも話は聞くけれど、話の内容は彼の話したいことだけでいい。当時のことを話し合わない方がお互いにつらくないのは明らかだ。私は自分の身に置きかえて考えてしまうから、ジョセフとジゼラがどれほどつらい思いをしたかは詳しく想像したくないが気持ちは察するにあまりある。

ジョセフと私は気を許せる仲になり、他のこともよく話した。笑いのセンスが同じだし、お互いにかなり物静かな性格だから、とても気が合った。日に日により深い話もできるようになるにつれ、世代の違いもあまり感じなくなっていった。そんな中、いつもジゼラが食べ物を持ってやってきては、ジョセフに食べるよう勧める。ジゼラはとても料理上手なのだけれど、ジョセフがほとんど食べられなくなった今も、大量の料理を作っていた。これは習慣のせいもあるだろうが、現実を認めたくないからでもあったのだろう。

家族はジョセフの主治医にも、告知しないよう求め、なんとか了承を得ていた。大きな嘘だ。しかも家族はジョセフに本当の病状や死が避けられないことを隠しているばかりでなく、回復していると彼に信じさせようとしていた。「ねえ、食べちゃいなさいよ。すぐによくなるわ」ジゼラは何度もそう言っていた。彼女には心から同情する。真実をここまでおそれているなんて、どれほどつらいだろう。

この頃には、ジョセフは一日にヨーグルト一皿だけしか食べられなくなり、介助なしにはリビングにも行けないほど弱っていたが、それでも家族はすぐによくなるとジョセフに言いつづけていた。私はこの件については何も言わずにいたのだが、ある日ジョセフがついに腹を割って話しはじめた。

ジゼラが部屋から出ていくとすぐ、ジョセフが後ろに寄りかかったので、私はその合図を見て取ってフットマッサージをはじめた。ジョセフはマッサージなどそれまで受けたことがなかったのだが、この数週間ですっかり慣れ、気に入ってくれた。私は患者を甘やかすのが大好きだ。ひょっとしたら患者たちと仲良くなれたのはそのおかげだったのかもしれない。患者たちとは、脚をマッサージしたり、髪を梳かしたり、背中をかいてあげたり、爪を磨いてあげたりしながら、たくさん話をした。

「ブロニー、私はもうすぐ死ぬんだろう?」ジゼラがいなくなると、ジョゼフはそう言った。

私は彼を優しく見つめ、うなずいた。「ええ、ジョセフ、そうです」

彼は真実を聞いてほっとしたようにうなずいた。ステラの一家との経験から、私はもう嘘をつくつもりはなかった。彼はしばらく窓の外を眺めていた。穏やかな沈黙の中、私はフットマッサージをつづけた。

「ありがとう。本当のことを言ってくれてありがとう」沈黙の後、ジョセフは強いなまりのある口調でこう言った。私は優しく微笑んでうなずいた。また一瞬沈黙になる。やがて彼は続けた。「あいつらはどうしていいかわからないいんだよ」これは家族のことだ。「ジゼラはつらすぎてこのことを私と話し合えないんだ。彼女は大丈夫だ。ただ口に出せないだけなんだ」

彼は自分の状況を知って穏やかな気持ちになり、私は本当のことを言えて穏やかな気持ちになった。「もう長くないいんだね?」

「そう思います」

「何週間かな？　何ヶ月かな？」

「よくわからないわ。でも何週間とか何日間ぐらいじゃないかと思います。そう思うだけで、ほんとうのところはわからないけれど」私は正直に答えた。彼はうなずき、また窓の外を見つめた。

患者が本当にあと数日の命という場合以外は、残された時間がどのくらいあるかを正確にはかれる人はほとんどいない。けれどこれは患者やその家族に必ず訊かれる質問で、何度も訊かれる場合もある。だから私は患者の衰弱具合を観察し、その進行の速さを計算するようになった。ゴール前の直線に入るときに、少し持ち直したように見えることもよくある。ヘルパーとして私がうまくやってこられたのは、こうして直感を働かせていたからだ。ジョセフに問われたときも、私は直感に基づいて計算し、あまり答えたくなかったけれど、本当のことを答えた。どう見てもそんなに時間はないのに、何ヶ月もあると嘘をつくのは嫌だったからだ。

フットマッサージが終わったので、私も黙って窓の外を見ていた。しばらくして彼が沈黙を破った。「あんなに働きすぎるんじゃなかった」私は黙って彼が続けるのを待つ。「私は仕事が好きだった。本当に好きだった。あんなに働いたのは好きだったからだし、家族や親類を養うためでもあった」

「立派なことじゃない。どうして後悔しているんですか？」

彼はまずは家族のために後悔しているという。オーストラリアに来てから、家族とほとんど顔を合わせない生活だったから。けれどももっと大きい理由は、彼がどういう人間か知る機会を家族に与えなかった気がしているからだ。「私は自分の気持ちを表に出すのが怖かったんだよ。だから働きづめに働いて、家族を遠ざけた。あんなにさみしい思いをさせるべきじゃなかった。今は、本当の私を知ってほしいと思っている」

ジョセフは最近まで自分自身がどういう人間かよくわからなかったから、どちらにしても家族は彼を理解することなどできなかっただろうと言う。人との関係が一定のパターンに陥ってしまうと、それを変えるのはどれだけ難しいかという話をしながら、彼は端正なその目を悲しげに曇らせた。相手とのよりよい関係を模索することがどれだけ大切かも話し合った。ジョセフは子どもたちとの間に温かく愛情に満ちた関係を築くことができなかったとも感じていた。自分が教えてやれたのは、金の価値と稼ぎ方だけだった、と。「今になってみると、そんなもの何になる?」彼はため息をついた。

「いいえ」私は彼をなぐさめようとした。「あなたはやりとげたんですよ。ご家族が不自由なく暮らせるようにしてあげた。そうしてあげたかったんでしょう」

彼の頬を涙が一粒、流れ落ちた。「けれど家族は私がどんな人間かを知らない。知らないんだ」私は彼を優しく見つめた。「知ってほしいのに」そう言うと、涙があふれ出した。彼が泣いている間、私は黙っていた。

しばらく待ってから、私はまだ遅くないのではと言った。けれど彼は同意しなかった。もう長く話せる体力が残っていないから難しいのだ、と。それに心の奥底にある気持ちをどう話していいかわからないとも言った。私は、ジゼラと息子さんをここに呼んできて、この話に参加してもらえばいいと提案した。私がいた方が話しやすいんじゃないかしら、と。しかし彼は首を振り、涙をぬぐった。「いや。もう遅いんだよ。私が知っていることは言わないでおこう。家族はその方が楽なんだ。自分が死ぬのはわかっている。私は大丈夫だ」

ジョセフは私の祖母が亡くなった頃と同じ年頃だ。二人の人生はとても違うけれど、この年代の人といると私は何となく落ち着く。それに祖母と私は死について、ざっくばらんに話し合えた。

祖母は自分の子どもたちより孫である私の方が話しやすいと言っていた。

祖母には双子の弟がいて、二人の下には九人の弟妹がいた。祖母がまだ一三歳のときに母親が亡くなったので、祖母がきょうだい全員を育てた。祖母の言葉によると「厳しい人」だったらしい。父親のことを「嫌な奴」と言ったこともある。父親は祖母の言葉によるとだったけれど、他にはほとんど何も与えてくれなかった、特に愛情は、と祖母は語った。

母親が亡くなってから一年ほど経って、シャーロットという幼い妹が亡くなった。それから残りの弟妹を育てた後に、自分の子ども七人を育て上げた。この七人のうちの一人が私の母だ。私は生まれたとき、黒髪の巻き毛がふさふさと生え、好奇心でいっぱいの大きな目をしていたのだが、そんな私を見て祖母は、シャーロットに生き写しだと思ったという。だから私は生まれたその日から祖母と特別な絆で結ばれていた。

祖母が訪ねてくると、私たちはとても興奮した。子どもはお客さんが好きなものだが、私たちきょうだいもそうだった。祖母は身長一五〇センチあまりと小柄だったけれど、元気いっぱいのすばらしい女性だった。それは育った環境のせいだったのかもしれない。祖母はいつも無条件に受け入れてくれ、無償の愛を与えてくれた。その例はたくさんあるけれど、わかりやすいものを挙げると、私の母が双子の姉妹と一緒に、休暇として海外に行っていたときのことだ。母は普段から休暇をもらうにふさわしいだけのことは十分していた。父は仕事のため平日は帰ってこないので、祖母が来て、私たちの面倒を見てくれた。

当時私はもうすぐ一三歳になる、修道院の付属学校の中等部の一年生だった。学校は二重に煉瓦を積んだ三メートルもある塀に囲まれていたが、運営している修道女の中にはとても優しい人もいた。けれど校長先生はとても怖い感じの人で、我々生徒はあまり愛情がこもっているとはいえない「鉄仮面」というあだ名をつけていた。入学した初日に、最上級生が校長には近寄らない方がいいと警告してくれた。大人になった今はこういう噂に影響されなくなったので、校長先生が、あの怖い外面の下に優しいところを持っていた可能性もあるとは思う。そうだったと思いたい。けれど彼女は学校を厳しく支配していたし、私は在学中に一度も彼女の笑顔を見たことがないとつけ加えねばならない。

一年生の間、私は何か今までと違ったことをしたいと思っていたようで、気づいたらクラスでもっとも素行の悪い生徒二人と行動するようになっていた。私はとてもいい子だったから、幸いなことに、それまで校長先生が私に目を留めるようなことはなかった。

ある日、三人で昼休みに木に登って、塀を越えて外に出た。そして繁華街に走って行くと、お店に入って、それぞれ自分のイニシャルが入ったイヤリングを盗んだ。あまりに簡単に成功して自信をつけた私たちは、今度は隣の店に入り、リップグロスを万引きした。甘いグロスをつけた唇をこすりあわせ、なんていいグロスなんだろうと笑っていると、肩に大きな手が置かれるのを感じ、「それをもらおうか」という声が聞こえた。

あまりの恐怖に脚がしびれてほとんど動けなくなった私は、もう一人の生徒と一緒にマネージャーの事務所に連行された。もう一人は逃げた。お店の人が学校に電話したので、私たちがこそこそと帰ると校長先生が待ちかまえていた。先生は片手に持った定規でもう片方の手をパシパシとたたきながらきっぱりと言う。「校長室へ」

「はい、シスター」私たちは声をそろえ、へりくだって言った。もしもこのときの私たちにしっぽがあったら、足の間に入っていたことだろう。

学校側がお店と交渉してくれ、私たちは罪には問われないことになった。けれど家に帰って、自分のしたことを両親に報告しなければならない。そしてそれを聞いた両親が校長先生に電話をし、私たちの報告が正しいかどうかを確認することになっていた。それからその学期の間中、スポーツは禁止になった。私ももう一人も運動が大好きだったから、これは大打撃だった。ふくらはぎを定規で一二回たたかれるのにも耐えねばならなかった。校長先生は厳しい人だった。

母は海外に行っていたけれど、週末だったので父は家にいたから、私は恐れおののいた。大人しくて感じやすい子どもだった私は、大きな声を出す人が怖かった。けれど家には祖母もいたので、まず祖母を脇に連れて行った。私は下唇をぶるぶる震わせながら、自分のしたことを祖母に話した。祖母は何も言わずに、黙って話を聞いていた。祖母は私が話し終えるまで何の反応も見せなかった。私は最後には目が飛び出そうなほど泣き叫んでいた。

「それで、もうしないのね？」と祖母は私に訊いた。

「しないわ、おばあちゃん。約束する」私は真面目な顔をして誓った。

「これを教訓にできるわね？」

私は約束した。「はい、おばあちゃん。もう二度としません」

すると最後に祖母は言った。「わかったわ。じゃあ、お父さんに言うのはやめておきましょう。明日、おばあちゃんが学校に電話してあげる」そして本当にその通りにしてくれた。祖母に恵みあれ。けれどこの事件で味わった恐怖があまりに大きかったので、私は二度と万引きはしなかったし、あのときのお店にはいまだに行かれない。

数年後、高校を卒業し、私は自分が育った町を離れた。自立するのを待ちきれなかった私は、最初に来た就職話に乗り、地元から五時間も離れた街の銀行に勤めることにした。ここは祖母とおばが住む家から近かったので、そこに住ませてもらって仕事に通うのが、一番現実的な方法だった。

　修道院の女学校を卒業し、牧場からやってきたばかりの一八歳の女の子だった私が、新しい経験なら何でもしてみたいと思うのは当然だった。そして就職から一年も経たない頃、私がもう性的なことを経験ずみであるのがばれ、ショックを受けた母に勘当されそうになった。母は、いい子で分別もあった私が、こんなに簡単に人に影響されるなんて信じられないと言った。この時も祖母が事態をおさめてくれた。母に時代が変わったんだし、私は私なりに今でもいい子なのだから落ち着きなさい、と言ってくれたのだ。祖母と母というすばらしい女性二人との絆はますます強くなっていった。

　はじめてお酒を飲んだのは、祖母の家に住んでいた頃で、家に帰ると祖母が念のためにベッドの脇にバケツを置いてくれた。祖母は賢くて懐の大きな人で、私の人生を支えてくれた大きな存在だ。そして私がわりと若いうちに、アルコールは自分に合わないと言うと、ほっとしてくれた。

　祖母はきょうだいの中で一番長生きしたが、自分の子ども同然に育ててきた弟妹たちに先立たれたのはつらかったようだ。私はどこに住んでいるときも祖母と手紙のやり取りをし、お互いに何も隠さなかった。祖母は、最後に残っていた妹を亡くしたときの悲しみや、老いてきて、徐々に自分でできることが減って行くことへの苛立ちも打ち明けてくれた。長年の間に、祖母がゆっくりと衰えていくのを見るのは私にとっても悲しいことで、祖母がずっと生きていてくれるわけではないという事実に直面させられた。

　その話をしていると、いつも涙をこらえられなくなるのがわかっていた。だから私は素直に、どれだけ祖母を愛しているか、そのときがきたら、どれだけ悲しいかを祖母に話した。それ以来、私と祖母は死について何もかも率直に話すことができるようになった。これはとても良かったと思う。先に何が待っているかがわかっていたから、私たちはいつも悔いを残さないように何でも話せたのだし、祖母は私に死についての考えを話してくれたのだ。祖母はそのときが来る何年も前から、もう覚悟ができていた。

数年間海外で暮らしてオーストラリアに帰国したときは、祖母に会うのが待ちきれなかった。祖母はすっかり変わっていた。髪は真っ白になり、杖なしでは歩けず、小柄な身体がさらに縮んでいた。祖母はもうとても歳を取っていた。九〇歳を超えていたけれど、私はこれほどすばらしい人を他に知らなかった。頭ははっきりしていたから、その後一年ぐらいはとても充実した会話をすることができた。

金融業界での最後の仕事になった、銀行の支店の管理業務をしていたとき、月曜日に電話がかかってきた。前日の夜に、祖母が眠りながら逝ったという知らせだった。それを聞いた瞬間に私の世界は崩れ落ちた。私はオフィスのドアを閉め、机の上で頭を抱えて、最愛の祖母にお別れを言いながら泣きじゃくり、大切な祖母を失ったことを嘆き悲しんだ。「ああ、おばあちゃん、おばあちゃん、おばあちゃん」私は両腕に顔をうずめ、泣いた。

その日は仕事を早退した。目がかすみ、悲しすぎて何もちゃんと考えられないまま、郵便受けに寄る。ほとんど何も考えられない状態で手紙や請求書の束に目を通していたとき、驚いて手が止まった。祖母から送られてきたカードがあったのだ。祖母は金曜日にこれを投函し、その後、日曜日の夜に眠りながら、自然に最期を迎えたのだ。カードを胸に抱きしめると、喜びと悲しみ、両方の涙があふれてくる。私は泣きじゃくりながら笑っていた。

祖母との絆にはとても感謝しているし、祖母と死について率直に語り合えたこともありがたかったと思っている。お互いにすべてを伝えられた。私が祖母をどれだけ愛しているか祖母は知っていたし、祖母がどれだけ愛してくれたのか私は知っている。そして祖母が書いた愛情のこもった言葉を読むうちに、その愛情がさらに強く伝わってきた。「大切な愛しいブロニー。あなたのことを本当によく考えます。あなたの行くところに、生涯太陽がついていきますように。愛をこめて、おばあちゃんより」

祖母の生前も、その死を考えただけで涙が出てきた。そして実際に亡くなったこのときはもちろん泣いた。けれどそれと同時に穏やかな気持ちにもなっていた。死を避けることは誰もできないという事実を素直に受け止められたからだ。このときの穏やかな気持ちは今も私の中にある。これを書いている今も、祖母は私の机の上の写真立ての中から微笑み返してくれている。その後、長年の間に祖母を亡くしたことをとても悲しんだこともあったけれど、正直に話し合えたおかげでとても前向きで特別な絆を持てたと思うし、そのことが私にとても良い影響を与えてくれた。

私の大切な患者、ジョセフの場合はそれほど簡単ではなかった。現実を直視することは、今の彼とその家族にとってあまりにつらい。彼のつらさやあせりを感じ、私は同情した。彼がそれまでの人生でどんなつらい思いをしてきたのか、私は考えたくない。ジゼラはジョセフに大量の食事を運んできて、食べるよう勧めるのをやめない。ジョセフは毎回、優しく微笑み、食事を断る。夜は別のヘルパーが来ていたが、昼の介護は主に私が担当していた。このヘルパーも私も、このやり方が彼にとっては楽だとわかっていた。彼は私には何でも話してくれていたから。

だから私が担当を外されると聞いたときは驚いたし、悲しかった。ジョセフの息子は介護費用がかさむことを嫌っていた。残された時間はもう一、二週間しかないのだと私が説明しても、父はまだ何年も生きるからと、彼は介護プランを変えてしまった。ただみたいな値段で介護をする違法営業のヘルパーを雇ったのだ。

ジゼラに息子を説得するよう懇願してみたが、無駄だった。家族の意志は固かった。私には次の仕事がどこかで待っているから、私が外されることが問題なのではない。ジョセフは私には気を許し、腹蔵なく話してくれるようになっていたのに。最後の一、二週間になった今、彼の幸せが一番優先されるべきではないか。彼は衰弱し、呼吸も難しくなっていたから、もう話ができない。だから新しいヘルパーが彼をどんなに非人間的に扱うか、私は考えたくもなかった。それに言葉が通じない患者を受け持つのは大変だろうと新しいヘルパーに同情もした。

けれど私にはもうこれ以上何もできなかったから、こういうこともすべてジョセフの人生の一部なのだと信じることにした。その人が人生で何を学ぶために生まれてきたのかは誰にもわからない。だから彼と私は言葉にならないほど大きな思いをこめて抱きしめ合い、微笑みを交わして、別れの挨拶をした。私は最後に彼の部屋の戸口で足を止め、もう一度彼を見た。私たちは同じ笑顔を浮かべていた。何も言わなかったが、たくさんの思いが伝わった。これが最後の別れだった。私は車に乗り、彼の家から走り去る時、今彼はもの思いに沈みながら、窓の外を見つめているだろうと思ったら、涙があふれてきた。ヘルパーをやっていると、この仕事をしなければ会うことのない人たちに出会えるし、互いに様々な話をし、学ばせてもらえるのはすばらしいと思っている。ただ時々とてもつらい。

一週間後、ジョセフの孫娘から前日の夜にジョセフが亡くなったと知らせる電話があった。病気が重くなっていたから、どちらにしても彼はもう以前のような生活は送れなかっただろう。これでよかったのだ。私はここまでの経緯を思い、自分は幸運だったと思った。死期を控えた、こうしたすばらしい人々からさまざまなことを教えてもらえるのは得がたい幸運であり、私は感謝している。人はみな死ぬ。けれどそれまでの間どう生きるかは自分で選べる。この仕事はそれを教えてくれた。

　自分の思いを口に出せないジョセフの苦しみを見たことで、私はこれからはいつも勇気を持って自分の気持ちを伝えていこうと決めた。私の心の壁は崩れ落ち、そしてどうして人はみな正直で素直になることをおそれるのだろうと思った。もちろん、正直さが痛みを伴うかもしれないからだ。けれどこうして壁を作るせいで、自分の本当の姿を知ってもらえなくなり、よけいにつらくなる。あの年老いた優しいジョセフが自分をわかってほしいと流した涙を見て、私は変わった。

　ジョセフが亡くなったという知らせを受けた後、私は海岸の近くの公園に行き、座ってただ辺りの景色を眺めていた。そこら中で子どもたちが遊んでいる。子どもたちはとても自然に気持ちを伝え合っている。誰かが好きなら好きと言う。悲しいときは泣いて悲しみを発散し、その後はまた楽しそうにしている。子どもはまだ感情を抑えることを知らない。正直に気持ちを表す姿を見るのはすばらしい。

　私たちは大人たちが孤立し、互いを隔てあう社会を作り上げてしまった。見ていると子どもたちは何でも一緒にやり、自分の気持ちをストレートに伝え、素直に喜んでいる。大人になるとこんなに素直でいられなくなる、そう思って私は悲しくなった。けれど同時に希望も持った。子どもの頃はこうしていると幸せだったのだから、程度の差はあるかもしれないが、もう一度あの頃のようになれるはずだ。

　私はこの海岸沿いの公園で強く決意した。私はジョセフのような後悔をしないように生きていく。もっと勇気を出して、自分の気持ちをもっと表わしていこう。

　壁を作って心を閉ざす必要などもうない。この壁を取り払う作業が今、ようやくはじまったのだ。

罪悪感

ブザーが鳴り、気持ちよく眠っていた私は起こされた。適当なもので足を覆い、ローブを身につけると、階段を上ってジュードのところへ行った。慣れていない人の耳にはただのうなり声にしか聞こえないかもしれないが、彼女は脚が痛いから、寝返りを打たせてほしいと言っていた。彼女が快適な姿勢になり、にっこり微笑むと、私は灯りを消し、また良い夢を見てくださいねと言って、寝心地のいい素敵なベッドに戻った。

ジュードと私は口コミで出会った。曲作りのサークルで出会い、私がヘルパーで留守宅管理の仕事もしていると知っていた人が、ジュードに私の電話番号を渡したのだ。私が介護した終末期の患者は、ほとんどが年配か中年過ぎで、がんやその合併症を患っている人が多かったが、どちらにも当てはまらない人もいた。ジュードは運動ニューロン疾患を患っていて、年齢はまだ四四歳だった。家族は夫エドワードと、カールしたとび色の髪と笑顔が愛らしい九歳の娘で、三人とも愛情深くて優しい人たちだ。

私が来る前、彼らは派遣会社がいつも違うヘルパーを送ってくることにうんざりしていた。ジュードにはいろいろなケアが必要だったし、特殊な要求も多い。特にどうすれば彼女が快適なのかを理解し、はっきりと話せなくなっていることに対応するのにも特別な配慮が必要だ。だから一人のヘルパーに専属で介護してもらいたいというのが、一番の優先事項だった。私が休めるよう、他のヘルパーも頼んでくれたが、私はもう十分経験を積んでいたので、そのヘルパーたちの指導ができた。ジュードはもう自分の体重を支えきれず、車椅子とベッドの間の移動に油圧式のリフトを使っていた。彼女のできることが日に日に減って行くのを見て、私はまだかなりはっきり意思の疎通ができるうちに来られてよかったと思った。おかげでジュードがうめき声のような声しか出せなくなってからも、その意味を察することができる。

ジュードはとても裕福な家庭に生まれ、若い頃は、よい結婚をし、期待通りの人生を送るようにという強いプレッシャーをかけられていた。はじめて持った車は普通の人の年収より高い高級車だった。彼女は二〇代の半ばまで普通のデパートには行ったことがなかったそうだ。そしてデザイナーズブランドの服しか着たことがなかった。彼女の育ちならそれが普通だったという。

彼女はクリエイティブでとても実際的な性格だ。慎ましく暮らせればそれでいい、彼女はそう話してくれた。けれど両親は彼女に大学に行くように迫り、さらには学部も法律と経済のどちらかにするようにと命じた。他の選択肢はなかった。ジュードは美術の勉強がしたいと言ったことがあったのに。期待とプレッシャーに押しつぶされながら、ジュードは法律を選んだ。両親はいつかこの世からいなくなるから、そうしたら法の知識を美術や地域の福祉など、いいことに活かせるかもしれないと彼女は考えたからだ。しかし現実はそうはいかなかった。父親はすでに亡くなっているが母親はまだ健在で、ジュードの方が先に亡くなりそうだからだ。どちらにしても彼女はもう仕事はできない。

彼女は好きな美術を通してエドワードと知り合い、恋に落ちた。二人は出会った瞬間に互いに一目惚れをし、その愛情は今もまったく薄れていないようだ。どちらも最初は少し気後れしていたが、強く惹かれあっていたおかげで勇気を出せた。

すぐに、二人は愛し合うようになり、お互いに相手がすべてだと思うようになった。ジュードの家族は、娘の選んだ男性が労働者階級の家庭の出で、質素な生活で満足し、芸術を追い求めている人物だということにひどいショックを受けた。エドワードは画家としてかなり成功している。けれどホワイトカラーではない。ジュードの両親はこれだけでも絶対に賛成できなかった。

悲しいことに、両親とエドワードのどちらかを選ばなければならなくなったジュードは、エドワードを選んだ。もちろんよ、考えるまでもなかったわ、と彼女は笑う。彼女は心から彼を愛していたし、彼もそれは同じだった。ジュードはこのとき一家から完全に追放された。以前に親しかった友人のうち数人だけとはつきあいを続けたものの、彼女は以前とは違う、自分を受け入れてくれる幸せな世界で、新しい友人たちとのつきあいを楽しんだ。

数年後、ジュードとエドワードは女の子ライラを授かった。ジュードは両親と孫を会わせたかったので、なんとか和解しようと試みた。父親はついに折れて、かわいらしい孫娘と愛情深いやり取りをし、その後亡くなった。ジュードとの関係も復活していた。けれど父親はエドワードに礼儀正しく接していたものの、自分の娘の愛を勝ち取ったのが画家であるという事実には最後まで納得できなかった。だから父娘の関係は近しいとは言えなかった。それでもライラをかわいがっていた父親は、波止場を望むこの邸宅を娘一家のために買い、それをジュードの母は苦々しく思っていた。

人生はうまく行っていたけれど、そのうちにジュードの動きがぎこちなくなってきて、それがだんだんと目立ってきた、と二人は語る。こうした話をジュードとエドワードが異口同音に語ってくれるのを聞きながら、私はもしジュードが病気にならなくても、二人はこんな風に話していたのだろうと思った。二人はとても仲が良い。見ていてうれしくなると同時に、胸が痛くなる姿だった。二人は私と同年代なのに。

私たちは何時間も包み隠さず、本音で語り合った。若くして死を迎えるということについても話し合った。人は誰でも、自分はずっと生きていると思いたい。けれどそんなことはあり得ない。人生の嵐の中で、若いうちに亡くなる人は必ずいる。つぼみが花開き、まだ果実にならないうちに、自分にどんな可能性があったのかを知ることもなく逝ってしまう。大半の人は盛りを過ぎても生き続け、ゆっくりと長い年月をかけて衰えていくというのに。

時ならず亡くなるという言い方をよくするが、それは間違っている。人はみなその人の逝くべきときに逝く。早世する運命にある人はたくさんいる。人はみな永遠に生きるものだとか、少なくともかなり年を取るまで生きるものだとみな思い込んでいるから、若い人が亡くなると周囲の人がひどくショックを受け、絶望的になるのは当然だ。長い将来があるように見える若者が亡くなるのはとても痛ましい。もちろん、若いうちに亡くなる人も、中年になって亡くなる人も、年を取ってから亡くなる人もいる。すべての種の生き物にとって自然なことだ。私の友人には何人か、幼い子どもを亡くした人がいて、彼らを通じて私はそのつらさを知った。今も忘れられない悲しみもある。けれどこうした子どもや若者は、最初から長生きする運命になかったのだ。彼らはこの世に生まれてきて、ほんの束の間、まぶしい輝きを放ち、その短い人生の間に見せた純粋さが人々の記憶に残る。

四〇代になるまでずっと健康だった、こんなすばらしい女性が四四歳の若さでなくなるなんて、何か大きな間違いだと憤るのは簡単だ。けれどジュードとエドワードはこのことを受け入れ、二人が出会えたこと、愛し合えたことを感謝している。さらに二人はライラを授かるという幸せにも恵まれた。ライラのことについてジュードは、自分がこんなに魅力的な女の子を九歳まで育てたことを誇りに思っていると穏やかに語った。もちろん、ライラが大人になるのをそばにいて見守ってあげられないことはつらいし、母親を失ったらライラがどれだけ悲しむかを思うと胸が痛い。けれどライラが父親をとても愛しているのを知っているから、自分の運命を受け入れるのが少し楽になっているという。

ジュードはもう一人では動けないし、自分のこともできないが、一番の不満は言葉を話せなくなったことだ。ある夜、寝返りを打たせているときに話してくれたのだが、彼女が一番怖いのは、痛みを訴えることができなくなって、じっと寝たままそれに耐えなければならなくなることだという。私は人生にはこれほどつらいことがあるのか、人がそれぞれの人生で学ぶことはこれほど違うのかと思った。人生最後の何週間か何ヶ月間かを、意識はあるのに意思を伝えられない状態で過ごすなんて、とても恐ろしい。なかでも、痛みに苦しんでいるのに、誰かにそれを伝えて痛みを止めてもらうこともできないのは本当につらいだろう。これは発作や脳の疾患など他の病気の人にもあり得るし、世界のどこでも起こりうる。ああ、なんてひどい状態だろう。私はこのことを考え、自分の人生を見つめ直した。

ジュードの言葉は日ごとに衰えていく。わりとちゃんと話せて、聞き取りやすい日もある。付き合いの長い私が直感を働かせば、辛うじて聞き取れるという日もあった。こういう日、ジュードは以前使っていたコンピューターのソフトを使うこともある。彼女がこのために作った目の動きを感知する眼鏡をかけ、レーザーでコンピューターの画面上の文字盤に送るのだ。ジュードが一定の時間ある文字を見続けると、その文字が入力されるので、彼女は次の文字で同じことを繰り返す。すると、こうして選ばれた二文字から始まる単語の選択肢が画面上に並ぶので正しいものを選んで確定する。この作業を繰り返すのだ。とても時間がかかるやり方だが、彼女は意思を伝えることができる。私はこのプログラムを作ってくれた人にひそかに感謝した。けれどジュードが頭を上げられなくなれば、このプログラムも使えなくなる。その日は、もうすぐそこに迫っていた。

だからジュードの具合がいい日は、できる限り彼女の話を聞いた。伝えたいことはたくさんあるようだった。私はジュースのグラスを彼女の唇にあて、彼女がゆっくりと一口ずつ飲むのを待つ。こうすれば彼女は話しつづけられる。彼女がどうしても伝えたくて、何度も繰り返す言葉があった。「人は勇気を出して、自分の気持ちを伝えなければならない」という言葉だ。私は自分のこれまでの道のりを思い返し、その通りだと思った。

ジュードはエドワードを選んだとき、母親と絶縁状態になってしまったが、自分にこんなことができる勇気があったとわかってうれしかったし、この選択を後悔したことはないという。けれど自分も娘を持ち、母親と気持ちを分かち合いたいと思うようになった。このままではそんな機会はもう巡ってこないと知り、ジュードはしばらく前に母親に手紙を書いた。その手紙はジュードが亡くなったときに渡されることになっていて、いまはエドワードのオフィスの引き出しにおさめられている。ジュードの母親は娘の病気を知っている。けれどもまだかたくなに娘を許せずにいるので、死の床にいる娘に会いに来られないのだ。

「自分の気持ちを伝える方法を学ばなければいけないのよ、今のうちに」ジュードは最後の言葉を強調した。「もう遅いってことにならないうちに。いつそうなるか、誰にもわからないわ。愛している人にはそれを伝えるべきよ。感謝していると言うべきなのよ。相手がこの率直な言葉を受け止めてくれなくても、期待とは違う反応をしてもかまわない。伝えたことが大事なんだから」

これはこの世を去る者だけでなく、後に残る者にとっても大事なことだ、とジュードは言った。

去っていく者は自分の思いをすべて伝えてから逝くべきなのだ。そうすれば穏やかな気持ちになれる、と。その行動を通じて、残される者も自分の気持ちを正直に表現する勇気を身につけられたら、彼らは自分の死のときに、こういう後悔をしないで済む。それに愛する人に自分の気持ちを伝えられないうちに相手に死なれてしまったという罪悪感を抱えて生きなくて済むようになる。

ジュードがこのことをより大切に思うようになったのは、一年前、友人トレーシーを突然亡くしたからだった。ジュードはとても動揺した。トレーシーは活発な女性で、どんな集まりでも場を盛り上げていた。心が広く、他人の悪口を言わない彼女をみな大好きだった。

「人は生活に追われて、家族でも友人でも、大事な人たちと十分に過ごせなくなりがちだわ。けれど絶対に、大事な人との関係を取り戻し、素直にならなくては。みんな自分が死に直面するか、誰かを亡くして、罪悪感を抱えて生きるようになるまで、どれほど大事なことなのかわからないのよ」

自分の気持ちを精一杯表現し、大切な人たちとできる限りの時間を過ごしていたら、罪悪感を持つことなどない、と彼女は語る。けれど愛する人がずっとそばにいてくれると思っていてはいけない。時間はあっという間に過ぎてしまう、自分にはお別れを言う時間があってよかったと感謝しているが、最期のときにこういう時間をもらえる人ばかりではない、と。じっさい、何百万人もの人が、不慮の死を遂げている。

エドワードを愛していると言ったせいで母親との関係は壊れてしまったが、ジュードは正直に生きる勇気があってよかったと語る。そのおかげでエドワードと今もこんなにも愛し合っているのだし、自分の心に正直に生きられたと穏やかな気持ちで人生を振り返れる。それにあの時、それまでどれだけ両親、特に母親にすべてをコントロールされていたのかがわかったという。私をコントロールすることで成り立っている関係の相手に、本当に健全な人間関係がどういうものかをわかってもらえるわけがないでしょう?　母親とは、こういう形でしかつきあえないのだったら、関係自体がない方がいい、彼女はそう決めたのだ。

ただ、罪悪感を抱えたまま死んでいくのは嫌だから、最近になって母親と連絡を取ろうとしたという。勇気を出して自分の気持ちを伝えようとしたのだ。幸い、ジュードは友人トレーシーにも気持ちを伝えようとしていた。ジュードはいつも自分の気持ちを素直に伝えていたので、トレーシーを失ってとても大きな打撃を受けたけれど、罪悪感は持たなかった。トレーシーが亡くなるほんの数日前、二人は昼食を共にしていた。別れの挨拶をするとき、ジュードはトレーシーを抱きしめて、どれだけトレーシーが好きか、二人の友情が自分にとってどれほど大切かを伝えていたのだ。

けれどトレーシーの友人や家族など周囲の人たちの大半は違った。トレーシーは明るい人だったので、彼女がいなくなることなどみな想像もしていなかった。それなのにトレーシーは交通事故で突然亡くなってしまった。トレーシーの友人たちの間では、一年経った今も、強いショックと罪悪感が渦巻いている。

「トレーシーのおかげで人生が変わった人もいたのに、みなそれを伝えたことがなかった。トレーシーは言われなきゃわからない人じゃなかった。でもみんなこうすればよかったという後悔を抱えて生きることになるのよ。そしてこの罪悪感のせいで、もっと他にやり方があったと、みなが揉めることになってしまったわ」ジュードは言った。「トレーシーはほめてもらう必要なんかなかったけれど、誰かに励まされたらうれしかったはずよ。とてもきれいで素直な人だった。その彼女はもういない」

素直に気持ちを伝えあうことが大切だというジュードの意見に私は同意した。私はすでに自分の人生の中で、同じ教訓を得ていたが、ジュードと話していて、さらにその思いを強くした。ジュードはきれいな人だ。じっとしているだけで大変な今も、生まれ持った優雅さを失っていない。口からは時々よだれが出てしまうし、おしゃれをするどころか、実用的な衣服しか着られない。それでもその心と、元々の個性が輝いているのだ。私は彼女の意見に同意して微笑みながら、自分の考えを述べた。「プライドや無気力さや仕返し、侮辱をおそれる気持ちのせいで、言えなくなっていることがたくさんあるけれど、それを伝えるにはとても大きな勇気が必要だから、いつでもできるわけじゃない」

「そうよ、勇気が必要なのよ、ブロニー」ジュードが続けた。「それを言いたかったの。自分の気持ちを表現するには勇気が必要よ。特に自分が大変な状況にあって、助けが必要だったり、愛する人に正直な気持ちを伝えたことがなくて、どういう反応が返ってくるかわからなかったりするときはね。けれどどんな気持ちでもいいから、誰かと気持ちを共有する経験をすれば、だんだんやりやすくなっていくわ。プライドなんて時間の浪費よ。いい、私を見てちょうだい。もう自分のお尻だってふけないけど、それがどうしたっていうの？　みな人間じゃない。どんなに弱くなってもいいのよ。それも人生の一部だから」

ジュードのところへやってくる前、私は大きな困難にぶつかっていた。自分の気持ちを人に伝えることは、ときにどれだけ難しいかという話に関係があったので、私はその頃のことを少しジュードに話した。

その頃、緩和ケアの仕事があまり来なかった。この仕事は忙しいときとひまなときの差が激しくなりがちだ（その分、創作活動に時間を使えたので、問題なかったけれど）。二ヶ月ほど、ほとんど仕事が無い状態が続くと、さすがにいろいろとつらくなってきたし、その時点でもまだ仕事が来そうな見込みはまったくなかった。私はお金が入るといつも創作活動に投資してしまうので、蓄えはない。けれど私は以前もこういう状況を切り抜けてきたから、真剣に悩んではいなかった。

留守宅管理の仕事も不安定だった。わかっているのは家の所有者が帰ってくる日だけで、自分が次に行く場所が直前まで決まらないこともあった。そんなときもだいたい、ぎりぎりになって次に行く家が決まっていたけれど。強気なときは、このスリルをある程度楽しめた。アドレナリンが湧いてくるような気分だ。突然パニック状態の人から電話がかかってきて、急に遠くへ行かねばならなくなってしまったから、自宅を、たとえば明日から管理してもらえないだろうかと依頼されることはわりとよくあった。こうした救いの電話を受け、私はほっとため息をつき、笑顔になる。依頼主も私も救われたのだ。

この留守宅管理の依頼主たちのネットワークでは、私を雇いたい人同士の間でスケジュール調整をしてくれることもあった。たとえば友人が帰宅するその日に自分たちがバカンスに出発するように計画すれば、私を間違いなく雇える。私は何ヶ月も前から予約されている状態になる。これは生活が安定するから、もちろん大歓迎だった。

ただ、数日から一、二週間、居場所がなくなってしまうこともあった。そうなると私は町を離れたり、田舎の誰かを訪ねたりして、休暇を楽しんだ。逃したくない特定の顧客がいる場合は、友人の家に転がり込んで、しばらくの間、空いている部屋やソファで寝かせてもらって待機した。けれどこのパターンを数年繰り返すうちに、誰にも歓迎されていない気がして、もう泊めてほしいと言えなくなった。友人たちはそんなことはないと言ってくれた。みな私のことを良く理解して、この状態が一生続くわけではないとわかった上で泊めてくれていた。数年前、私がやっと自分の住まいを構えたときには、いつも誰かが訪ねてきたけれど、誰かに何かしてあげるより、好意を受ける術を学ぶ方が私には難しかった。

友人たちに泊めてもらえないかと繰り返し頼んでいるうちに、私は自分がだめな人間だと思うようになった。過去の様々なトラウマを乗り越え、他人に共感できるようにはなったが、自分自身に関する考え方を変えるには、まだまだ努力し、苦しまねばならなかった。何十年も持ちつづけてきた後ろ向きな考え方を追放しなければならないけれど、自分の考えを完全に変えるのにはとても時間がかかる。私の人生には前向きな新しい種がまかれ、いろいろな面で芽を出していた。けれどまだ古い種のすべてを根こそぎにできていなかったので、突然引き戻されることがあった。

このときは、仕事がずっと来なくて、お金もほとんど底をつき、私はまた絶望的な気分に陥っていた。私は一番の親友に電話をかけ、泊めてもらえないかと尋ねた。残念なことにこの時は彼女自身も問題を抱えているから泊めてあげられないと断られた。まったく私のせいではないと彼女は言ってくれた。単に自分の生活と事情のせいだと。けれどこの当時の考え方と精神状態のせいで、私は彼女に完全に拒絶されたと感じたし、彼女にノーと言わせてしまった自分を激しく責めた。私は仕方なくそれから数人の友人に電話をかけたが、残念なことに、他の州からのお客さんが来ていたり、家にいなかったり、仕事でとても集中しなければならないプロジェクトに取り組んでいるところで疲れきっていたりした。私はこのとき、町を出たら、誰かに借金しないと戻って来られないほどお金がなかった。そしてそのことでもまたさらに自分がダメな人間だと思った。だから私は車に寝泊まりすることにした。

ジープで旅していた頃だったら、こんなことは全然問題ではなかった。あのジープの後部座席の居心地のいいマットレスは、私の最高の寝場所だった。けれど今の車、ライスバブルはとても小さくて、脚を伸ばして横になることもできない。この車にはカーテンがついていないから、プライバシーも守れない。しかも季節は真冬だった。けれどこれ以上自己嫌悪を感じずに電話できる相手を思いつけなかった。だから、こんなにも丸見えな状態で街中の道路で眠るのは少し怖かったけれど、だんだんあきらめて慣れていった。他に手段がなければ、あきらめるしかない。

暗くなる前に走り回って、夜車を停めて寝るのに多少は適している安全そうな場所を探した。トイレのことも考えなければならない。何よりも誰かの家の前庭の芝生で用を足して人々をぞっとさせるようなことだけは避けたいと、心の底から思っていた。

住むところがなくなり、人目につかないように過ごそうと思っていると、一日は長い。日が上ったら目を覚まして、邪魔にならないところまで移動し、みなが帰宅して家に落ち着くまで、こちらは落ち着けない。放浪の身だからもちろんその間家に帰ることもできず、どこかで待っていなければならない。昼は長いし、夜はひどく不安で、寒さに震え、孤独だった。

ある夜、私はカフェに行き、ＢＧＭを聴きながら、紅茶一杯でできるかぎりねばった。まるでラルフ・マクテルの「ストリーツ・オブ・ロンドン」という曲に登場する、戸外に出なくて済むよう一杯の紅茶をずっともたせようとする老人になったような気分だった。皮肉なことにこの曲は、私がギターを弾けるようになって最初に覚えた曲の一つだった。

日が上ったら、海岸の近くにある公衆トイレに行き、自治体の職員が来て鍵を開けるのを待っている。それからその職員に嫌な顔をされながら身体を洗い、歯を磨き、トイレに入る。きっと彼は私のことをキャンプ生活者か、公共の施設を使って、自分の生活費を節約している人か何かだと思ったろう。けれどこの人が私をどんなにひどい奴だと思っても、私の自己評価の方が悪いはずだ。だから私は気にしなかった。そしてこれまで終末期の患者たちと過ごしたおかげで、人の評価がまったく気にならなくなっていたし。自分への批判なら、自分の頭の中で十分すぎるほどしている。

クリシュナ意識国際協会の炊き出しに行った夜もあった。私はお金があった頃は、ケチな方ではなかった。今こうして列に並びながら、以前はこの炊き出しの資金集めのバケツに一〇ドルとか二〇ドルとかを投げ入れていたのに、とまた皮肉に思った。彼らはベジタリアンだし、楽しい音楽を演奏しているし、食べ物がない人たちに食事を提供している。それだけで十分だ。私はハレー・クリシュナが好きだ。けれど今、私は彼らの善意を受ける側にいる。それがとても恥ずかしかった。

ある朝、波止場のそばの岩に座って、強さと忍耐力をください、それから奇跡が起こりますように、と祈った。ちょうどそのとき、イルカの群れが泳いできて、戯れながら跳びはね、水面から姿を現わした。このときまで私は自分の状況をとても深刻に考えていたけれど、これを見て、また少し希望を抱いた。それから少し離れた町に住む友人たちのことを思い出し、泊めてもらえないかと訊いてみようと思った。みないつも優しい人たちだ。けれど私は自分には価値がないと思って絶望していたので、もう誰かに何かを頼める心境ではなかったし、頼める相手を他に思いつきもしなかった。私はただ正直に、「つらいの。お宅にしばらく泊めてもらえないかしら」と言えばよかったのに、自分の気持ちを正直に言う勇気がなかった。

だからもっと明るい選択として、私は波止場の周りを散歩することにした。けれど友人に電話しようとする前に電話が鳴った。電話の主はエドワードで、住み込みでジュードの介護をしてもらえないか、しかもすぐにはじめてほしいとのことだった。ジュードの家はきれいな邸宅で、必要なら部屋を使ってほしいという。その夜、私は再び脚を思い切り伸ばして眠れるようになり、もう脚がつったり、寒かったりして苦しまなくていい。お風呂で生き返ったあとは、肌触りのいいキルトが湯冷めしないように身体を暖めてくれる。三人の素敵な人たちとちゃんとした食事を摂ったし、何よりも私はまたお金を稼いでいるのだ。人生とはこれほど急に変わるものか！

このときを振り返ってみると、原因は介護の仕事が入らなかったから、あるいは留守宅管理の仕事も来なかったからだ。これはどちらも現実の出来事だ。けれどここまでつらくなったのは、自己評価が極端に低かったからと、もう自分のためにはならない昔の価値観を引きずっていたからだ。私はもう豊かですばらしい生き方をはじめたのだから、新しい種がまかれているはずだ。ただ、こういう古い考え方を頭の中から追い出すには時間がかかり、誰にも助けを求められなかったことも、事態をさらに難しくしていたのだ。

その後、また留守宅管理の仕事が途絶えた時期があったが、そのときはまず、あの波止場でイルカを見た朝に考えた友人たちに電話をした。彼らは大喜びで、空いている部屋に私を迎え入れてくれた。こうして私はまた人の好意を受けられるようになった。まだ自分の気持ちを表現することを学んでいる途中だったけれど、ここまではできるようになったのだ。

以前、強く心を閉ざしていたから、ゆっくりと時間をかけなければ素直になれないのだと私はジュードに言った。だから彼女の意見を聞けることはありがたいし、こうして率直に語り合えることにも感謝している。「みなきっかけが必要なのよ、ブロニー。誰もが心の中に言うべきことを抱えている。相手が聞きたがるようなことも、聞きたがらないようなことも。人は自分の気持ちを表わさなければ成長できない。気持ちを人に伝えることが、気づかぬうちに、役に立っているのよ。正直さが何よりも大切なのよ」

私は微笑みながら窓の外を見た。満月の光が波止場に浮かぶ船を美しく照らしている。すばらしい眺めだった。ジュードは罪悪感の話に戻り、自分の気持ちをすぐ正直に伝えれば罪悪感を持たないで済む、と語った。そうすれば、もしも愛している人が不意に亡くなっても、遅すぎたと後悔することはない。それに子どもの頃のように、何にも束縛されず自由になれる。自分の気持ちを伝えなかったことで罪悪感に苦しむのを防ぐべきだし、勇気を出して伝えようとしたほかの人に罪悪感を抱かせるべきではない。

ジュードの介護をはじめて二ヶ月ほど経ったとき、彼女は衰弱が進んだので、終末期医療のホスピスに入院した。私にはまた派遣会社経由の仕事が次々とくるようになり、かなり長期間の留守宅管理の仕事も舞い込んだ。私はジュードに会いにホスピスに行き、エドワードやライラとも話せてうれしかった。このときベッドの向こうに見たことのない女性が座っていたのだが、私はすぐにこの人がジュードによく似ていることに気づいた。彼女の母親だった。

エドワードが自分の判断で、ジュードが亡くならないうちに、彼女の手紙を母親に届けたのだ。手紙には母を愛していたし、今も愛していると綴られていた。さらに大切にしていた幸せな思い出や、母親から教えてもらったことが書いてあった。手紙には否定的なことはまったく書かれていなかった。ジュードは罪悪感を持ちたくなかったし、母娘の関係では悲しい思いをしたけれど、母を愛していたことを伝えたかったからだという。その数日後、ホスピスに突然、母親が姿を現わした。そしてそれからは毎日会いに来てジュードの手を握り、人生を終えようとしている娘を見守っている。

私はジュードの頰にキスをし、彼女としばらく話した後、最後のお別れを言い、彼女がしてくれたすべてのことにありがとうと言った。「私があちらに行ったときに、また会いましょう、ジユード」私は涙と微笑みと共にそう言った。彼女はうなり声でそれに応えてくれた。その唇はもう動かなかったけれど、瞳は笑っていた。

　エドワードとライラが両側から私の手を取って、ライスバブルまで送ってくれた。三人とも泣いていた。けれど愛情が素直にあふれてきた印なのだから、泣いてもいいのだ。エドワードは、ジュードの母親は娘にたくさん話しかけたが、あなたが大好きなのよと言ったときに、ジュードは一番涙を流したという。母親はずっと批判ばかりしていたことを詫びた。娘を密かに妬んでいたこと、自分は世間体を気にして本当の幸せをつかめなかったのに、娘が勇敢にもいままでの世界を飛び出し、自由を手にしたことに嫉妬していたと告白したという。

　私はエドワードやライラと抱き合ってお別れをし、この先の人生でみなとても幸せであるように祈った。そしてすぐそこでは、美しいジュードが横たわり、そのそばに母親が座っていること、それから愛の力と強さを思った。胸が痛かったが、うれしくもあった。

　二年後、エドワードから来たメールにはうれしい驚きがあった。ジュードの母親は亡くなったが、それより前にライラが祖母と数ヶ月暮らして互いを知り合い、とても楽しい時間を過ごしたというのだ。ライラは今ではすっかり成長し、美しいジュードの面影が見えるという。不動産の手続きが片付いたら、父娘は街を離れ、エドワードの父親がいる、空気がきれいな山の方へ引っ越すという。エドワードは一年ほど前に新しい女性と出会い、ライラにもうすぐ妹が生まれるそうだ。

　私は返信で彼らの幸せを祈った。それから、懐かしい気持ちで彼女の思い出を書いた。彼女の笑顔、病気に辛抱強く耐えていたこと、寛容さ、自分の気持ちを伝えようという決意。罪悪感は人を傷つける。幸せな人生を生きるには、自分の気持ちを表現することが必要だ。

満月が海を照らし出していたあの夜、彼女のベッドの脇に座っていたことを思い出す。あの時ジュードは自分の声の続く限り語ろうとしていた。

彼女の思いは伝わった。私は今、あの海から跳びはねて喜びを表現していたイルカのように素直に自分の気持ちを伝える喜びを知っている。

本当の好意

私は何度か、療養施設の短期のシフトでアルツハイマーの患者を担当している。けれど、余命宣告をされているアルツハイマー症患者の自宅介護は、ナンシーがはじめてだった。ナンシーは優しい女性で、三人の子どもと一〇人の孫に恵まれていた。夫はまだ健在だが、彼女の部屋に入ることはほとんどない。じっさい、彼が同じ家にいるのを忘れてしまうのは簡単だった。

ナンシーの三人の妹と二人の兄が交互にやってきていたし、最初は何人か友人もお見舞いに来たが、そのうちにだんだん訪れる人が減っていった。ナンシーの面倒を見るのは体力のいる大変な仕事だ。彼女は落ち着きがなく、一つの場所に一分もじっとしていないし、いつもかなり機嫌が悪いので、監視するのが大変だ。穏やかに過ごせる時間は彼女にとってかなり稀なので、必然的に私にとっても稀だ。

その結果、彼女の苦しみを周囲の人々、特に家族が心配するようになり、薬の量を増やすことになった。それでナンシーは昼間も数時間眠るようになった。神経過敏になっているときはわけのわからないことを言う。アルツハイマーの典型的な症状だ。ある言葉の一部が別の言葉の一部とまざっている。なまりのある英語のように聞こえる時もあるけれど、まったく形をなしてお らず、意味不明だ。それでも私はナンシーに他の患者と同じように、愛情を持って優しく接し、ケアをしながら話しかけていた。私が部屋にいることをわかっているときもあったし、どこか遠いところにいるみたいなときもある。そういうときは、もしも私が頭が一〇個ある怪物に変身していても気づかないだろう。

時々、私は八時の出勤直後に一人で彼女にシャワーを浴びさせるが、普段は夜勤のヘルパーがやっている。特に大変な夜の後、私が出勤したときにまだナンシーが眠っていたら、私がやるのだが、たいていシャワーは私が到着する八時前後に浴びさせていた。ナンシーはシャワーのとき、シャワー用の椅子に座って、夜勤のヘルパーに洗ってもらいながら、私に微笑みかけてくることもあった。けれどあるヘルパーだけは、我々他のヘルパーたちとはまったく違う介護方法を、今までやってきたやり方だからと押し通していた。

最初の事件は、あるとても寒い冬の朝に起こった。出勤した私がナンシーの部屋に入ると、ナンシーが裸でベッドに寝かされていた。寒さに震え、身体には何もかけていなかった。シャワーを浴びさせてもらったばかりだったが、そのシャワー中に排便が始まってしまい、椅子の下にかなりの量の便が山になったという。これは全然目新しいことではない。穴が空いている椅子に座っていると、身体がトイレにいると思い込んでしまうのは、要介護の患者にはよくあることだ。このタイプの椅子は、低い姿勢を取れない患者のためにトイレの上に置いて使う場合もある。だからシャワーでこういう事態が起こるのはそれほど驚くことではない。

ナンシーは慎ましい家庭で育った慎ましい女性だ。だから毛布も何もかけられず、裸で寝かされているだけでもとても傷つくはずなのに、さらに寒さに震えている姿はか弱い小さな子どものようだった。部屋に入っていって、彼女のこんな姿を見た私は、すぐに彼女の身体を拭き、急いで暖かい毛布をかけた。夜勤のヘルパーは浴室にいて、大便を始末していた。私はとても黙っていられなかったので、かなり言葉は選んだけれど、自分なら掃除は後にするがと伝えた。浴室の床をきれいにするよりも、患者の快適さの方を優先するべきだから。これに対して夜勤のヘルパーは肩をすくめただけだった。

次の事件は、数週間後、またこのヘルパーと重なるシフトのときに起こった。私は普段、腕時計をするのが好きではないし、できれば時間に支配されて生活したくない。けれど決められた時間にきっちり出勤しなければならず、焦ってイライラしたくないから、いつもかなり余裕を見て家を出ていた。こうすれば通勤時間が長くても短くても、職場までのドライブを楽しめる。けれどこの日の朝は、とても道が空いていた。だから私は予定よりかなり早くナンシーの家に着いた。

前の事件以降、夜勤のヘルパーはもっと早い時間にナンシーにシャワーを浴びさせるようになっていた。だからどういうやり方をしているか、私は知らなかった。長年の間に何度か同じ患者を担当し、シフトの交代のときに顔を合わせることもよくあったので、実はこのヘルパーと私はかなり仲が良かった。けれど、ナンシーやその前の患者に対して思いやりのない態度を取っているのを見たので、彼女を介護のプロと思えなくなりそうで私は悩んでいた。この日の朝、その悩みはさらに大きくなった。挨拶をしようと浴室に入ってみると、ナンシーが寒さに身を震わせ、完全に冷えきった状態で歯をガチガチ言わせながら座っていたのだ。

ヘルパーにどうしたのと訊くと、彼女はいつもこうして患者にシャワーを浴びさせているのだという。まず二分間、冷たい水のシャワーを身体中に浴びせ、それから二分間温かくて快適なお湯のシャワーを浴びせる。さらに二分間ずつ冷水と温水を繰り返していくが、最後は必ず冷水で終わる。こうすると血行が良くなるのだと彼女は言う。たしかにそうかもしれない。それはわからないし、どちらでもいい。冷たい水のプールで泳ぐと、しゃきっとするとは思うけれど。

問題は、今は真冬だということだ。外で吹きすさぶ寒風に窓はガタガタと揺れていて、家の中にいてもちゃんと厚着をしていないと寒い。かわいそうなナンシーは重病で、余命いくばくもないのだ。しゃきっとする必要も、その辺を走ってくる必要もない。ナンシーは今ではとても弱っているのだから、介護する者はただ暖かく快適に過ごしてもらうことだけ考えていればいい。ヘルパーの仕事は患者が少しでも幸せでいてくれるようつとめることであり、それには快適に過ごしてもらうことも含まれているが、こんな風に怯えきって、寒さに歯を鳴らしている状態でシャワーチェアに座らせることは含まれていない。ナンシーに必要なのは愛情をこめた介護をし、気持ちよく過ごしてもらうことだけだと私は思う。

私は人に対して荒っぽいことを言ったことはないが、必要なら、かなり強気に出られる。この強気モードが発揮されるのは、だいたい誰かが不当な目に遭っているところや、残酷な言動を目撃した時だ。私は率直で穏やかな言葉遣いをしたが、このヘルパーに気持ちは伝わって、彼女はその後シャワーには温水しか使わなくなった。

それからも毎日同じ日課をこなす日々が続いた。その夜勤のヘルパーは旅行に出かけ、しばらく戻ってこないことになった。代わりに来たリンダとは、交代のときによく顔を合わせた。彼女とちょっとしたおしゃべりをするのは楽しかったし、高い職業倫理を持っている人だったので、彼女の後のシフトに入るのは気持ちがよかった。私はナンシーのためにも安心し、感謝の祈りを捧げた。

ナンシーはずっとわけのわからない言葉をしゃべっている。ベッドから出ている間は、ほぼずっと落ち着きなく動き回り、機嫌が悪い。けれど薬を増やしたおかげで、そういう状態があまり長引かなくなった。ベッドの横の柵はいつも上げておくことになっていたが、私は彼女が穏やかなときは柵を下げ、彼女との間を隔てるものがないようにする。脚にクリームを塗るなどのサービスに反応を示すこともあった。けれど穏やかなときでも、口から出るのは、アルツハイマー患者特有の意味不明の言葉だけだ。はっきりした意味も規則性もなく、つながりのない音を発しているだけ。私がはじめて会った数ヶ月前には、もうこういう状態になっていた。

ある日、トイレの介助をした後、ナンシーは私の手を握ってベッドまで歩いていた。私はもう片方の手に持っていた何かの入ったチューブを落としてしまい、笑いながらそれを拾おうとかがんだ。私はナンシーがどんなに上の空な状態でも、他の患者と同じように扱っている。だから身を起こしたときにも、彼女に話しかけ、笑った。すると、ナンシーが私の目をまっすぐに見ながら、はっきりとこう言ったのだ。「あなたって素敵ね」

私は満面の笑みを浮かべ、そこでそのまましばらく二人で顔を見合わせてにこにこしていた。目の前にいるナンシーは、完全に正気で、意識がしっかりしていた。このとき彼女は、今の状況をちゃんと把握していた。だから私は心からこう応えた。「あなたも素敵ですよ、ナンシー」彼女の笑顔がさらに広がり、私たちは抱き合って、それからまた微笑みを交わす。すばらしい瞬間だった。

だが彼女が身体のバランスを取れなくなったので、私たちは手をつないだまま、ベッドに戻った。ベッドに彼女を座らせ、私もその横に座って脚を上げるのを介助していると、ナンシーはまた誰にもわからないアルツハイマー語をつぶやきはじめた。また遠くに行ってしまった。けれどほんのつかの間でも、彼女ははっきりとした意識を持って、私のそばにいてくれたのだ。

それは誰にも否定できない。アルツハイマー症の患者はほとんどの時間、意識がはっきりしていないが、それは自分の考えをはっきり述べられないのと、混乱しているだけであり、その場の状況に集中できることもある。その瞬間をこの目で見たことで、こうした病気に対する私の考え方は大きく変わった。

数週間後、もう一人のヘルパー、リンダにこの出来事を話すと、彼女は特別なことが起こったのだと同意してくれた。そのすぐ後、今度はリンダが、これほど愛情深いものではないが、ナンシーの意識がはっきりする瞬間を目撃した。夜勤の間、床ずれを防ぐために数時間に一度ナンシーに寝返りを打たせることになっている。ナンシーはだいたいぐっすり眠っているが、医師の指示なので寝返りさせなければならない。けれどこの夜は、リンダが午前四時頃に寝返りを打たせようとすると、ナンシーがはっきりとした口調できっぱりと、「私を動かさないでちょうだい」と言ったという。

リンダは驚きながらも答えた。「大丈夫よ、ナンシー。良い夢を見てね」ナンシーは驚いた様子だったけれど、眠りに戻った。

ナンシーの家族は毎日やってきて、私に三〇分の休憩をくれる。ナンシーの介護は長くて、疲れるシフトなので、休憩は歓迎だ。ナンシーの家は海岸沿いの住宅地にあるので、丘をまっすぐに下れば海に突き出る岩棚に出られる。岩場にはフジツボがへばりついているところも潮溜まりもあるけれど、足場は十分にあるので岩棚の先端まで安全に行ける。私は海の空気を胸いっぱいに吸い込み、さわやかな潮風と広々とした海を存分に楽しんだ。ときどき、岩場のもっと先の、まさに突端に人がいた。彼はサックスを吹いていた。海を見ながら、波のリズムをバックに、美しいメロディが流れてくるなんて、まるで魔法みたいだ。私はうっとりしてその場に立ち尽くし、音楽を楽しんだ。そして休憩時間が終わると、しぶしぶ丘の上に戻る。サックスを聞いた日は、その後のシフトの間中ずっと元気でいられた。

だから私はナンシーにこの話をした。彼女はまったく別の世界に行ってしまっているかもしれないが、そんなことはかまわなかった。外の世界の話をすることによって、彼女を少しでも刺激したかっただけだ。ナンシーの世界はいまや完全に寝室とその隣に続いている部屋とリビングだけになっていた。

私はいつもサックス吹きの男性の話をしていたが、二ヶ月ほどの間、ナンシーは何の反応も、興味も示さなかった。そしてある時、興奮して帰ってきた私が、その日彼が演奏していたメロディを口で説明しようとしていると、ナンシーが私の目を見て、にっこりしたのだ。そして洗濯物を片づけて、数分で戻ると、彼女はハミングをしだした。いつもならこの時間は一番機嫌が悪いのに、この日はずっとハミングしていた。けれどこのハミングははじまったときと同じように急に止み、彼女はまた別世界に行って、わけのわからないことをつぶやくだけになってしまった。

こうして時々、意識がはっきりする瞬間を目撃すると、ずっとナンシーに話しかけてきてよかったと思う。いつもは期待したような返事はないけれど、自分の期待通りの返事を相手がしないからといって、気持ちを伝えようとしたことを後悔しなくてもいいのだ。

どんな反応をするかは相手が決めることであり、自分の反応も誰かの責任ではない。私の心の壁は煉瓦一つ分ずつ崩れていき、自分の気持ちを表現したいという思いが強くなっていた。また、本当の自分を表現することがさらに重要になっていた。けれど、人にどう思われるかが気にならなくなっていたので、ある面では、それも重要でなくなっていたけれど。けっきょく、一番大切なのは自分をどう思うかだ。私はこれからは、どんなときも正直に、勇気を持って進んでいきたいと思っていたし、素直になることを気持ちいいと感じるようになってきた。本当に気持ちがいい。

けれど、私の変化をよく思わない人もいるのはわかっていた。私は新しい考え方ができるようになり、過去から徐々に解放され、それが力になってきていた。私はまた他人の期待に応えるのではなく、今のありのままの私でいなければならない。私の中には新しい私が生まれ、その私は今、外に出て、新しい自分を人々に伝えたいと思っている。

私はある時期の数年間、ある友人との付き合いがとてもバランスを欠いていると感じていた。今思うとこれは人との境界を学ぶための試練だったのかもしれないが、私はまだその術を完全に身につけていなかった。その後私の内面で様々な変化が起こり、素直に自分を表現することの喜びを知って、ようやく自分の気持ちを言わなければならないと思うに至った。だから私はわかってもらえると期待して、自分の考えを正直に話した。その友人を非難するつもりはまるでなく、今まで私が旅の手配などを全部やることになっていたが、これはバランスが悪いと思うと言っただけだった。

付き合いの長い友人だったので、正直に話せば乗り越えられると思っていた。けれど現実には、私たちの絆はもう存在しないということを思い知らされただけだった。友人は予想外の怒りを私にぶつけてきた。傷つき、怯えた気持ちがきっかけになったのだろう。それは理解できたが、その怒りがあまりに激しかったので、私は圧倒されてしまった。私は自分がこの人をまったく理解していなかったことを悟った。彼女にこんな嫌な一面があるなんてまるで知らなかったし、想像もしていなかった。だから彼女が私とのつながりを完全に断ち切ったとき、私はそれを受け入れ、穏やかな気持ちで従った。前に進むべき時だったのだ。

どちらにしても、彼女との友情がすばらしい贈り物だったと思う気持ちは今も変わらない。いい思い出が心に残っているけれど、バランスの取れた正直な付き合いができないような関係を続けてもいいことはないと思うから、友人であるのをやめるのはあまりつらくなかった。人はみな完璧ではないし、私にももちろん欠点がある。この人とは、けっきょく私の方から友人関係を壊した形になったが、自分の気持ちを言うことができず、ただ表面的な平穏さを保っているだけの関係は、相手に支配されているだけであり、それをバランスが取れた健全な関係に変えることは決してできない。

一方で、その二年後、別の友人との友情は、正直に気持ちを伝えたおかげでさらに深まった。私の人生は大きく変わっていた。だから私はときどき、私をよく知る人に新しい私を見せて、どういう反応をするかを知ろうとしていた。そのために、いろいろな人に電話をしていたが、この友人とはなかなか連絡がつかなかった。しかしこのときは彼女の方から私に連絡をしてきた。突然会うことになり、私は不安だったが、それでもとても率直に、しばらく前から彼女に頼りたいと思っていたと話した。この率直さのおかげで私たちの距離は一〇倍近づき、素直になってすばらしい会話をすることができた。彼女は私に大いに共感してくれ、互いに尊重しあえる成熟した大人同士の友情を築くことができた。彼女はいつでもしっかりとした完璧な人間ではないとわかったが、彼女自身も私もそれを認め、受け入れたのだ。

それから私はもっと自分を信じ、長い付き合いの友人たちには頼るようになった。そしてそのおかげで、私はそれほどこの友人との友情に依存しなくなった。そして友人には私がいつでも彼女の要求に応えられるわけではないことに慣れてもらわねばならなかった。私は弱気になるときもあるし、昔からの役割を続けたいとは思っていなかった。

互いの欠点を認めあい、相手に正直になる勇気を身につけたおかげで、いろいろな意味で私たちはもっと親しくなれた。最近は、互いに負担にならない付き合いができている。本音を言い合える成熟した友人関係で、いつも楽しい。

その友人とはあまり接点がなくなり、おしゃべりをする機会も減った。どんな人間関係も月日を経れば変わっていくもので、友人関係も同じだ。それでも、私たちは今も前より親しい友人だ。正直に話し合えるし、相手に自分の望む姿を求めるのではなく、相手のありのままの姿を受け入れている。話せる機会ができたときは、その貴重な時間を楽しみ、こういう時間を持てる自分たちは恵まれているとわかっている。

自分の気持ちを表現することで何かを失う場合もあるが、失わなかった方の友人とは正直で本当にいい関係に成長した。本当の自分を表現することが一番の原動力だ。心から正直に話をすることは、繰り返すほどにたやすくなっていく。ここまでたどりつくのに長い時間がかかったが、今はとても自然にできる。他の人たちもまたこうなろうと努力をしていると理解できるようにもなった。正直に気持ちを表現することでどんないいことがあるかわかった今、みながいつかこの心境になれるのを望んでいる。

ナンシーがいつもの意味不明なつぶやきの合間に、短いながらも返答をしてくれたあの時は、私の人生の中でも指折りのすばらしい瞬間だ。それまで私が、反応を期待していなかったけれど、自分の気持ちを彼女に伝えていたからこそ、こんなすばらしい瞬間を迎えられたのだ。

他人が自分の気持ちをわかっているとか、その人がいつまでもそこにいるとか考えるのはとても危険だ。その人がいつ亡くなるかわからないからだ。それは誰でも同じだ。その人の存在を当たり前だと思うのは非常に危険なのだ。毎日が幸せであるとは限らない。人はみな日々成長しているし、つらい日もあるけれど、伝えるべきすばらしい気持ちをみな胸に抱えている。だから自分の気持ちを正直に語ること、それに人の気持ちをなるべく頻繁に聞いておくことが必要なのだ。自分の小さな世界の日常に追われていると、簡単に忘れてしまうから。

オーストラリアで人気のある有名なシンガーソングライター、ミック・トーマスには、誰かの存在を当たり前に思うという状態を完璧に歌った曲がある。この曲では主人公の男性が交際している女性が髪の色を変えたことなどに気づきもしないことを通して、日々の生活に追われている様を表現している。サビの部分では、「彼女が美しいことさえ彼は忘れていた」という大切なメッセージが伝えられている。

この曲は恋人の存在を当たり前だと思ってしまった男性の歌だが、これは誰にでも当てはまる。女性も相手の男性の存在を当たり前だと思い、彼の見かけや内面の良さを見ようとしなくなる。男性が何かしてくれたり、様々な形で愛を表現しているのに気づこうとしないことは女性にもある。子どもたちは両親がいることを当たり前だと思う。両親も子どもの存在を当たり前だと思うことがある。友人やいとこやきょうだいや職場の同僚や祖父母や近隣の人たちの存在を当たり前に思うこともある。

誰かに関して、その人の嫌いな部分に注目するのは簡単だが、それは自分の感じていることの一部にしか過ぎない。けれどその人のどこがいいと自分が思っているかに気づかないことはとても多い。そう、正直に語るには勇気が必要なときもあるし、腹を割って話しても、どういう反応が返ってくるかは相手次第だ。それに相手が何を求めているかにも敏感でいなければいけない。

けれど私自身の体験では、正直になったことで、予想していたのとは違う展開になったが報われた。自尊心を持てるようになったり、誰かが亡くなっても罪悪感を持たなくてすむようになったり、以前よりも豊かな人間関係を築けるようになったり、不健全な関係を断ち切ることができた。一番大切なことは、自分の気持ちを伝える勇気を持つことで、自分にも他人にも何かを与えられる。伝えられるようになるのが遅ければそれだけ、言わなければならないことがたまっていく。

その後ナンシーはもうはっきりとした言葉を話すことはなかったが、それは問題ではない。彼女があのすばらしい瞬間を与えてくれたから、私は十分報われた。ナンシーの孫も、ある午後彼女に歌を歌っていたときに、はっきりとした反応があったと確認している。ナンシーは何も言わなかったが、彼の目をまっすぐに見て、愛しげに微笑みかけてきたというのだ。その笑顔はいつものアルツハイマー症特有の表情ではなく、孫息子を誇らしげに見るおばあちゃんそのものの微笑みで、彼の歌に和んでいたという。

こういうすばらしい瞬間はやってきてみないとわからないけれど、一つだけ、私は確信している。勇気と正直さは必ず報われる。

後悔四　友人と連絡を取り続ければよかった

孤独

私は自宅介護の仕事をメインにしていたが、その合間に療養施設での単発のシフトも入ってくる。あまり数は多くなかったが、私はこういう所が好きではなかったので、それでよかった。こういう場所で介護するのは終末期の患者とは限らない。介護が必要だというだけの患者の介護のために、単にその施設の人手が足りないから補助として雇われ、特に一人の患者を見るわけではないときもあった。

今の社会の様相を認めたくないのだとしたら、こういう療養施設を避けるといい。現実を直視する強さがある人は、こういう施設でしばらく過ごしてみるといい。孤独な人がたくさんいる。本当にたくさん。どんな人もいつ患者になるかわからないのだ。

こういう仕事で、施設のスタッフと接し、呆然とすることもあったけれど、刺激も受けた。長年の間に一緒に働いたスタッフの中には、間違いなくこの仕事に就くべき、思いやりのあるすばらしい人たちもいた。明るく優しい心を持っている人たちだ。彼らに恵みあれ。けれどこうした施設のほとんどは人手不足だから、彼らは周囲の雰囲気も明るくしようとして、いつも苦労していた。

一方で、この仕事に疲れてやる気を失っている人や、そもそもやる気を持ったことのない人もいる。はじめてドリスに会った夜、とても思いやりに欠けたスタッフがいた。

入居者たちは杖や歩行器で身体を支えながら、ゆっくり共用の食堂に入ってくる。ここは民間のいわゆる「高級」療養ホームなので、入居者はみなそれなりの資産がある人たちだ。インテリアはきれいで、庭の手入れはいつも行き届いていたし、共用エリアは清潔だった。けれど食事はひどかった。ホームの外で調理済みのものを電子レンジで温め直したメニューばかりで、味も食欲をそそる香りもない。見た限りでは、栄養になりそうなものや新鮮なものはまったく食卓にのぼっていなかった。入居者が前の週の終わりに注文しておいたメニューが皿に載せられ、何の挨拶も思いやりもないスタッフの手で目の前に運ばれてくる。

私が元気な顔をしているのを見て、入居者たちが私の手を取って、テーブルで一緒に話そうと引き止める。入居者の中でも意識がはっきりしていて、人づきあいが好きな人たちだ。こういう人は、身体が老い、弱くなっていっても、気持ちは変わらない。こういう魅力的で素敵な人たちは、一年か二年前には自立して、自分の力で暮らしていたのだ。次の料理を取りにキッチンに戻ると、他のスタッフのしかめ面が待っていた。私は料理を運びながら、入居者の何人かと少しおしゃべりをし、笑っていただけだったのに、嫌な顔をされたのだ。そんなのは無視することにした。

ラム肉の皿を戻しながら、チーフに愛想良く、「バーニーはラムじゃなくてチキンを注文してます」と伝える。

すると彼女は半分笑いながら答えた。「出されたものを食べてりゃいいのよ」

「待ってください」私はあまりに理不尽な言い草に怖じ気づきながら言った。「もちろん、チキンを出してあげられますよね」

「ラムを食べないなら、飢えればいいさ」彼女はきつい口調で言った。彼女は不幸なのだ、私は同情の目で彼女を見たが、今の立場でこんな態度を取るのはいただけない。

ラムを持ってバーニーのところへ戻ろうとしていると、優しいスタッフが近づいてきた。「あの人のことなら心配しなくていいのよ、ブロニー。いつもあんな調子だから」とそのスタッフ、レベッカは言った。

私は優しい心遣いがうれしくて微笑んだ。「あの人のことなんて全然心配してないわ。毎日こんな扱いを受けている入居者のことが心配なだけよ」

レベッカは同意した。「ここで働きはじめたときは、私もとても気になったわ。けれど今は自分ができる範囲で、精一杯優しくさせてもらっているわ」

「あなたはいい人ね」私はにっこりして答えた。

「考えている人はいるのよ、少ないけど、何人かいるの」彼女は私の背中をなでながら離れていった。

食事が並び、どうにかみなが食べ終わり、キッチンの掃除が終わると、スタッフのうち何人かは外に煙草を吸いにいったが、数人は室内に残って患者と話していた。一〇人ぐらいの人たちが集まってきて、笑いながら話し、とても楽しかった。彼らのウィットと元気な魂には驚かされた。人間には驚くべき適応力があって、新たな環境になじんでいく。

入居者にはそれぞれ個室とバスルームが与えられている。夜、入居者が寝間着に着替えるのを手伝うために部屋を回った。どの部屋にもその住人の個性が表われていて、家族が笑顔で写っている写真、絵画、かぎ針編みのラグ、お気に入りのティーカップなどがある。バルコニーに鉢植えの植物が置かれている部屋もあった。

私が元気よく部屋に入っていくと、ドリスは既にピンクのネグリジェを着ていた。私は自己紹介をしたが、彼女は何も言わず、やがて顔をそむけてしまった。大丈夫かと訊くと、彼女はわっと泣き出した。私はすぐにベッドのドリスの隣に座り、彼女を抱きしめた。彼女は泣きながら、何も言わずに必死ですがりついてくる。私は強さをくださいと祈り、そのまま待っていた。

ドリスは泣き出したのと同じぐらい突然泣き止み、ハンカチに手を伸ばした。「ああ、私、なんてばかなのかしら」彼女はハンカチで目を押さえた。「許してちょうだいね。私はただのばかなおばあさんよ」

「どうしましたか?」私は優しく訊いた。

ドリスはため息をつき、ここにきてからの四ヶ月間、元気な顔などほとんど見なかったと言った。だからあなたの笑顔を見たら、涙が出てしまったのよ、という彼女の言葉を聞いて、今度は私が泣きそうになった。ドリスの一人娘は今日本に住んでいて、頻繁に連絡は取っているものの、もうそれほど親しくないという。

「母親になって、小さなかわいい娘を育てているときは、何があっても娘との絆が弱まるなんてことは想像できないでしょう。でもそうなるのよ。人生とはそういうもの。言い争いをしたわけでも、気持ちがすれ違ったわけでもない。ただ、生活のため、忙しいからなのよ」と彼女は話してくれた。「もう娘には娘の生活があるし、長年の間に、私は手放さなきゃいけないと学んだの。私があの子をこの世に誕生させたけど、子どもは親の所有物ではないわ。親は子どもが自分で飛び立てるようになるまで導く役を与えてもらっただけ。そしてあの子は飛び立っていったのよ」

これを聞いた瞬間に私は暖かい気持ちになり、シフトが終わるまで起きていてくれたら、一時間半ほどで戻ってくるから、もっと話しましょうと言った。彼女は喜んで待っていると言ってくれた。

その日遅く、ドリスはベッドに座って、いろいろ話してくれた。私はベッドの脇の椅子に座って聞いていた。彼女はずっと私の手を握り、ときどき無意識のうちに私の指や指輪をいじっていた。「私はここで孤独のあまり死ぬのよ。そういうことがあるって聞いたことがあるし、本当にそうなるわ。孤独は人を殺すのよ、間違いなく。時々、誰かに触れたくてたまらなくなるの」彼女は悲しげに言った。さっき私が抱きしめるまで四ヶ月の間、人に触れたことがまったくなかったのだ。

ドリスは私の負担になりたくないと言ったけれど、私は彼女を知りたいと本当に思っていたから、もっと話してほしいと頼んだ。彼女は続けた。「一番さみしいのはお友達に会えないことね。もう亡くなった人もいる。私と同じような状況の人もいるわ。連絡が取れなくなってしまった人もいるし。ずっと連絡を取っていればよかったのよね。友達はいつもそこにいてくれるとみな思っているでしょう。けれど時が流れると、いつの間にか、周りには自分をわかってくれる人も、自分のこれまでの人生を知っている人もいなくなっているのよ」私はそのお友達の何人かに連絡してみようと提案した。彼女は首を振って言った。「どこからはじめたらいいかわからないわ」「お役に立てますよ」私はそう言って、インターネットについて彼女に説明した。ドリスはこれまでインターネットにはまったく縁がなかったが、ある程度はわかってくれた。最初、彼女は私の時間を取ることになると心配し、断った。けれど私がどうしてもそうしたいのだと説得すると、最後には同意してくれた。私は調べ物なら得意だ。金融業界にいるときに、短期間ながら詐欺や偽造を調査する業務を担当したことがあって、そのときは仕事が楽しかった。私がこのことを例として話すと、彼女は笑った。私は頼んだ。「やらせてください」そうするとドリスは希望と期待に満ちた笑顔でうなずいてくれた。

私がドリスを助けたいと思ったのにはいくつかの理由があった。まず彼女の友人を捜す能力が私にはあるので、実際に助けられると思ったから。そしてなによりも出会った瞬間から彼女が好きだったし、彼女の気持ちがよくわかるから。長い間、孤独に過ごし、誰かにわかってほしいと思いつづける、身を切るようなつらさは私も知っている。

この少し前、私は過去のトラウマのせいで疲れきり、自分の殻に閉じこもってしまった。誰も近づけなければ傷つくこともない、というみなが陥りがちな誤った思い込みをしていた。これ以上傷つきたくなかったのだ。誰とも親しくなれないようにすれば、もう誰にも傷つけられない。もちろん、自分を本当に癒すにはもう一度、誰かの愛情を感じ、それを妨げずに長続きさせるしかないのだけれど。

私は新たに出会った人たちに表面的には愛想よくしていたが、抱えていた過去の苦しみがまだ心に重くのしかかっていた。私は成長し、かつて私に自分の苦しみをぶつけてきた人たちのことを思いやれるようになっていた。問題は自分自身をどう考えるかで、これを変えるにはしばらく時間が必要だった。二〇年以上抱えてきた否定的な考えを頭から追い出しているところだったけれど、ときどき苦しすぎて耐えられなくなる。今まで周囲の影響で低い自己評価がしみついているものの、今は本当の自分にはもっと価値があると頭ではわかっている。でも気持ちはまだまだ癒されていなかった。

クリス・クリストファーソンの「サンデー・モーニング・カミング・ダウン」が私のテーマソングになった。クリスの曲はずっと好きで、曲作りでもとても影響を受けている。そして彼の曲が私の孤独感をもっともよく表わしているのに気づいたのだ。日曜日が一番つらい。ルシンダ・ウィリアムズもいい曲を書いている。「私は日曜日を越せると思えない」と彼女は歌っている。

けれどつらいのは日曜日だけではない。孤独は心に穴を開け、そのせいで死ぬほどつらくなる。その痛みは耐えられないほどで、長引けば長引くほど、さらに絶望感も加わる。この当時私は、街の通りを、田舎道を、そして街と田舎の間の道を、延々と歩きつづけた。人に会わないから孤独なのではない。人に理解されず、受け入れられないから孤独なのだ。世界中でたくさんの人が、人でいっぱいの部屋で孤独を感じている。じっさい、たくさん人がいる部屋でひとりぼっちだとさみしさを痛感するし、いっそう孤独になる。

周りにどれだけの人がいるかは問題ではない。たくさん人がいても、自分をわかってくれる人やありのままの自分を受け入れてくれる人が一人もいなかったら、すぐに孤独に苦しめられる。本当に誰にも会わない状態とは違う。それなら私は何度も楽しんだ。一人でいるとさみしいか、幸せかのどちらかだ。一人でいるからさみしいときもあるけれど、その二つは関係ないことが多い。

孤独が耐え難いほどつらくなってきて、常に心が痛み、ときどき自殺も考えるようになった。もちろん、死にたくなんかない。生きていたい。けれど今まで自分に価値などないと思い込まされてきたのが嘘だったと知り、その過去を克服するためには強さが必要なときもあった。人生に愛と幸せを取り戻し、さらにそれ以前に、そうする価値が自分にはあるという現実を認めなければならないが、それが信じられないほど難しいときもあったので、死んだ方が楽だと感じてしまったのだ。

孤独と心の痛みに耐えられなくなり、人生で一番つらい思いをしていたとき、私の祈りに応えるかのように、人の優しさを実感できる出来事が訪れた。すばらしいタイミングで友人が電話をくれたのだ。彼は私がつらい思いをしているのは知っていたけれど、今まさにゆっくりと絶望の涙を流しながら遺書を書いているところだとは知らなかった。私は死ぬ覚悟をしていた。これ以上、心の痛みを抱えて生きていけない。

彼は何も言わなくていいと言った。ただ聞いていてほしいと。疲れきって、泣いていた私は、しぶしぶそれに従った。電話の向こうで彼はギターを弾きはじめ、ドン・マクリーンの歌「ヴィンセント」の「星の降る夜……」という出だしの部分が聞こえてきた。彼は歌詞の中の「ヴィンセント」を「ブロニー」に替えて歌ってくれた。私は歌われている悲劇と苦しみに、自分を投影し、さらに激しく涙を流した。静かなメロディに乗せて、ヴィンセント・ファン・ゴッホの苦しみが歌われる。歌が終わっても、私は泣きじゃくりつづけた。他に何もできなかった。彼は黙って辛抱強く待っていてくれた。やがて私は彼にありがとうと言い、まだ泣きながら電話を切った。あのときはそれ以上何も言えなかった。

その夜、私は疲れきり、空っぽになって眠りに落ちた。けれど友人がわかってくれ、優しく元気づけようとしてくれたおかげで、本当に小さな希望の光がともった。次の夜、イギリスにいる友達から不意に電話がかかってきた。その人と率直に、長く話し、ようやく私は少しずつ力を取り戻しはじめた。

けれどこの時より少し後の、まだ孤独を抱えていた時期のある日、強くなろうともがいていた私はつらさのあまり、助けてくださいと祈った。この時、街へドライブに行き、鳥を轢いてしまった。かなり大きな鳥で、フロントガラスに当たるゴツンという音で私ははっとした。動物は大好きだから、ある意味さらに絶望したけれど、この時の衝撃が真実を悟るためのいいきっかけになった。人生はこんな風にあっという間に過ぎて行く。自分の人生も同じだ。本当にそれでいいのだろうか？

私は前に進むきっかけをくれた鳥に感謝し、前より注意しながら運転を続けた。するとそのとき、ラジオからクラシック音楽が流れてきて、信じられないほど美しいメロディが私の心の痛みをぬぐいさり、癒してくれた。音楽が盛り上がるにつれて、私はすばらしい感動を味わった。私は人生で大事なのはこれだと悟った。純粋ですばらしい瞬間。とてもシンプルなことだ。すばらしい瞬間。生きつづけて、そういう瞬間をもっとたくさん経験したいと思った。

私には悲しみや孤独に苦しんだこんな経緯があったから、ドリスのつらさがわかった。昼の間、食事のときなどに人と顔を合わせる。けれど彼女が望んでいるのは、誰かに理解され、受け入れられることだ。自分を本当にわかってくれる友人たちと話したいのだ。その苦しみを私が癒せるのなら、なぜそうしてはいけないの？

次の週、ホームに来てみると、ドリスはきれいな字で名前のリストを書き上げていた。お茶を飲みながらドリスはできるかぎりその四人について話してくれ、最後に連絡を取ったときのその人たちの連絡先を教えてくれた。

女性四人のうちの一人は簡単に住所がわかったが、その人は病に臥せっていて、もう話ができなかった。それを知らせると、ドリスはその友人の息子に読んでもらえるよう、短いメッセージを口述した。友人の状態を知ってドリスは悲しんだが、メッセージを伝えられるとわかり、気持ちが落ち着いたようだ。

エルシー様　病気だと聞き、とても残念です。時の経つのは早いものです。アリソンはまだ日本で暮らしています。私は自宅を売り、療養ホームにいます。若いお嬢さんが私の代わりにこれを書いてくれています。あなたが大好きよ、エルシー。

かしこ
ドリス

短いメッセージに彼女が伝えたいことがすべて含まれていた。その夜、私はエルシーの息子に電話をし、このメッセージを伝えた。その後、今度は彼が電話をくれ、エルシーがうれしそうに笑った様子を教えてくれた。私がそれをドリスに伝えると、彼女は満足そうに微笑んだ。

それから数週間の間に、私はあと二人の友人のその後を突き止めることができた。悲しいことに、二人とも既に亡くなっていた。ドリスはそれを聞いて、わかったというようにうなずき、ため息をついた。「そうね、それは予想できたことよね」

私は最後の一人を見つけなければというプレッシャーを強く感じていた。インターネットで調べ、何本も電話をかけたが、見通しはあまり明るくなかった。電話の向こうの人たちは親切に対応してくれたが、「すみません、それはうちじゃないです」という答えばかりが続いた。

こうしている間、私はドリスに週二回会いにきていた。彼女はいつも、私が腰を降ろすとすぐに私の手を握り、話している間、そのままずっと離さない。時々、私にはもっとするべきことがあるだろうと言って、私を追い返そうとしたり、もう来ない方がいいと説得しようとしたりすることもあった。毎回私が、ここへ来ることは私にとってもとてもうれしいことなのだと心をこめて説得すると、彼女の顔に安堵の表情が浮かび、私が行くたびに喜んでくれるようになった。年老いた人たちから学ぶことはたくさんある。彼らにはそれぞれの歴史がある。彼らとのすばらしい会話を楽しんではいけないというのか？　彼らはとても魅力的だ。

最後の一人、ロレーヌを見つけるための突破口がついに見つかった。以前、ロレーヌの隣に住んでいたことがあるという年配の男性から電話があったのだ。彼はロレーヌの一家の引っ越し先である郊外の町の名前を教えてくれ、私はそれを手がかりに、彼女を探し当てることができた。じっさい、電話をかけたとき、応答したのは年老いているけれども愛想のいい、ロレーヌ自身の声だった。私が自分は何者で、何のために電話をしたのかを説明すると、ロレーヌは喜びのあまり息を飲み、ドリスに電話番号を教えることに喜んで同意してくれた。

もちろん私はそれをすぐにドリスに伝えた。私は満面の笑みを浮かべて、まずドリスを抱きしめ、それからロレーヌの名前と電話番号を書いた紙を渡した。すると今度は彼女が私に飛びついてきて、大喜びで抱きしめてくれた。すばらしい瞬間だった。ドリスの合図で私は電話を持ってきた。ドリスは待ちきれない様子だった。番号をダイアルする前に、私は横で聞いていないから、二人きりで話すようにと言った。彼女は少し抗議をしてみせたが、それでいいと思っていることはわかった。ドリスはとにかく興奮していた。ただ電話がつながるまではそばにいてほしいと言うので、私は同意した。電話がつながったら私は帰るので、先に心を込めて温かい抱擁を交わしておいてから、私がロレーヌの番号を押した。私は興奮のあまり呼吸が速くなっていた。

受話器を握っていたドリスは、友人の声を聞き、パッと顔を輝かせた。ドリスの声は年老いているし、ロレーヌの声も老いていたが、電話の両側で二人とも若い娘に戻った。すぐに二人は笑いさざめき、とめどないおしゃべりがはじまる。私は部屋を少し片付け、この信じられないほど幸せな場面から立ち去りがたくて少しうろうろしていた。けれど最後には部屋を出た。戸口で振り返り、うれしそうに話しているドリスに手を振った。彼女は話を止め、ロレーヌにちょっと待っていてと言うと、私に向かって、「ありがとう、ブロニー。ありがとう」と言った。私は顔が痛くなるほどにこにこしながらうなずいた。廊下に出ても、ドアが完全に閉まるまで、ドリスの笑い声が聞こえていた。私は家に着くまでにこにこしっぱなしだった。

その日は良く晴れた水泳日和だった。私は高揚した気分のままプールに入って身体中で水の感触を楽しみ、二時間ほど水に浸かったり、泳いだりして過ごした。家に帰って、日が落ちたすぐ後に、レベッカから電話があった。レベッカとはドリスにはじめて会ったあの日、療養ホームに仕事に行った初日に話したあの優しいスタッフだ。

ドリスが眠りながら亡くなったという知らせだった。

すぐに悲しみの涙があふれてきたが、それは喜びの涙でもあった。ドリスの人生にはいろいろなことがあったけれど、幸せな最期を迎えることができたのだ。

驚くほど短い時間で人生が変わることもある。ドリスは私にはじめて会ったときの孤独な女性から、最期の日、うれしそうに抱きしめてくれた人へと変わった。それは私にとってどんな大金にも代えられない喜びだった。

世界中の療養施設には優しいけれどとても孤独な人がたくさんいる。若いのに施設から出られない人もいる。年齢にかかわらず、週に二時間、新しい人と交流することで、そういう人たちの人生の最終章を大きく変えることができる。もちろん、できるかぎり施設から出られるようにするのが先決かもしれないが、残念ながら、それが不可能な人もいる。本来は施設にいるべきでないのに、放り込まれていることもある。ひどい光景だ。けれどほんの少しの時間でその人たちの人生を大きく変えられるかもしれない。

ドリスの最期は完璧なタイミングだったと私は思う。彼女の運命のときが訪れたのだし、彼女はそのときを幸せに迎えることができた。彼女と私が互いの人生に求められる役割を果たせたことを私はずっと感謝しつづけるだろう。彼女はとても愛らしい女性だった。ドリスが亡くなったすぐ後、私はロレーヌに会った。二人はあの日、本当に久しぶりに電話で話したのだという。電話を切る時、二人はとても幸せな気持ちで別れの挨拶をしたそうだ。ロレーヌと私はオープンカフェの木の下のテーブルで、ロレーヌが車で帰らなければならない時間まで、ドリスのことや人生全般のことについて楽しく話した。ドリスの友達に会えてうれしかった。もちろん、ドリスに出会えたこともすばらしかった。

そしてロレーヌがあちらの世界に行ったときに、二人はまた会えると私は信じている。

本当の友達

シドニーの慌ただしいペースに私は少し疲れていた。留守宅管理の仕事の予定もなかったので、引き止めるものは何もない。だから人生の新たな章をはじめるため、南のメルボルンに向けて出発した。メルボルンを離れてからもう数年経っていたから、あの街に戻って、都会的でクリエイティブな雰囲気を肌で感じ、古い友人たちに会うのが楽しみだった。私の留守宅管理の評判は、本人が到着する前にメルボルンにまで伝わっていたので、私のスケジュールはすぐに埋まった。

ただ、最初に滞在したのは、仕事先ではなく、シドニーの母子センター時代の上司、マリーの別荘だった。メルボルンから一時間ほど南に行ったところにあるモーニングトン半島という素敵な場所にあるこの別荘に一歩足を踏み入れたとたん、マリーのいきいきとした個性を感じ、私はくつろいだ気分になった。季節は秋だったので、私は最初の二週間は、眼下に波が打ち寄せる、切り立った断崖を散歩して過ごした。大きめのコートと帽子で身をかため、音を立てて吹き抜ける冷たい海風の中を長い間歩いていると、生きている実感を味わえた。私はそんな風に歩くのを楽しみ、できる限り長く歩いた。それから別荘に帰って、暖炉のそばに座ってぬくぬくと過ごす。そういう心地よい夜には文章を書いたり、ギターを弾いたりした。

ずっとこうしていたかったけれど、お金が必要だったので働くことにした。こうして私はエリザベスを介護することになったのだ。彼女の状況はある意味とても痛々しいけれど、人はみなそれぞれ違う試練を与えられるのだと私は学んだ。他人には悲劇的に見えても、本人にとっては成長したり学んだりする大きなチャンスでもある。

自分の問題に取り組むうちに、自分には学ぶ力があると知ったし、自分の過去も悪いことばかりではなかったのがわかった。それに、もし完璧な家庭環境で育てられていたら、身につかなかった能力もある。そもそも完璧な家庭環境なんて現実には存在しないのかもしれないが。自分の置かれた状況を通じて、強さ、人を許せること、思いやり、優しさなどたくさんのことを学べたことには感謝しているし、こうした教訓が今も日ごとに私を成長させてくれている。

私は患者と少し距離を置き、彼らが何を学ぶために生まれてきたのかを知っているわけではないことを肝に銘じる必要があった。彼らがどんな原因で今の状況に陥ったとしても、私にはそれを救わなければならない責任はない。私の役割は、彼らの最期の日々に、愛情のこもった介護や人との交流を提供し、彼らを受け入れ、優しさを味わってもらうことだ。それで彼らが穏やかになってくれることもあり、そういうときはとても報われたと感じる。私たちが受ける愛は与える愛の中にあるという言葉のとおり、私はこの仕事でたくさんのことを与えられた。

死を迎えた人に関われるのは名誉なことでもある。彼らが話してくれた思い出話や身の上話を通して、私の人生は大きく変わった。この年齢で、死を迎えた人々が自分を振り返って考えたことを聞かせてもらえたのは非常に貴重な経験だ。私は死の床に就いてからみなと同じ後悔をするのではなく、患者から聞いた教訓を既に自分の人生に活かしている。新しい患者の家にやってきたときはいつもまた新たな教訓を得るチャンスのはじまりなのだ。それぞれの家はみな教室で、新たな教訓を与えてくれたり、以前に学んだ教訓を違う視点から見せてくれたりする場だった。とにかく私はたくさんのことを吸収していた。

エリザベスはまだ五五歳だから、老人とは言えない。一五年前からアルコール依存症で、今はその合併症で死の床についている。朝、私が到着したとき、彼女はまだ寝ていたので、息子が家の中をざっと案内し、彼女の状態を簡単に説明してくれた。それから彼は、もう長くないことを本人には伝えないことにしようと家族みなで決めたと話してくれた。「ああ、またこういうケースなのね」と私は思った。

私は自分を成長させ、心の平安を得る努力の一環として、今この瞬間を全力で生きることをいつも心がけていた。エリザベスの場合は他に方法がないのだと納得した。彼女に、私は死ぬのかしらと訊かれたらどうしようと事前に悩むのではなく、その場その場で対処していこう。彼女は訊かないかもしれないし。けれど嘘だけはつかないようにしよう。私はそう決めた。

エリザベスは混乱と絶望の中にいた。家族は家の中からすっかりアルコールを取り除いたが、自分たちは必要なときに飲めるよう、ガレージの食器棚に鍵をかけてしまっていた。エリザベスは病気で、もう治ることはないが、家族は彼女に一滴も触れさせないことにしていた。これにも私は違和感を持っていた。何よりも、彼女はいずれにしても亡くなってしまうのに、なぜお酒を与えず、苦しい思いをさせるのか？　けれどこれもまた、私の問題ではないし、私が決めたことではない。

私はアルコール依存症の人とのつきあいを、とても若い頃に経験している。それから島や旅行先で接客業をした際に、さらにアルコール依存症の人とかかわった。アルコール依存は誰にもいい結果をもたらさない。本人の幸せを壊すばかりでなく、家族も友人も犠牲にし、仕事もめちゃくちゃにし、身近にいる子どもの無邪気ささえ奪ってしまう。ドラッグに依存する場合も同じだ。誰にとっても最良の結果をもたらすものは愛だけだ。

けれどアルコール依存症はれっきとした病気なので治療できるが、克服には常に愛情深い支えを受け、自分を信じ、よりよい人生を手に入れようという意志を持つことが必要だ。支えもきちんとした説明もなしに長期のアルコール依存症患者に酒を断たせるというのは、とてもひどい仕打ちに思えた。

エリザベスは自分が病気だということしか知らない。彼女は気力も体力も尽き果てていた。一人ではほとんどなにもできなかったし、食欲もなくなっていた。それにお酒をとても飲みたがっている。家族は本人に、アルコールを「しばらく」やめるよう医師に言われたとしか説明していなかった。私はこのことを批判しないよう自分を抑えねばならなかった。特に、死期が近いエリザベスには酒を禁じながら、自分たちはこっそり飲んでいるのはひどいと思った。けれど私はそんなことを言う立場にないし、これは彼女がこの人生で与えられた試練かもしれないのだ。

飲み友達と会ってはいけないという家族の指示も、彼女はあきらめて受け入れていた。これは彼女から、彼らとの交流以上に大きなものを奪っていた。エリザベスは病気になる前は二つの慈善団体の委員をつとめていたので、今の彼女にとってはこのときの友人たちが、外界や、かつての生活とのつながりだった。

私が介護した一ヶ月半ほどの間に、彼女はさらに目に見えて力を失い、必要なケアは増えていった。エリザベスは控えめながらなかなか面白い人だった。ときどき、まったく予想していないときに、彼女の口からかなり皮肉なユーモアが飛び出す。私はシフトを終えて家に帰ってから彼女の言葉を思い出し、思わずにやにやしてしまうこともあった。私たちは互いに好意を抱くようになり、彼女の病状が許す限りの日課も楽しんだ。そのうちの一つは毎朝サンルームで紅茶を飲むことだった。サンルームは家中で一番居心地のいい場所で、特にこの季節は日の光が美しく差し込んでくる。ある朝、このサンルームにいたときに、エリザベスと私の間に新たな局面が訪れた。

「ブロニー、どうして私は良くならないんだと思う？　お酒を飲んでいないのに、日に日に弱っていくわ。どうしてだと思う？」エリザベスはそう訊いた。

私は愛情をこめて、彼女をまっすぐに見て、答えの代わりに静かな口調で、二つ質問をした。「あなたはどうしてだと思っていますか？　これまでに少し考えたでしょう？」私は彼女に優しく答えながら、まずは彼女自身がどう思っているのかを知ろうとしていた。

「どう思っているか、言いたくない」彼女はため息をついた。「ことが大きすぎてわからないの。けれど心のどこかでは、もう答えを知っている気がする」

しばらくの間、二人とも何も言わず、窓の外の小鳥たちを見つめていた。太陽の光が暖かく降り注いでいる。「本当のことを言ってとお願いしたら、教えてくれる？　本当に正直に答えてほしいの」彼女は言った。私は愛情をこめてうなずいた。

「私が思い込んでいるだけなの？」彼女は訊いた。けれどその質問には続きがありそうだったので、私は待った。心の中で彼女を励ましながら、彼女が先を続けたがっているかどうかを見ていた。彼女は続けた。「ああ、神様、そうなのね」彼女はため息をつきながら、自分で答えを言った。「私はもうすぐ死ぬんでしょう? いわゆる、くたばるってことね。天使と飛んでいくとか。この世を去るとかあの世へ行くとか、言い方はなんでもいいわ。死ぬのね! 私は死ぬのよ。そうでしょう?」彼女は知ってしまった。私はほっとするようなつらいような複雑な思いに心を乱しながらも、ゆっくりとうなずいた。

エリザベスがまた話せるようになるまで、二人とも黙って鳥たちを眺めていた。それには少し時間がかかったけれど、私は患者といるときの沈黙にはもう慣れていた。彼らは考えなければならないことも、理解しなければならないこともたくさんあるから、話の途中でこんな風に黙り込むことは珍しくない。こういうとき、こちらは何も言わなくていい。彼らは話せるようになれば、また話しはじめるから。しばらくして、エリザベスは話しはじめた。

彼女は、しばらく前から疑っていたこと、家族が正直に話してくれないのがとても不満だったことを話してくれた。友人とのつきあいや社会活動をすべて禁じられたのはひどいと彼女は言い、私はそれを否定できなかった。エリザベスは自分がもう弱っていて家から出られないのは認めていたが、時々は友人たちに会いたいと言った。知り合いが訪れることはあったが、それはみなお酒を持ち込まないだろうと家族が信頼し、認めた人たちばかりだった。みないい人たちだけど、親しくはないの、と彼女は言った。

ここまで腹を割って話すと、あとは自然に会話が続いた。ためらっている時間はない。だからエリザベスと私は日ごとに一緒にいる時間をますます楽しむようになっていった。何年間も自分の殻に閉じこもっていた自分が、こんなにもやすやすと意見を言えることに、何度も驚いた。死が迫っているエリザベスも、いつも正直に話し合える関係を喜んでくれた。彼女は最初、家族が自分に病状を隠していたことを怒っていたが、次第に受け入れられるようになったという。家族が彼女を支配するような態度を取るのは、たぶん彼女を失うことが怖いせいなのだろう、と彼女は言う。それなら彼らを許せる、と。

けれどエリザベスは家族に対して、何も知らないふりをつづけることはできなかったので、私が休みの日に彼らに話をした。そのおかげでみな前より気持ちが近づき、家族は誰かがエリザベスに告知する必要がなくなってほっとしていた。それを聞いて私もほっとした。正直に話したことで怒られないとわかったし、みな落ち着いているようなので、それにも安心した。エリザベスは飲み友達と電話でなら話してもいいことになった。

エリザベスの心境はすっかり変わっていたので、この取り決めに納得した。彼女は家族には認めなかったが、私には飲み友達との付き合いはお酒を介してしか成立していなかったと認めた。私は自分の例を引き合いに出し、数年前、友人関係が大きく変わり、マリファナを吸う人たちとの関係を断ち切ったという自分の経験を話した。その結果、誰が本当の友達で、誰が一緒に吸うだけの友達なのかを見極められた。とてもいい友達だと思っていたのに、トリップしていなければ一緒にいても気まずいだけになった人もいた。彼らが悪い人間に変わったわけではない。けれどあのグループにいるのをやめたら、彼らを結びつけているのはドラッグだけだとわかってしまった。ドラッグがなければ、共通点がなくなり、つきあいは続かない。だから互いに自然に遠ざかっていったのだ。

エリザベスは言った。「私、友達と……本当の友達と連絡を取り続けていればよかったのに」これは以前の友人たちのことだとわかった。「お酒のせいであの人たちと会わなくなって、もう一五年になるけど、あの頃の友達とはほとんど接点がない。どちらにしてもみなばらばらになってしまったし」

エリザベスは家族に家にやってくることを認められている人のことを話すとき、決して「友達」という言葉を使わない。私たちはこの言葉が時にどれだけいい加減に使われているか、そして一口に友達といっても親しさはいろいろあることを話し合った。私は最近、自分の「友達」の中には友達というより単なる親切な知り合いと呼ぶべき人がいると思うようになった。彼らは今も私にとってありがたい存在だが、とてもつらい時間を過ごしたから、私は本当の友達とは何かを知っている。知り合いを増やすのは簡単だし、一緒に楽しく過ごすのは好きだ。けれど危機を迎えたとき、一番つらいときを一緒に過ごしてくれる人は少ない。そういうときにそばにいてくれるのが本当の友人だ。

「大切なのはそのときに合った友達に会うことよ」とエリザベスは考えながら言った。「今の私には、この世を去る私にとってのいい友達がいない。どういう意味かわかるかしら?」

私はうなずき、彼女ほど深刻な状態ではないけれど、私もその場に合う友達にいてほしいと思ったことがあると話した。この経験があるから、一口に友達と言っても、深さもつきあい方もいろいろあるし、ときに人は単に誰かと一緒にいたいというだけでなく、ある特定のタイプのつきあいがしたいと願う気持ちを私は理解できる。

島で暮らした後の数年、私はヨーロッパに渡り、印刷業界で仕事をしたことがある。同僚はいい人ばかりだったから、私はこうしてここにやってきて、世界を広げるチャンスがあったことをありがたく思っていた。けれど島のコミュニティは家族のようだった。たとえば休暇で本土に行くなど、誰かが遠くへ行くことがあると、みな口を揃えて、島の家族の許へ帰ってくるのはすばらしいことだと言っていた。

ヨーロッパでは新しい友達ができた。今考えると、友達というより、愛想のいい知り合いだったけれど。この人たちを通じて知り合った同年代の三人と、私は二つの国を横断し、イタリアアルプスまで旅をした。私たちはアルプスをかなり上ったところにある、電気も水道も通っていない山小屋を借りた。アルプスの自然はオーストラリアのどの地域とも違い、景観がとてもすばらしい。オーストラリアの景色はもちろんすばらしいけれど、アルプスはまったく違っていた。私はアルプスの美しさに圧倒された。

私たちは山肌を流れる小川で水浴びをした。季節は夏だったけれど、水は氷のように冷たかった。この小川は本当は雪解け水が山を下って流れているものだ。激しい音を立てている流れの真ん中に座った私は、思わず息をのんだ。すばらしい眺めを楽しみ、とても爽快な気分になっていたけれど、水は本当に冷たくて、激流の中にいると身を切られるようだった。

私は凍りつくように冷たい川や海で泳ぐと必ず、まるでお風呂に入れられた後の犬のようにハイになって、いたずらっぽい気分になる。お風呂が好きな犬も嫌いな犬も、みないつも狂ったような勢いで人間の周りを走り回るものだ。アルプスの流れに身を浸した私もちょっとそんな風になった。後でなんてばかばかしいことをしたんだろうと思ったけれど。

興奮し、はしゃいだ気分になった私は、身体を拭いて服を着た後、山小屋に戻ってきた。そのまま上機嫌で一人で楽しい気分にひたり、いろいろとばかげたエピソードを新しい友人たちに披露したが、どんな冗談を言っても、三人にはまるで受けなかった。三人の心配そうな笑顔には、「彼女は一体何を言っているんだ?」と書いてあるようだった。けれど私はその困ったような顔を見て、さらに笑い転げた。少なくとも私だけは、面白い冗談だと思っていた。三人は楽しくて優しい人たちだ。オーストラリア流の笑いのセンスが彼らの国のものとはかけ離れているだけ。

そう思った瞬間に、私は昔の友達に会いたいと思い、胸が痛くなった。彼らなら、私のばか話に何か言ってくれるばかりでなく、自分たちも冗談を言って一緒に盛り上がり、さらにみなで大笑いさせてくれるだろう。

その日の午後は山頂まできつい登山をした。そして夜になって、みなでランプの灯りの下に座って、食事をし、今後の計画を少し話し合った。素敵な時間だった。けれどそれからすぐに三人とも床についてしまい、私だけが残った。私は登山の感動が忘れられず、まだ喜びに浸っていた。そう、私は何よりも、仲間たちと一緒にここに座り、ただ笑ったり、すばらしかった一日を振り返ったりしたかった。もちろん、まだ寝たくない。

それなのに友人が三人とも眠ってしまったので、山小屋は静まり返っていた。ランプを狭い自室に持ち込むと、テーブルの上に置き、それから二時間、書き物をした。遠くで鈴の音がする。夜の暗闇の中で、牝牛たちが動き回っているのだ。自分が今ここにいる幸せに微笑んだ。アルプスの素敵な山小屋にいて、ランプの光を頼りに文章を書き、遠くの牝牛の鈴の音を聞いているなんて。今までの私の世界からかけ離れた状況だ。そして私はこの瞬間の静けさに感動しながらも、昔からの友人たちがとても恋しかった。

完璧な夜だったけれど、別の人たちと過ごしたかったのだ。このとき一緒に旅した友人三人にはそれぞれとてもいいところがあって、好きだった。けれど私は今日自分にとって特別な経験をしたから、それを今、もっと別の、本当にわかりあえる人たちと共有したかったのだ。もちろん、そんなことは無理だ。だから私はこの瞬間のすばらしさを、一人だけで味わった。

だからエリザベスが、今の状況に合う友達に会いたいと言った意味はよくわかる。自分のことを何でもわかってくれる人たちもいる。たいていそれは古い友人だ。私にとってのアルプスの夜のようなことが、今自分の人生の終わりを受け入れようとしているエリザベスにも起こっているのだ。

エリザベスの主治医が往診に来た時、私は今彼女がお酒を飲んだら、病状に影響はあるかどうかを訊いてみた。医師は首を振った。「いいえ、もう飲んでも飲まなくても残された時間は変わりません。彼女に毎晩ブランデーを小さなグラス一杯、飲みたいかどうか訊いてみるようにご家族に言ってみましょう。彼らは訊いていないのですか?」私は訊いていないと答えた。医師はもう一度、飲んでも飲まなくてももう違いはないと断言した。

その後、私は家族になるべく穏やかにこのことを告げた。けれどこれもまた家族が決めることであり、結果はノーだった。彼らは絶対にエリザベスに飲ませるつもりはなかった。そして彼らは理由を説明してくれた。今私が知っているエリザベスと酔っているときのエリザベスはまったくの別人だからだというのだ。じっさい、一五年間彼女のまともな姿を見たことがなかった家族は、彼女がこんなにも感じのいい人に戻るなんて信じられない思いだという。

それからの二週間、エリザベスがお酒の話題を出すと、私はどんな風にお酒を飲んでいたのかを訊いた。彼女は今もお酒はすごく飲みたいけれど、アルコールに支配される前の自分を思い出せるのはうれしいと答えた。はじまりは簡単なことだった。彼女はいつも夕食の時、家族と一緒にワインを何杯か飲んでいたが、長年そうしていても、何も問題はなかった。そのうちに彼女は活発に外に出るようになり、いろいろな慈善団体の委員になった。そういう場で知り合った人たちのほとんどが飲み過ぎたりしないのだが、自分はとにかく飲み過ぎる人たちに惹きつけられてしまったのだと語った。彼女は家族が誰一人自分に関心を持っていないと思っていた。けれど新しい友人たちは自分がいると喜んでくれると感じた。目が覚めた今は、この人たちもまた苦しんでいただけだとわかっている。彼女と同じように、単につきあいや飲むことを通して、自分の価値を確認したかっただけなのだ。

エリザベスはお酒を飲むと自分に自信を持てたという。そして酔っている時だけは、自分の意見を大声で主張できるようになり、しまいにはかなりきついことや嫌味なことも言ったという。そのせいで彼女は元々の友人たちを失った。その友人たちは彼女に優しく救いの手を差し伸べ、彼女の有様に心を痛め、本人にそれを気づかせようとした。だが彼女はみなを傲慢に撥ねつけ、ついには最後の一人まで遠ざけてしまった。

酒に溺れている彼女にとって、この出来事は酒を飲む自分を批判しない新しい友人の忠実さを証明しただけになった。もちろん、彼らがエリザベスを批判しないのは自分も飲んでいるからだ。彼女が酒を飲む言い訳にしていたもう一つの理由である家族は、この時点で彼女の状態に気づいていた。いい注目のされ方ではないが、少なくとも、こんなに飲むようになる前のような家族に無視されているという思いはなくなった。彼女は自分をコントロールできなくなったから、また注目してもらえたと感じたのだ。

アルコール依存症のせいでエリザベスが何かをできなくなると、そのたびに家族がなんとかしなければならなくなるので、彼女はさらに絶望的な気分になる。彼女は家族の注目を楽しむようになっていったが、最後には自分のことを何もできなくなり、そのことでさらに不安になった。自分には価値がないという思いも強くなる。だから飲みはじめた初期の頃は、家族が自分の存在や意見を認めてくれないことに傷ついていたのだが、最後には完全に家族に依存し、そのことで自己嫌悪を感じ、さらに自尊心を失くすという悪循環に陥った。

「病気になっても、回復したいと思わない人もいるわよね、ブロニー。私はずっとそのままでいたかった。病人でいることで、自分の存在を確認できたのよ。そう、私は人間として向上するチャンスをつかもうとしなかった。注目してもらえたから、勇気を出して病気を治すよりもこの方が幸せだなんてばかなことを考えていたの」エリザベスは当時を振り返ってこう認めた。これは今急速に様々なことを悟っているから言えることだ。三ヶ月間一滴も飲まなかったことと、自分がもう余命いくばくもないという事実が、彼女を大きく変えたのだ。

エリザベスがお酒について率直にすべてを語ってくれたおかげで、私は彼女とその家族をさらに理解できた。家族が厳しい対応をしたおかげで、彼女はしっかりしていた頃の自分に戻れた。私ならもっと率直でオープンなやり方をするとは思ったが、彼らは本当にエリザベスと自分たちの家庭を守ろうとしていたのがわかった。そしてその努力は報われた。うまくいったのは、エリザベス自身も努力したからだ。彼女は死に直面したことをきっかけに、自分の人生を見直し、その結果わかったことを勇敢に受け止めたのだ。

最後の二週間、エリザベスと家族の関係は大きく修復されていった。私が終末期の患者の介護を通じて学んだ中でも一番すばらしいことは、人間には計り知れないほど向上する力があることだ。エリザベスは心の平安を見つけた。以前にも同じように穏やかな心境になった患者を見たが、これはとてもうれしいことだ。

エリザベスがこの世を去る一週間ほど前、私は彼女の夫と息子に、彼女が昔の友人を失ったことを悔やみ、電話で話すだけでもいいから、そのうちの数人に連絡を取ってみたいけれど、もう遅すぎるだろうかと悩んでいることを話した。この頃にはもう、友人がアルコールを持ち込むことを心配する必要はなかった。もう誰も心配していなかった。今一番大切なのはエリザベスが楽になることだ。家族は気持ちがだいぶ落ち着いていたこともあり、すぐにやってみようと言った。

二日後、エリザベスを楽な姿勢で座らせ、お茶を出したすぐ後に、健康で優しく美しい女性二人が彼女の部屋にやってきた。一人は今この街の郊外の山の上の、ここから一時間ほどのところに住んでいるという。もう一人は知らせを聞いてすぐに、クイーンズランド州サンシャインコーストから飛行機に乗ってやってきた。そして今二人はエリザベスのベッドを囲んで座り、彼女の手を取り、微笑みながら話している。

私は邪魔をしないように部屋を出ながら、静かにうれし涙を流した。そうしている間に、エリザベスが二人に謝り、二人がすぐに許すのが聞こえた。もう昔のことじゃない、そんなことはいいのよ、と。エリザベスの夫ロジャーと私はキッチンに座り、うれし泣きした。

二人は二時間ほど部屋にいた。そしてエリザベスが気持ちの上では元気を取り戻したものの、身体は疲れてしまったのを見て取り、帰っていった。エリザベスはすぐに眠りに落ちたので、私は言葉を交わす機会がないまま自宅に帰った。二日後、エリザベスの家に出勤すると、彼女はとても弱っていたが、私と話したがった。

「すごいことじゃない？　彼女たちの顔をまた見られるなんて」彼女はうれしそうに微笑んだ。もう枕から頭を上げることもできない彼女は、隣にいる私を横目で見た。

「素敵なことでしたね」と私は言った。

「一番大切な友達とは連絡を取り続けてね、ブロニー。あなたをよく知っていて、ありのままの姿を受け入れてくれる人が、最後には一番大切なのよ。経験者の私が言っているんだから」彼女は明るくそう言うと、具合が悪いにもかかわらず私ににっこりと笑いかけた。「日々の生活に流されないで。その人たちの居所がわからなくならないようにして、それにいつも感謝していることを伝えつづけて。弱いところを見られるのをおそれないでね。私は自分のひどい姿を知られたくなくて、ずいぶんと時間を無駄にしてしまったから」エリザベスは自分を許し、自己批判をやめられた。そして心の平安と一緒に友人も取り戻せた。

最期の日の朝、私は彼女の唇を少し湿らせた。もう唾液が十分に分泌されなくなっていたので、話すのが難しかったが、どちらにしても話すだけの体力はもう残っていなかった。私が湿らせる作業を終えると、彼女は私を見て微笑み、「ありがとう」という形に唇を動かした。私は彼女を見つめ、感謝の気持ちを笑顔で返した。それから彼女の額にキスをし、しばらく彼女の手を握っていた。彼女は握り返してくれた。

部屋は彼女を愛する人たちでいっぱいになっていた。家族は全員揃っていたし、数日前にやってきたあの二人の友人たちもいた。私は後ろに下がって、彼女が一番愛した人たちに囲まれるようにした。

エリザベスは人生の最後になって愛情を取り戻し、家族や本当の友達の大切さを知ることができた。彼女は自分の存在には大きな価値があったことを知り、友人たちに自分が彼女たちを大事に思っていたことをたしかに伝えてから、愛に包まれてこの世を去った。

友情の大切さ

仕事の面では、ハリーの介護は今までの中で一番楽だった。彼がすばらしい人だからというだけでなく、すべてを自分たちでやると家族が主張していたからだ。ハリーには五人の娘がいたが、そのうちの三人が同じ郊外の町に住んでいて、ほとんど毎日夕食を持ってきたし、息子の一人は自分で父親を介護すると言ってきかなかった。私はハリーの家族に、そもそも私は必要でしょうかと訊いてみたが、この息子以外の家族はみな、あなたにはどうしてもいてほしいと言う。

けれどこの状況では、私は毎日ほとんどの時間を読書や書き物をして過ごすことになる。寝たきりの住人一人しかおらず、もともときれいに片付けられているこの家には、するべき家事もそれほどない。それでも私はキッチンで美味しいスープのレシピを二つ開発した。

ハリーは眉毛はもじゃもじゃしていて、耳に毛が生え、顔は赤ら顔、お腹の底から笑う人だ。私たちはすぐに意気投合した。はじめて会ったときには、一分と経たないうちに互いに冗談を言いあって、笑った。そう、ハリーとは最初から打ち解けて自然なつきあいができたのだ。

ただし息子のブライアンとなると、話は別だった。ブライアンはいつもピリピリしていた。ハリーとブライアンはずいぶん昔にけんかをし、連絡こそ断たなかったものの、関係は以前と同じではなかった。家族はみなブライアンのせいだと言っていた。そんな昔のことは私にはわからないし、ハリーとブライアンのどちらの立場にいるわけでもないから、どちらが悪いのかは知らないし、そもそもどちらでもかまわない。ただ、自分が主に介護をしたいとブライアンが言い張るのは、失われた時間の埋め合わせをしたいからなのは明らかだった。

私がハリーに何か介助をしようとすると、ブライアンに必ず阻止される。私は今では患者が一番居心地よくいられる体勢を適確に見つけられるようになっている。直感的なもので、たくさんの患者がほめてくれた。けれど家族がよかれと思って、枕やクッションを動かしてしまうことがよくある。こういう状態の患者の身体は繊細で、ちょっと動かしただけでもなけなしの居心地の良さが台無しになるのを知らないからだ。

毎日、ブライアンがしぶしぶ仕事に行って、数時間家を空けると、私はまずハリーを楽な姿勢に戻す。午前中に、文字通りブライアンに追い払われずに介護ができる時間が少しでもあると、ハリーはすぐに私に枕を直してほしいと言う。

それでも毎日午後は、夕食のために家族が集まるまでの数時間、ハリーと二人きりになれた。ハリーはもうほとんどものを食べられなかったが、家族は今も揃って食卓を囲んでいる。午後のこの時間はとても居心地がよかったので、ハリーは愛着をこめて「平和な時間」と呼んでいた。彼の身体が楽になるようケアをする間、私たちは笑いながらおしゃべりをした。そしてケアの後には、いつもお茶を飲みながらおしゃべりを続ける。

ハリーは二〇年前に妻に先立たれたが、その後も充実した人生を送ってきた。仕事は好きだったけれど、引退後はスポーツや社交のクラブに入ったので、現役時代より忙しくなった。今は不治の病にかかっているが、それまではずっと驚くほど健康だったという。

「私は健康に恵まれたことをありがたいと思っていたから、活動的に過ごしてきたし、年齢相応の行動を心がけなければいけないなんて思ったことがなかった。みな早くから、自分で老け込んでしまうからね」ハリーは不治の病に冒されているにもかかわらず、八〇歳の人としては、見たことがないほど元気だった。病気は彼を弱らせはじめていたが、それ以前はとても健康だったのは、よく見ればわかる。たとえば脚のマッサージをしていると、たくさん歩いて筋肉を鍛えていたのがありありとわかる。

「引退し、子どもたちがそれぞれ子育てをするようになると、それまでよりずっと友達が大事になるんだ」とハリーは語る。「だから妻が亡くなったとき、私はボートクラブに入ったんだ。それからハイキングのクラブにも入った。仕事をする時間がよくあったと思うよ！」

ハリーは大家族はとても大切だと考えている。子どもたちには祖父母と接することが必要だから、一緒に過ごす機会をたくさんもうけるべきだと主張する。毎日ハリーを訪ねてくる孫たちに、彼はたっぷりと愛情を注ぎ、よい影響を与えているのは明らかだった。

「家族が一番大切だけれど、同年代の人間とのつきあいも必要だ。もしもクラブを通じてできた友達がいなかったら、私はとても孤独な老人になっていただろう。子どもたちも孫たちもいるから、人恋しくはないだろうが、同じ考えを持つ同年代の人たちとの関わりが欲しくなっていたと思う」

夕方になって、太陽が傾いて、「平和な時間」がもうすぐ終わることを知らせてくれるまで、私たちは彼の部屋でおしゃべりして過ごす。すぐに家族が集まってくるけれど、ハリーはいつもぎりぎりまで話していた。彼は、人々がどうして手遅れになるまで、友人の大切さをわかろうとしないのだろうと言った。また、歳をとっても、家庭内で愛情と尊敬を集める地位にいることはすばらしいが、あまりに多くの人が、それにかまけて友人とのつきあいに時間をさかないことを彼は不満に思っている。

「みな手遅れになるまで気づかないんだ。けれどこれは私の世代に限った話ではない。若くても、日々の生活に追われて、ときどき少しだけ自分に時間をさくことも、個人として楽しいこともしていない人たちがいるね。そういう人たちは本当の自分を完全に見失っている。短い時間でも友達と過ごせば、母親や父親や祖母や祖父でないときの本当の自分を思い出すのにね」

そうなっている人をたくさん見たことがあると私は同意し、それからいつも自分のための時間を少しでも作って、そのおかげでとても幸せな人たちも知っていると言った。それに、そういう人の方が一緒にいて楽しい、と。

「その通り！」彼は笑い、同意の印にベッドをたたいた。「よい友人関係は刺激になる。友達がすばらしいのは、ありのままの姿や、お互いの共通点で判断してもらえるからだ。大事なのは家族や配偶者みたいに相手の期待する姿を投影されるのではなく、ありのままの姿で受け入れてもらえることだ。友達づきあいは続けなければいけないんだよ」

ハリーのところにはいつもお見舞いの人が絶えない。彼が言葉通りのことを実行しているからだろう。彼の友人たちはみな陽気で楽しい人たちで、その場をとても明るくしてくれる。けれど同時に彼の病気をとても思いやり、今は休んでいるから会えないという時があっても納得してくれた。

またある日の午後、ハリーは私の友人関係について訊いた。だから私は親しい友人がどんな人たちかを話し、その他の友人関係には最近大きな変化があって、私自身も変わったと説明した。

彼は言った。「そうか、それは自然なことだね。人生とともに人とのつきあいも移り変わるものだ。だからそばにいるうちに、相手を大切にするべきなんだ。お互いから何かを学んだり、なにかを一緒にすることを完全にやめてしまう場合もある。けれどずっと友達でいつづける相手もいて、人生の終わりになると、そういう友達と重ねてきた時間や、互いにわかりあっている事実がとても心を安らげてくれる」

この話をしたとき、私たちは男性と女性では友達づきあいの考え方が大きく違うということで意見が一致した。女性は友人とのつきあいに強く感情移入するので、気持ちに関することをたくさん語り合って親しくなる。男性も親しくなるには話すことが必要だ。しかしもっとも親しくなるのは、テニスやサイクリングなど何か身体を動かすことを一緒にしているときだ。男性は友人と何か結果を出したり、精神的なものでも物理的なものでも何かの問題を解決したりすることを好むが、それは身体を動かしているときに実現できることが多いという。

「囲い地の周りに柵を作るみたいなこと?」と私は言った。

ハリーは笑い出した。「おや、おや。女の子を田舎から連れてくることはできるが、その子に田舎を忘れさせることはできないね。そう、とてものどかなたとえだけど、ブロニー、その通りだ。柵を作るような手を動かす仕事を一緒にやると男同士の絆が深まるんだ」

彼はそのまま笑いつづけ、ハンサムな男性と絆を深めたかったら、柵を作るのを手伝えばいいんだよ、と言った。覚えておくわ、と私は答えた。

彼は男の友情についてのお気に入りのエピソードを話してくれ、今の友人関係のすばらしさもさらに強調した。毎日、素敵な友人たちが彼の許を訪れる。けれど今は友人の間で順番を決め、彼を疲れさせないようにしていた。こうすれば、みながハリーと過ごせる。とても誠実で素敵なやり方だ。

私たちは午後の「平和な時間」に話し合って、互いを新しい友人と思うことにしようと同意した。午後のこの時間以外は、同じ家の中にいても私が違う部屋にいて、一人で本を読んだり、文章を書いたりしているのかと思うと不満だと彼は言った。この部屋でおしゃべりしていてもいいはずなのに、と。私はそれに心から同意し、笑った。けれどハリーも私も、ブライアンが埋め合わせをしなければという思いから父親を支えたがっているのはわかっていた。ハリーはブライアンが不幸なことに罪悪感を持っているのを知っていたし、このまま苦しみつづけてほしくないと思っていた。だから息子に調子を合わせ、父の最期のときに自分は必要とされていると思わせておきたかった。「あいつはちゃんと枕を置くことさえできないけれどね」と彼はため息をついた。

ハリーは自分の病気とこれから迎える死を哲学的にとらえていた。彼は自分の人生を十分に生きたから、この先に何が待っているのか確かめにいく覚悟ができていた。私たちはときどき、近づいている死についても話したが、彼はやはりいろいろな場面で話題を友人関係の方へ持っていった。友人たちとの思い出、友情はどれだけ大切か、本当の自分を受け入れて幸せに生きていくには友情が必要だということ。彼は友人とのお気に入りのエピソードを話すよう私を促した。「まずは子どもの頃の話を聞かせてほしいね。どんなところで生まれたのか教えてくれるかな」私が田舎の様子や麦が植えられた囲い地のことを話すと、彼はうれしそうに笑ってくれた。

私の家族は私が一二歳になる前に、牛と牧草を育てていた牧場から、羊と小麦を育てる牧場へと引っ越した。新しい牧場は町から何キロメートルも離れた、広々とした青空がすばらしい場所にあった。引っ越しから一年ほど経った時、七歳になる私の犬が突然いなくなった。どうしても見つからなかったので、みなでヘビに嚙まれたのだろうかと言っていた。牧場はとても広かったから、そうだとしても不思議ではない。けれど私は悲しくて仕方なかった。数ヶ月後、家族が新しい犬を買ってくれた。この白いマルチーズの子犬は、自分は室内犬だとわかっていなかった。だからこの犬は毎日、囲い地の周りのあちこちで、羊や牧羊犬を追いかけ回してばかりいた。

高校時代からずっと後まで、一番の親友だったのはフィオナだ。彼女は町に住んでいたけれど、いつもうちの牧場で過ごしていた。私が町にある彼女の家に行くこともあった。少し大人になって、キスする相手の男の子ができてからは特に。二〇年以上の間、私とフィオナが仲良くしていたのは、歩くのが好きという共通点があったからだ。長年のつきあいの間に、彼女と合計で何キロメートル一緒に歩いたのかわからない。海岸や熱帯雨林や街の中や外国や田舎道とか、とにかくあらゆる場所を歩いた。そのすべてはあの小麦の囲い地の散歩からはじまったのだ。

私たちの散歩には、いつも私のマルチーズと、他に二匹の犬がついてきた。ふと振り向くと、猫が一、二匹ついてきているのも珍しくない。人間が一番遠い囲い地に向かう道を真っすぐに歩いている間、犬たちは小麦の間を走り抜けていた。小麦の背が低いときは問題なかったが、背丈が伸びてくるとマルチーズは見えなくなってしまう。フィオナと私はあの日、とても傑作なドタバタ喜劇を見せられた。

小麦の頭より上に見えている大きな犬たちの動きを見ていれば、小麦の中に埋もれて、その犬たちを闇雲に追いかけているマルチーズが今どこにいるかがわかる。そして時々、犬たちの動きがぴたりと止まる。すると小さな白い頭が、小麦畑の上に突き出し、まるで水面から出てきた潜望鏡のように辺りを見回し、大きな犬たちを見つけるのだ。そしてまた小麦の下に姿を消すと、今度は別の方向へと犬たちが走り出す。それからまた動きが止まり、小さな白い頭がぴょこんと出てきて獲物を見つけ、小麦の下に消えると、追っかけっこが再開する。これが延々と繰り返されたので、小さな頭が突き出して辺りを見回すのを見るたびに、フィオナと私は一〇代の女の子特有の狂ったようなくすくす笑いを止められなくなった。二人とも笑いすぎて頬が痛くなり、涙が出てきた。互いにもたれかかるように身を寄せ合い、犬が飛び出てくるのを見るたびに、相手を抱きしめ、毎回さっきの倍は笑った。二人とも最後には立っていられなくなるほど笑い転げた。

この単純だけどかけがえのない思い出を話したとたんに、自分にとってどれほど友情が大切だったかを私は痛感した。ハリーと一緒に笑いながら、フィオナと何も考えずに無邪気であけっぴろげに笑っていたことを思い出したのだ。「フィオナは今どこにいるのかな?」ハリーが訊いた。彼女は海外に行き、もう連絡を取っていないと私は答えた。時は流れ、私には別の親友がいる、と。フィオナとのつきあいがなくなったことには、特定の人や事柄も関係していたが、趣味やライフスタイルが少しずつ違っていったことが大きかった。ハリーは時間を戻すことはできないと同意したが、さらに時が経てば、二人の道がまた交わることもあるかもしれないとも言った。既に人生にはいろいろな時期があるのを経験していた私は、そうかもしれないと答えた。けれどどちらでもかまわない。私はフィオナとの思い出を大切にしているし、彼女には幸せでいてほしいと思っている。私は心の中でフィオナに、ともに学んでくれたことと友情に感謝した。

友達とのいい思い出は、一緒に歩いたり、話したり、笑ったりしたことが多い。それから一、二週間、私はハリーにこうしたエピソードを話した。ハリーも歩くのが好きなので、自分のエピソードや、今までに歩いた場所、一緒に歩いた友達のことを話してくれた。歩いているときにハリーが笑ってくれたら、どんな人でも元気になるのがわかる。その場面を想像した私はにっこりし、彼にどうして笑っているのかと訊かれたので、喜んで理由を説明した。ハリーは、いつも歩いているときはたくさん笑ったものだと言った。

そして私はその次の週、長距離のウォーキング大会に参加するためにハリーの許を去ることになっていた。参加の手配をしたとき、ハリーがこの時点まで生きているかわからなかった。私は街を出るのをとても楽しみにしていたけれど、帰ってきて、ハリーにまた会えるかどうかわからなかったから、彼と離れるのは少し悲しかった。けれどハリーに予定を話すと、彼は熱心にそれは行くべきだ、生きていてもいなくても、私の魂はあなたと一緒に旅をしているよと言ってくれた。

そのウォーキングは人里離れた場所で毎年開催されていて、ゴールはいつもある湖だった。その湖に向かって、毎年違う川に沿って歩くコースが設定される。この年は、牧場地帯にある河口がスタート地点だった。そしてかつて大きな川だったが、今はほとんどの部分で乾いた川床が露出している川をさかのぼり、湖まで歩くのだ。

この大会の目的は参加者に自然を感じ、癒される機会を提供することで、古代の文化の道筋を通るコースが設定されている。古代、川は今のハイウェイのような役割を果たしていて、様々な民族が川沿いに暮らし、別の地域に移動するときは川に沿って歩いていた。参加者全員で煙を使った清めの儀式を行い、アボリジニの長老に祝福を受けた後、六日間のウォーキングがスタートする。

みな思い思いのペースで歩く。参加者は一〇人あまりだった。グループで参加して、ずっと話しながら歩いている人たちもいた。他の参加者は誰かと話したり、離れたりを繰り返す。足を止めて、あらゆるものを写真に撮っている人もいたし、もっと静かに一人で歩いている人もいた。毎晩、二人のボランティアがトレーラーで私たちの荷物を運んできてくれるので、みなでキャンプを設営する。そして静かに燃えるキャンプファイアの周りで、みなで夕食を作り、空一面の星の下ですばらしい友情が生まれた。

一歩歩くごとに、大地とのつながりが強くなっていく。私は休憩のときは会話を楽しんだが、歩いているときは一人の方が楽しかったし、その方が自分のリズムを保てた。ウォーキングの経験は多い方なので、自分のペースで歩くと、大きな集団より前を行くことになった。この大会をはじめた知的で優しい男性も自分のペースで歩いていて、いつも私の前にいた。

一人でただただ歩く時間は、自分を見つめ直すいい機会でもあった。このとき私は、自分がもう留守宅管理の仕事をしたくないことに気づいた。心のどこかで、また自分のキッチンがほしいと思うようになっていたのだ。移動続きの生活は以前はとても楽しかったけれど、今は疲れてきていた。新しい種が蒔かれた。盛大なファンファーレと共にではなく、新たな変化を静かに受け入れることによって、それははじまった。私はそのまま穏やかな気持ちで歩きつづけた。

土地が所有者によって分けられている現代では、一度にこれほど長い距離を歩くのはなかなか難しい。この大会ではありがたいことに、事前にすべて許可を取ってあったから、私たちは次々と牧場を抜けて歩けた。現代の慌ただしい生活では、自分たちが地球の上に立っていることを簡単に忘れてしまう。足を止めて、自然の美しさをじっくりと味わえば、地球とのつながりをそのまま感じることができる。私はこれまでも地球にとても感謝していたのだが、いつの間にか忘れていた地球とのつながりを、このとき何にも妨げられず六日間歩きつづけられたおかげで、あらためて心に刻むことができた。

コースの途中では、古代の彫刻を見つけたり、樹齢何百年ものユーカリの大樹に息を飲んだりした。丸木舟を作るために樹皮をはいだ場所には刻み目がついていて、手の込んだ彫刻も施されている。ずっと失われていた古代文化の痕跡を見ると、感動するとともに胸が痛くなる。とても強いエネルギーを感じるパワースポットもあり、私はこのウォーキング大会の目的が癒しであることに納得した。

何よりも、農地を横切って歩いていると、自分が育った牧場を思い出す。羊の糞のにおいにさえ、どっと記憶が蘇り、しばらくの間なら、あの埃っぽい土地で暮らしてもいいなと思った。私は一歩ごとに健康になり、歩くことが主な交通手段だった世の中に戻れたらいいのにと考えた。慌ただしい現代の生活よりまともな気がする。

ある日、ちょうど参加者の集団と離れていたときに冷たい水をたたえた池を見つけて泳いだのは、いい気分転換になった。服を脱ぎ捨て、清冽な水に飛び込んで泳ぐと、身も心も洗われて、新しい私に生まれ変わったような気がした。この一週間は自然との結びつきがどんどん強くなっていて、魂を清められるような出来事が続いている。

毎日、変化に富んだ景色の中を朝の八時から夕方の五時ぐらいまで歩き、それからキャンプを設営する。コースの周辺にはあちこちに昔の生活の痕跡がある。川底の泥にはまった一〇〇年以上前の古い荷馬車が残っているということは、ここは当時湿地帯だったのだ。いまはすっかり干上がっているが、屋根のない古い小屋の痕は、その後にここに人が住んでいたことを示している。けれど一番すばらしかったのは彫刻だ。オーストラリア固有の歴史が見えてくるし、なによりも我々が今たしかに古代の人々の足跡を追っているのだと実感した。

まる六日間、八〇キロメートルを歩きつづけた私たちは、もちろん疲れていたが、高揚した気分でゴールした。他の参加者たちと別れるのは悲しかったけれど、私はそれ以上にウォーキングが終わってしまったことがさみしかった。翌日、私は干上がった湖のまわりをさらに五時間歩いた。どうしてもウォーキング・モードから抜けられなかったのだ。数日後、ウォーキングと同様にこの土地に敬意を表して開催される小さな音楽祭があった。だから私はしばらく滞在してから、メルボルンに戻った。

ありがたいことに、ハリーは待っていてくれたので、私はもう少し彼と過ごせた。けれど私がいなかった一〇日の間に病気は全身に広がり、すっかり衰弱していた。鍛え上げられていた足からはすっかり筋肉が落ち、大きく丸かった顔はやせこけて、皮膚がたるんでいた。それでも彼は変わらずに、陽気で素敵だった。

ブライアンはますます自分が父親を介護することに執着していた。何もかも仕切りたがるようになり、長くても午後の一時間ぐらいしか家を空けなくなった。メルボルンを離れる前に、彼と「平和な時間」を楽しんでおいてよかったと思った。もうそんな時間はほとんど取れないから。ブライアンの執着がなかったとしても、ハリーはもうほとんど寝て過ごすようになっていた。

それでも、例によって運に恵まれ、ある朝突然仕事で呼ばれたブライアンが仕方なく私に介護を任せた。ありがたいことに、このときハリーの意識はとてもはっきりしていた。とてもはっきりしているといっても、最近の状態に比べればだが。それでも彼は起きていて、少しなら話をすることができた。

彼に問われて、私はウォーキングの様子と、メルボルンを離れている間に考えたことを話した。彼はどんな参加者がいたかと訊き、彼らにも何かプラスの変化があったようだったかを知りたがった。話すことは山ほどあった。

「それでこの一週間、友情にまつわることは何かあったかな、ブロニー？」彼は弱々しくなった声で訊く。「いい友達とどのくらいの時間を過ごしたかな？　それを教えてほしいね」私は彼が相変わらずこの話題にこだわるので笑いながら、友達と過ごす時間は後でいくらでもあると答えた。今はハリー、あなたと過ごしたいんです、あなたも私の友達だから。

「それじゃあ足りないんだよ、ブロニー。それでは他の人たちと同じだ。自分のための時間を作らなければならないのはわかっているだろう。なんとか調整して、友達に会う時間を頻繁に作らなくては。友達のためではなく、自分のために会うことが必要なんだ。人には友達が必要だ」ハリーは警告するような厳しい表情を浮かべて私を見た。けれど彼がこんな風に言い張るのは、私を思っているからだと私も彼もわかっていた。

彼の言う通りだ。私は二四時間シフトで働いてばかりで、友達づきあいを後回しにするのではなく、もっと頻繁に友人と話さなければいけない。私はこの仕事が大好きだし、患者やその家族と笑い合う楽しい時間も時々あるが、だいたいはいつもかなり深刻な状況の中にいる。余命いくばくもない患者と、それを悲しんでいる家族のそばにいると、友人と気軽に楽しんでバランスを取ることも必要になってくる。私の生活には喜びが欠けていた。ここまできて、やっとそれに気づけた。

「その通りね、ハリー」私は認めた。彼は微笑んで、私を抱きしめるために腕を上げた。私はベッドの上にかがみこみ、彼を抱きしめて微笑む。

「友達とただ連絡を取っていればいいというのではないんだよ、ブロニー。大事なのは友達といる楽しみを味わうことだ。わかっているよね？」彼は語りかけるような目をしてそう言った。

私は納得してうなずき、こう答えた。「ええ、ハリー、わかっているわ」しばらくして、彼を少し休ませるために部屋を出ながら、彼が率直にシンプルな言葉で教えてくれたことに感謝した。

ハリーは幸い、苦しむことなく逝った。この日から数日後の夜、眠りながらこの世を去ったのだ。電話でそれを知らせてくれた娘さんは、心からありがとうと言ってくれた。それに対して私は、こちらこそありがとうございましたと言った。彼と出会えて、本当によかった。

「友達と過ごす時間を作りなさい」彼の言葉が今も聞こえる。あの赤ら顔でもじゃもじゃした眉毛をはやし、お腹の底から笑う、魅力的な人が遺した言葉だ。

後悔五　幸せをあきらめなければよかった

幸せは選べる

国際的な企業のエグゼクティブであるローズマリーは時代に先んじていた。女性が責任ある立場につくことなどまだなかった頃に昇進を重ねた。けれどそれより前には、彼女にも当時の社会が女性に求める通りに生きていた時期があり、若くして結婚もした。不幸なことに、この結婚で、彼女は精神的にも肉体的にも虐待を受けた。あるとき暴力を振るわれて瀕死の状態になり、今こそ脱出する時だと悟った。

これは離婚するには十分すぎる理由だったけれど、当時はまだ離婚はスキャンダルだと考えられていた。家族は町では名家だったために、その評判を損なわないよう、ローズマリーは町を離れて一からやり直さねばならなかった。

生活に追われた彼女は心を閉ざし、考え方も頑なになった。いまや自分を認めることも、家族に認められることも、男性優位の世界で成功することにかかっていた。別の男性とつきあうことは一瞬も心に浮かばなかった。その代わりに、強い意志を持って昇進し、知能指数の高い頭脳を駆使し、激務をたくさんこなすことによって、ついに女性としてはその州ではじめて、経営側の高い地位に就いた。

人の上に立ったローズマリーは威圧的な態度で相手を従わせてきた。それはそのままヘルパーの扱いに表われている。彼女は私が来る前、ヘルパーを次々に雇っては、気に入らなくてクビにしていた。彼女は私を気に入ってくれたが、それは金融業界で働いていた経験があるのを知って、バカではないだろうと思ったからだ。こういう考え方には共感できないけれど、私がバカかどうかについては、もうどうやっても証明できないので、彼女には好きなように思ってもらうことにした。彼女はもう八〇歳を過ぎていて、余命宣告を受けているのだから。すると彼女は私をメインのヘルパーにしたいと言い出した。

彼女は午前中は特に偉そうな態度で威張り散らす。私はいまや自我がしっかりしていたので動揺せず、ある程度は我慢していたが、そのうち限界が来るのは自分でもわかっていた。ある日、特に彼女の態度がひどく、個人攻撃をしてきたので、私はローズマリーに最後通牒をつきつけた。もっと優しく接することができないなら、もうここには来ない、と。これを聞くと彼女はベッドに腰かけ、出て行きなさい、私の家から出て行って、などとさらにひどいことを叫んだ。

私は彼女が叫んでいる間、何も言わずに近づいていって、彼女の隣に座った。「じゃあ、もう来ないで。出て行きなさい」彼女はそう叫びながら、ずっとドアを指していた。私はただ彼女の隣に座り、彼女を思いやりながら、彼女の感情の爆発がおさまるのを何も言わずに待っていた。やがて彼女は何も言わなくなった。私たちはそのまま黙って一、二分座っていた。互いに寄りかかれるほど近い距離に。「終わりましたか?」私は優しく微笑みながら言った。「とりあえずはね」彼女は憤慨した様子で言った。私はうなずき、何も言わなかった。沈黙が続いた。そして私は黙って彼女を抱きしめ、頰にキスをすると、部屋を出てキッチンに行き、数分後、紅茶のポットを持って戻った。ローズマリーはまだ同じ場所に座っている。その姿はまるで途方に暮れている小さな女の子のように見えた。

私は彼女がベッドから降りるのを手伝い、二人で部屋の反対側にあるソファに移動した。ソファの脇のテーブルには紅茶がある。ローズマリーは腰を下ろすと、彼女の脚にきれいなラグをかけている私を見上げて微笑んだ。そして私も腰を下ろすと、彼女は言った。「私は怖いし、寂しいのよ。だから置いていかないでほしい。あなたといると安心するのよ」

「どこにも行かないわ。さっきのことはもういいです。ちゃんとした扱いをしてくれるなら、私はここにいます」私は心からそう答えた。

ローズマリーは愛情に飢えている少女のように微笑んだ。「じゃあ、いてちょうだい、あなたにいてほしいわ」私がうなずき、また頬にキスをすると、彼女はにっこりと微笑んだ。

この時から、ローズマリーとはとてもつきあいやすくなった。彼女が自分の過去を話してくれたので、私は彼女をもっと理解できたし、どうしていつも人々を遠ざけてしまうのかもわかった。そういう悪循環なら、ずっと昔から知っているし、そこから抜け出せればどれだけ楽になるのかも知っている。人を受け入れるのに遅すぎることはない。私はそう言った。ローズマリーはどうすればいいのかわからないけど、やってみたいし、もっと優しくなると言った。

彼女の病気はゆるやかながら日ごとに進行しているようだったし、衰弱しているのは明らかだった。私はそれに気づいていたけれど、最初はゆっくりとした変化だったから、ローズマリー本人はときどき事実を認めないような言動をしていた。私に帳簿をつけさせ、投資関係のポートフォリオを全部整理させるという計画を立てて、詳しいことをいろいろと語るのだ。私はそんなことはみな実現しないと知りながら、黙って聞いていた。ローズマリーはいつか体調のいいときに数時間かけて私にどこかから手をつけるかを説明すると言っていた。日ごとに衰弱していっている人が、未来の計画を立てつづけるという光景なら、私は前にも見たことがあった。

ローズマリーは町などに出かける予約を取らせたがり、私に寝室の電話から予約の電話をかけさせ、私の一言一句に聞き耳を立て、何度も横から口をはさんで会話を仕切りたがった。私は後で予約を一つ一つ変更しなければならない。キャンセルではなく、変更だ。ローズマリーが支配的な性格なのは間違いない。必要のない作業をしてあげるのはかまわなかったが、きっぱりと断るときもあった。たとえば、もう家中くまなく探した物を、また探させられるような、私の時間とエネルギーを浪費するようなことをしたくないときだ。

彼女の心の壁は日ごとに薄くなり、私たちは親しくなっていく。彼女の親類は時々電話してくるものの、遠くに住んでいた。頻繁に訪れるのはごく限られた友人や昔の同僚だけだった。だから私たちはほとんどの時間を、きれいな庭のある静かな家で二人きりで過ごしていた。

ある日の午後、私はリネンを片付けていた。ローズマリーは車椅子に座って、それを近くから眺めていたが、ふいに私にハミングをやめてほしいと言った。「あなたがどんな時も幸せそうにしていて、いつもハミングをしているのが気に障るの」彼女はみじめな表情で言った。私はやっていた仕事を片づけ、リネン用の戸棚の扉を閉めると、彼女を振り返り、彼女の顔をしげしげと眺めた。「そうよ、そうなんだわ。あなたはいつもハミングをしていて、幸せそう。時々はみじめな気分になればいいと思ってる」

いかにもローズマリーらしい思い込みなので、私は驚かなかった。私だっていつも幸せなわけではない。けれど私はあえて彼女に嘆きのネタを与えることにした。だから私は言葉では何も答えず、ただじっと彼女を見てから、くるっと回って、彼女に向かって舌を突き出し、笑いながら部屋を出た。彼女は私のこの対応が気に入ったようで、すぐに部屋に戻ると、いたずらっぽく微笑み、文句を言わなかった。そしてもう、私の明るさに文句をつけることはなかった。

「どうして幸せそうなの？」ローズマリーはこの出来事のすぐ後のある朝、訊いてきた。「今日だけじゃなくて、いつもっていう意味よ。どうして幸せなの？」私はその質問を聞いてにっこりし、こんなことを訊かれるなんて、私はずいぶん落ち着いたのだなと思った。ローズマリーの介護を引き受けた時期から、私がプライベートでどれだけ苦労をしたかを思うと、彼女の質問はかなり皮肉に感じた。

「自分で幸せを感じるようにしているんですよ。そう、私は毎日幸せになろうとしています。そうできない日もあります。あなただけじゃなくて、私も毎日大変な思いをしているんです。全然違うことでだけど、つらいのは同じです。けれど何が間違っているとか、そのせいでどれだけつらかったかとかをずっと考えるのではなくて、毎日できるかぎり、こんないいことがあったと考えて、自分がそれをまさに経験していることに感謝しているんですよ」私は本当のことを言った。「人は何を考えるかを選ぶことができるんです。だから私はいいことを考えるようにしています。たとえばあなたをもっと良く知ることができたとか、自分の好きな仕事をしているとか。売り上げ目標のプレッシャーがつらいとかじゃなくてね。そして自分の健康に感謝し、毎日生きていることをありがたいと思っているんですよ」ローズマリーはにっこりし、私をじっと見つめながら、私の言葉に耳を傾けていた。

けれど彼女が知らなかったことがある。この時私は彼女の介護をしながら、自分の病気とも戦っていたのだ。この少し前に、ちょっとした手術も受けた。結果を知らせる電話で医療関係者は、手術の結果には疑問があり、すぐにもっと大規模な手術を受けた方がいいと言った。私は考えてみると答えた。

「考えることなど何もない」彼は食い下がった。「手術をしないと、あと一年しか生きられないかもしれませんよ」けれど私はもう一度、考えてみると答えた。身体にはその人の過去が蓄積するものだと、私は既に身をもって学んでいたから、驚きはしなかった。その人が経験する苦しみも喜びも様々な形で身体に表われる。以前、私はいろいろなつらい気持ちを解放することで、自力で小さな病気を克服したことがあったので、今こそ癒しの大きな力を発揮できる時ではないかと思った。だから私はそういう考えで病気に立ち向かうことにした。

立ち向かわなければならない不安なら十分抱えていたから、私はこの状況を一人か二人の人にしか話せなかった。全力でがんばらなければやりとげられないだろうし、何よりも自分は健康を取り戻したいのだという思いに集中しなければならない。だから誰かの意見や不安な思いを聞いて影響されるリスクは冒せなかった。そういう思いは私を愛しているから出るのだろうけれど、この癒しの道筋に他人の不安を入り込ませる余裕など一ミリもない。心の奥底から様々な思いを解放するため、自分の感情を表に出す勇気がさらに必要になり、しばらくは何もかもが陰鬱に思えた。心の底から、過去の様々な感情がわき上がってくる。

ある段階で、これ以上進むのが難しくなり、精神的にあまりにつらかったので、私は死を望むようになり、病気で死ぬことを願った。自分の人生を真剣に振り返り、努力しようとしまいとこの病気で死ぬのかもしれない、年を取るまで生きていることはないかもしれない。そう思ったら、驚くほど穏やかな気持ちになった。自分が既にすばらしい人生を生きていることを自覚し、それを誇りに思う勇気を持つと、死と正面から向き合い、どうなってもいいと思えるようになり、とても穏やかですばらしい気持ちになれた。

いつもの瞑想を続けながらも癒しに関する本を読み、自分の理想を映像的にイメージするテクニックを実践することで、感情が解放されたがっているのを自覚した。私の中で様々な動きがはじまった。そしてついに、最悪のときは過ぎたと感じられるようになった、私は回復しはじめたのだ。

そしてちょうどこのタイミングで留守宅管理の仕事が舞い込んだ。それは、つたに覆われ、高い塀に囲まれているコテージに住み込むという素敵な仕事だった。場所はかなりの高級住宅地だったが、私が気に入ったのは、コテージが外からほとんど見えないからだった。私はお風呂につかると、いつもかなり生き返った気分になるのだが、このコテージには大きな浴槽がある。こんなうってつけの場所で過ごすことになったので、私は以前にも何度かやったことのある、フレッシュジュースだけを摂るプチ断食、ジュースファスティングをし、二日間、沈黙と瞑想をして過ごすことにした。

私の身体はそのときの心の状態を正確に示すバロメーターだ。ちょっとした病気にかかったときは、そのとき、あるいは何週間か前の行動や考えがどうだったのかを自覚することができる。だからそのうちに、自分の身体が正直に伝えてくれることを楽しみ、身体の声にいつも耳を傾けて、精神状態を改善する努力をするようになった。自分の身体がどこかおかしいのをわかっていながら、長い間放置していたという話は患者や友人からよく耳にするが、健康を失うと毎日がどれほどつらくなるかを知っているので、身体に何かサインが出たらできる限りのことをするべきだと私は学んでいた。一度健康を失うと、それまでどれだけ自由だったかがわかる。そしてそれは二度と健康を取り戻せなくなってから実感することが多い。

コテージでは、最近買った本にやり方が載っていた瞑想も行った。この時のレベルに達するまでには多くの段階を経ていたし、たくさんの実践も重ねていた。この本は我々の細胞が知性を持ち、細胞同士がどれだけ協調して動いているかに着目していて、細胞の力を借りて身体から病気を取り去るための方法が書いてあった。つまり細胞レベルからの癒しだ。だから私はその日の午前中、瞑想用のクッションに座り、深く静かな状態に滑り込んだ。自分の思考を視覚化し、身体の訴えを聴くことを経て、私はもしまだ私の身体に悪いところが残っているなら、それを追い出してほしいと細胞に訴えかけた。

次に気づいたときには、トイレに駆け込んで、激しい勢いで嘔吐していた。嘔吐物は身体の奥から噴き出してきて、長い間止まらなかったので、身体の中に何も残らないいんじゃないかと思った。すっかり消耗して床に座り込み、また吐き気がこみあげてくるといけないので、ぼうっとしながら浴槽にもたれ、待っていた。するとさらに激しい嘔吐がやってきて、最後にはすべてが静まった。私はあまりに疲れきっていたので、浴槽につかまりながら立ち上がった。何度も吐き戻したせいで胃が痛い。何かがすっかり変わった気がする。瞑想していた部屋によろよろと戻り、やわらかいカーペットの上に横になると大きな毛布をかぶって横向きに身体を丸め、そのまま六時間ぶっ続けで眠った。

部屋が冷え込んできて、私は目覚めた。部屋には夕方の日の光が斜めに射していた。毛布の下でぬくぬくとして横たわったまま、射し込んでくる美しい夕日を眺め、私は生まれ変わったような気分だった。勇気を与えられ、導かれたおかげでついに癒されたことに感謝して祈り、一人で微笑んだ。今日の出来事で、身体はまだ弱っている。けれど動けるようになってきたので起き上がると、夜が来るのと共に、身体中をこの上ない幸福感が駆け抜けていった。断食の後なので、身体に優しい食事を用意しながら、私はあまりに幸せで、顔が痛くなるほど笑っていた。ついにすべてが過ぎ去ったのだ。

私の身体はすっかり治り、あれからもう何年も経つが、病気が再発した兆しはない。私は心身を癒すのにどのような方法を選ぶかはその人次第だと思っている。手術だろうが、自然療法だろうが、東洋の伝統的な治療法だろうが、西欧の薬物療法だろうがかまわない。私は自分に合うやり方を選んだだけだ。今回は病気を乗り越えるために今まで学んだことすべてを注ぎ込まなければならなかったが、とにかく私はやりとげたのだ。

けれど私は患者にはこのことを話さないほうがいいと思っていた。私は四〇年近く生きてきたなかで学んだ方法を用いて、何ヶ月もかけて癒したのだ。患者に誤った希望を持たせてはいけない。私が知り合う患者たちはみな、出会ったときには既に病気が末期で、死に近づいている人たちばかりだ。

この経験を通して、私は自分の人生に与えられた恵みにさらに感謝し、日々の生活の中で、いつも幸せになる道を選んでいくよう、この新しい習慣を頭に刻みつけた。幸せな気分になれない日もあるが、この習慣をはじめれば、より平穏な人生を送れるようになる。つらい時期を受け入れて過ごすことによって得られるものがあるし、それにどんなにつらくてもいつかは過ぎていくもので、その後には幸せが待っている。意識的にできるかぎり幸せと幸運につながる選択をすることで、私の中には間違いなくいい変化が起こった。

だからどうしていつも楽しそうにハミングしているのかとローズマリーに訊かれたが、それは自分で奇跡を起こしたばかりで、とても力強く、恵まれた気持ちになっていたからだった。

ローズマリーはその日、幸せになりたいけれど、どうしたらいいのかわからない、と言った。

「そう、まずは三〇分間だけ、幸せなふりをしたらどうでしょう。きっと楽しくて、本当に幸せになれるかも。微笑むという動作をすることで、実際に気持ちが変わるらしいですよ。だからしかめ面をしたり、文句を言ったり、何か否定的なことを言うのを三〇分でいいので、やめてください。そして代わりに、何か素敵なことを言い、必要なら庭の景色を眺めたりしてください。いつも微笑みを絶やさないようにしてね」と私は指示した。それから私が昔のローズマリーを知らないことを思い出させた。今なりたいと思う自分になればいいと思ってもらえるように。幸せになるには、意識して努力することが必要なときもある。

「そうね、私は今まで自分は幸せになる資格がないと思っていたのかもしれない。離婚で一族の名前と評判に傷をつけてしまった。それなのにどうしたら幸せになれるというの？」彼女の心からの問いに、私は胸が痛くなった。

「幸せになってもいいと思うことです。あなたは素敵な人だし、幸せになっていいんです。自分を許して、積極的に幸せになってください」今ローズマリーが感じているのと同じ抵抗を、私は過去に嫌というほど経験している。だから私は幸せな気分になりやすいよう、その場を明るくするユーモアをまじえながら、家族の意見や評判に左右されていたら、自分の幸せを奪われるだけだと伝えた。

ローズマリーは最初こそ少しためらっていたものの、幸せになっていいと思えるようになり、日ごとに警戒心を薄れさせた。やがて笑顔を頻繁に見せるようになり、最後にはときどき声をあげて笑うようになったのだ。昔のような気分に戻って、私に何かするよう偉そうに命令してきたときには、私はただ笑って、「それには反対です！」と言って、何もしない。すると彼女はさらに偉そうになるのではなく、笑ってから、優しい口調になって、それをやってくださいと頼み直すので、私は今度は喜んで素直に従う。

彼女の健康は日ごとに衰えていたが、ついに自分でもそれを認めるときが来た。帳簿の整理の仕方を説明すると言いつづけてはいたものの、私がその話にのってこなくても困惑したような顔をしなくなった。ローズマリーがベッドから出られる時間はさらに短くなっていった。シャワーまで連れていくことは、彼女の容態にも私の背中にも負担がかかりすぎるので、ベッドで身体を洗うことになったが、それにも文句を言わない。

私が用事を片付けるために他の部屋に行っている時間が長すぎると、彼女は一緒にいてほしいと私を呼び戻す。ローズマリーは介護用ベッドに寝るようになり、使わなくなった元のベッドは隣に置いてある。ベッドから出るとき、彼女はもう身を起こせなくなっていたので、介護用ベッドはどうしても必要だった。油圧式のこのベッドのおかげで、私も夜勤のヘルパーも腰を痛めずにローズマリーを起こせる。だから、やらなければならないことがないときには彼女のそばにいて、空のベッドに横になり、おしゃべりをした。ローズマリーは横向きに寝ていると一番居心地がいいので、こうしているのが彼女にとって一番楽だし、私も心地よかった。

そのうちに、二人そろって午後に昼寝をするようになった。この時間は辺りは静かだったし、彼女に何か介助が必要になっても、私はすぐそばにいられる。だから私は毛布の下でぬくぬくとし、安心して眠れた。目が覚めると、どんな夢を見たかを話し合い、横になったまま私が仕事で起きなければならない時間まで話していた。彼女にとっても私にとっても特別な、優しい時間だった。

ある日の午後、いつものように横になって話をしていると、ローズマリーが死とはどういう感じなのかと訊いた。これは実際に死ぬときのことだ。同じことを他の患者にも訊かれたことがある。これはたとえば妊婦が出産はどんな感じなのかと他の女性に訊くように、経験者に実際の様子を訊いてみたいのだと思う。あるいは旅行で外国に行く人が、その国に行ったことがある人に訊いてみるように。けれど死については、経験者がたいていもうこの世にいないので、訊くことができない。だからこれまで臨終の瞬間をたくさん見てきた私に、どんな感じだと思うかを訊こうとするのだろう。こういうとき、私はいつも微笑みながら逝ったステラの話をする。それからその瞬間は私の見た限りでは、いつもとても短いとも話す。ステラの話をすると、患者はみな穏やかな気持ちになってくれる。その時その場にいた私もそうだったように。

現代の社会では、死に直面している人や病気の人に関わる際には、こうした精神や感情の幸せを守るためのサポートが必要だ。死を控えている人たちは、落ち着いて死について考えられる環境にいないと、悩んでしまうことが多い。そうなるととても恐ろしいし、孤独を感じる。現代では、身体の病気の治療は行われているが、魂や精神の健康とのつながりについては、認識さえされておらず、大きなギャップがある。心身両面のケアを一緒に行い、その人の行く道をあらゆる面からサポートすることで、死を控えた人たちに最後の数週間や数日間を納得した上で迎えてもらうのだ。

これは我々の社会が死を人々の目から隠しているために起こる明らかな弊害の一つだ。死に直面すると、人は様々な疑問を持つ。自分もいつか死ぬのを認識していたら、こうなるずっと前に考えていたような疑問だ。ずっと早い時期にこういう疑問を持っていたら、深く掘り下げて考え、納得のいく答えを見つけられるだろう。それからの人生は、たいていの人のように刻々と死に近づいているという事実をただおそろしがって否認しながら生きなくて済む。

ローズマリーにもついに、自分はもう長くはないのだと認めざるを得ない時がやってきた。彼女はときどき、「考えたいことがたくさんあるから一人にしてほしい」と言うようになった。

ある日の夕方、私が早めに寝室に戻ると、彼女が突然こう言った。「私、もっと幸せに過ごせばよかった。なんてみじめな人生だったのかしら。幸せになる資格なんて、私にはないと思っていたのよ。けれどそんなことはない。それがわかったの。今朝、あなたと一緒に笑っていたら、幸せを感じても罪悪感を持つ必要なんてなかったんだってわかったの」私はベッドの彼女の脇に座り、続きを聞いた。

「本当に、自分で選んでそうしているのね。自分にはその資格がないと思い込んだり、他人の意見に引きずられて幸せにならずにいるのなら、それをやめればいいのよ。そんなの本当の自分じゃないでしょう？　みなこういう自分になろうと思うだけでいいのよ。ああ、どうしてもっと早くに気づかなかったのかしら？　なんて無駄なことをしたんでしょう！」

私は愛情をこめて微笑みかけた。「そう、私も同じ思いをしたんですよ、ローズマリー。けれど自分に優しくなり、自分の気持ちを大切にする方が健全でしょう。どちらにしても、あなたは最近、自分も少しは幸せを感じてもいいと思うようになったから、それに気づけたんです。私たちは楽しい時間を過ごしましたよね」ローズマリーはこれまでに一緒に笑ったいろいろなことを思い出して笑いながら同意し、幸せな気分を取り戻した。

「最近は本当の自分が好きになってきたわ、ブロニー。こういう明るい私が」私はにこにこしながら、そういうあなたは私も好きだと言った。「ああ、私、以前《まえ》は横暴だった？」彼女は私とはじめて会った頃を思い返して、くすくす笑っていた。

二人で笑ってばかりいたわけではない。彼女を待つ運命を思い、悲しくなると同時に今がとても大切に思えて、手を取り合って泣いたこともある。けれどそれでも、ローズマリーは最後の数ヶ月の間に幸せを感じてくれた。彼女の笑顔はとても美しかった。今でも鮮やかに思い出せる。

最期の日の午後、彼女は肺炎に冒され、痰で喉がつまっていた。親類数人と優しい友人二人が彼女に会いにきた。ローズマリーの最期は今まで見た中で一番穏やかだったとは言えないけれど、信じられないほどあっという間だった。ローズマリーは別の世界へ旅立ったのだ。

この日の午後には元々、看護師の往診の予定が入っていて、彼女が亡くなった数分後にやってきた。親類や友人がキッチンで話している間、看護師と私が彼女の身体を清め、きれいな寝間着を着せた。このときの看護師は生前のローズマリーに会ったことがなかったので、遺体の世話をしている間、彼女はどんな方だったのかと私に訊いた。

私は今や永遠の眠りについた素敵な友人の身体とその穏やかな顔を見つめ、微笑んだ。午後、隣り合ったベッドで過ごした記憶がどっと蘇ってくる。笑っている姿や、横暴なことを言っている様子が次々と浮かんでは消えていった。

「幸せな人だったわ」私は心から言った。「そう、幸せな女性だったのよ」

いまこの瞬間の幸せ

キャスは私が担当した患者の中で一番の哲学者だ。キャスはどんなことにも自分の意見を持っていた。それはやみくもな私見ではなく、ちゃんと知識に基づいた意見だった。知識と哲学を愛する彼女は五一年の人生で、膨大な量の知識を吸収していた。そしてキャスは今も自分が生まれた家に住んでいる。「私の母はここで生まれ、ここで亡くなったの。私も同じになるわね」彼女は宣言するように言った。

キャスは入浴も好きで、最初の二ヶ月間のうちに交わした中でも特に充実した会話は、だいたい彼女が浴槽につかり、私がその横の椅子に座っているときのものだ。私自身、お湯にゆっくりつかるのが好きなので、キャスにはできるかぎり浴槽に入ってもらおうと思っていた。けれどしばらくすると、彼女は弱ってきて、介助しても浴槽に出入りする力がなくなってしまった。転倒する危険もとても大きかった。

浴槽につかるのはこれが最後だとわかっていた日、キャスはお湯につかったまま泣き出し、周りのお湯に涙が落ちた。「すべてのものが終わっていく。今はお風呂が終わりなのね」彼女は泣いた。「次は歩けなくなる。それから立てなくなって、最後は私、私自身が終わるのよ。すべてが終わるの。私の命は今終わろうとしているのよ」やがて彼女は手放しで激しくしゃくりあげはじめた。私は彼女にとても同情していたし、自分も涙が出そうになっていたので、目の前でこれほど正直に感情を解放している彼女を見たら、少し気持ちが楽になった。

キャスは心の底から泣き、たくさんの涙を流した。もう涙も枯れ果てただろうと思うほど泣いた後、彼女は黙って浴槽の中に座っていた。激しく泣きじゃくったために疲れきった様子で、お湯の表面に浮かぶ模様を眺めている。それからまた泣き出した。泣きじゃくる度に、もっと深いところから、もっと古い悲しみがこみ上げてくるようだった。彼女は今までの悲しい記憶を一つ一つ思い出して泣いていた。今までに亡くした人たち、自分が逝くことでもう会えなくなる人たちのことを。けれど何よりも、キャスは自分のために泣いていた。

私は彼女を一人にしておくために何度か部屋を出ようとしたが、彼女は必ず首を振って、ここにいてほしいと言う。だから私はスツールに座り、黙って彼女のことを思いながら、泣いている彼女のそばにいた。胸が痛くなるような姿だが、こうして泣いているのは健全でもある。彼女は全身全霊で、この世を去る準備をしているのだから。

三〇分ほどそうしていて、お湯が冷めてきたので、私は少しお湯を足そうかと言った。キャスは首を振る。「いいえ、大丈夫。もう出なくちゃ」そう言うと、浴槽の栓を抜いて立ち上がり、浴槽から出るための介助を求めて私を見た。そのすぐ後、彼女を車椅子に乗せ、淡いブルーのドレッシングガウンと真っ赤なスリッパというかっこうで、太陽の下に連れ出した。彼女は穏やかな表情をしていた。

「鳥の声が聞こえるわよ」彼女は微笑んだ。私たちは黙って座りながら、鳥のさえずりに耳を傾け、同じ木のもっと上の方にとまっている相手が応えるさえずりをしたときにはさらに微笑んだ。「今は一日一日を贈り物のように大切に感じるのよ。いつだって毎日は大切だったんだけど、こうして弱ってからは、毎日の暮らしの中にどれだけたくさんのすばらしいことがあるかがわかるようになったのよ。人はみなたくさんのことを当たり前だと思いすぎている。ほら、聴いて」近くの木々から今度は違うさえずりが聞こえてきた。

キャスは感謝することにどれだけ大きな力があるか気づいたと語った。人はつねにさらに多くを得ようとしがちだが、夢見ることや成長することにつながるから、ある程度は問題ないのだという。けれど人は望む物をすべて手に入れられるわけではないし、欲望は限りないから、すでに手にしているものの価値を認めるのが大切だ。人生はあっという間に過ぎていく、その人の人生が二〇年でも、四〇年でも、八〇年でも、とキャスは言った。彼女の言う通りだ。一日一日はその人に与えられたとても大切な時間だ。どちらにしても我々は、今のこの瞬間を生きていくしかない。

私は二〇年前から感謝日記をつけている。一日の終わりにその日に感謝したことをいくつか書き留めておくのだ。書くことがたくさんある日も多い。けれどどん底のときなどに、一つも思いつかなくて悩むこともある。私は幸運だったことを思い出そうとするのでさえ苦痛になるほど疲れきっていたのだ。けれど私はそれでもずっと感謝日記をやめなかった。考えつづけるうちに、ありがたいと思ったことを思い出す。きれいな水や寝る場所がみつかったこと、お腹に食べ物がおさまっていること、見知らぬ人が微笑んでくれたこと、小鳥のさえずりを聞いたこと。

キャスにこの話をしているうちに、その日に感謝したことを一日の終わりに書き留めるには、その出来事が起こったときにいつも感謝できなければならず、それには多少訓練が必要なことに私は気づいた。込み入った出来事の場合は特に。少なくとも、何かいいことがあったそのときに、心の中で感謝の祈りをつぶやくことを習慣にしなくてはならない。

自然に対してはいつもその場で感謝をするべきだ。私はその例として、そよ風がふわりと頬をなでたとき、元気で外にいられるから、こうして風を感じられるのだと感謝すると話した。けれど私はもっといろいろなことに感謝したかった。日記に書くことで、前よりいろいろなことに感謝できるようになったけれど、最終的には今この瞬間を生きられるようになったから、生きているこの状況そのものに感謝できるようになったのだ。一時間に一つは、何か感謝できることがあるはずだと私は思い、それを探すことを習慣にしていた。

「生きていることに感謝しているのなら、たくさんの恵みがあるでしょう？」とキャスが訊いた。

「それを認めるようにすればね、キャス。自分の価値を忘れず、流れをさえぎらなければ。私は今までにとても大きな幸運に恵まれてきました。それにはまず、これまで歩いてきた道からはずれなければならないときもあった。みな同じだけれど、私も感謝し、幸運がやってくる流れを邪魔しないようにしていると、いいことがあることが多かったわ」

キャスは私の説を聞いて笑ってから、同意した。「そうね、幸運は私たちの方に流れてきたがっているのね。けれど感謝をし、いつもその流れをさまたげないようにしていなければ、せっかくの運を遠ざけてしまう。自分がどれだけの幸運を持っているのか気づいていない人の方が多いと思うわ。私もずっとそうだった。けれど私はありがたいことに、病気になる前にそれに気づきはじめたから、そのときから少しはいい状態で生きてこられたのよ」

太陽の下で心地よい時間を過ごした後は、キャスの昼食と休憩の時間だ。昼食はアイスクリームとよく火を通した果物だった。キャスはもうこれしか食べられない。他の食べ物は嚙むのに力がいるので難しいし、味がしないのだという。食事の後、私は彼女の足をベッドに上げる介助をし、居心地のいい姿勢に寝かせてから、部屋のカーテンを閉めた。彼女は最近、鎮静剤の量が増えたせいで、楽にはなったが、疲れやすい。だからキャスはすぐに深い眠りに落ちた。

その日の夕方、キャスの同性の元恋人が顔を見せにきた。二人の間にわだかまりはない。二人は別れてから一〇年以上経った今もいい友達だ。互いに優しく思いやりのある関係になっている。他にも、キャスの兄夫婦とその子どもが毎日やってくるし、友人や同僚たちもできるかぎり会いにきてくれる。キャスはみなにとても愛されている。

お客さんたちから聞いたいろいろな話からわかるのは、キャスは以前、とても仕事に追われていた時期もあったが、いつもはみなに前向きなエネルギーを与えているということだ。死を迎えようとしている人はみなそうだが、今の彼女はやって来た人の近況を聞くのを喜び、家の外の世界で起きていることを知りたがる。彼らはもう自分が接することのない外の世界のニュースを隅々まで楽しみたいのだろう。友人や親類たちが話していいのかどうか悩むこともよくあるが、外の人々の生活を聞くことで間接的に参加できるので、よい影響がある。

彼女はできる限りたくさんのいいニュースを聞きたがった。けれどこれはお見舞いに来た人には難しかった。そもそもここに来たのは大切なキャスの死が迫ってきていることに心を痛めている人たちばかりなのだから。私はキャスとはすっかり打ち解けていたので、何でも率直に話し合えた。だからキャスの友人スーに頼まれて、ある日、お見舞いに来る人たちの気持ちを話題にした。

スーは本当はやってくる度にキャスの前で目が腫れるまで泣きじゃくりたいと思っていたけれど、必死で元気な顔をしていた。毎回、家に入ってくる前に、車の中で気を強くもって、明るく振る舞えるよう、自分を奮い立たせてくるのだと私に話してくれた。そしてキャスに会った後も、また車の座席に座って、胸が破れるほど泣くそうだ。キャスは後にこう言った。「それはわかっていた気がする。でも自分が悲しいのに、スーの悲しみにまで対処できるのかわからなかったのよ。彼女の分まで抱え込む余裕がなくて」

「抱え込まなくてもいいと思うわ」私は言った。「ただ、スーが自分の気持ちを話しはじめたら、話題を変えたりしないで、正直に話してもらえばいいのよ。彼女にそれを語らせ、あなたは止めない、それだけよ。あなたが抱え込む必要はない。スーはそんなことは求めてないわ。彼女はただ、あなたをどれだけ大切に思っているかを伝えたいんだけど、それを言えば泣いてしまうし、あなたにうながされなければ言えないのよ」

私がこんなことを言い出した理由を察したキャスは、みなにそんなに悲しい思いをさせてしまったのは自分の配慮が足りなかったからだと言った。彼女は恥ずかしがっているようだった。「ああ、キャス、今みたいな状況で、プライドはそんなに大事？」私は優しい口調ながら、率直に訊いた。彼女は返事の代わりに笑った。「もうすべてを素直に話して、あなたへの想いを語るチャンスをみなにあげなさいよ」

キャスはにっこりした後、しばらく黙っていたが、やがて言った。「少し前、病気が重いとわかった時、自分の感情を否定せずに受け入れられるようになったの。いろいろな気持ちがこみあげてきても、抑えないことにしたのよ。だからあの日、お風呂に入っている時、あなたの前で手放しで泣けたのよ。私はそのときの気持ちをそのまま受け入れられるようになった。自分の気持ちを否定して、心から追い出そうとしないで。感情はけっきょく脳や思考の副産物に過ぎないの。いいことに気持ちを集中することで気分を変えられるのは知っているわ。でも私の気持ちは、そのときの私の一部だわ。だからそのまま抱え込むんじゃなくて、解放するのが一番なの。でも、今わかったけど私、他の人が正直な気持ちを伝えようとしてくれても大事にするどころか気づかないふりをして、拒絶していたのね」キャスは首を振り、ため息をついた。「もう、勇気を出して、みなに涙を流してもらうべきね」

私はうなずき、みな一度話せば、もう少し明るくなれるかもしれないと言った。けれど今は友人や親族たちの中にこみあげている気持ちを受け入れてあげるべきだと。彼らにとってキャスは大切な人だから、その気持ちを彼女に伝えたいのだ。涙なしには伝えられないかもしれないけれど。

その後すぐ、キャスがお見舞いにきた人と涙を流しながら話しているのを何度も見た。いつもそこには互いを思う気持ちが満ちていた。みな胸を痛めながらも、心を開いて語り、互いを思う気持ちを伝えあったおかげで癒されてもいた。

ある日、特に多くの涙を流した後、最後の友人が帰っていった。彼女とキャスは互いの姿が見えなくなるまで、冗談を言って、笑いながら、喜びと悲しみの涙を同時に流していた。彼女が帰った後、キャスは私を親しみのこもった目で見た。「そうね、感情を解放して、受け入れることが大切ね。友人たちにとってもそれは健全なことなのね」とキャスは言う。「その方がみないい思い出を持てるのね。必要のない苦しみを抱えることで、その思い出を損なわないですむわ」

私は彼女の分析をうなずきながら興味深く聞いた。つらかった時期を越えて、私はようやく自分自身と自分の感情を分けて考えられるようになった。感情はたんに苦しみや喜びを表しているものにすぎず、自分自身ではないのだと悟ったのだ。人はみなそうであるように、私にも魂が学んだ知恵がある。けれど本当の自分と自分の中にあるすばらしい知恵を知るためには、まず感情を外に出さなければならなかった。そうしないと、いつも自分の可能性をつぶすことになってしまう。だからキャスが同じ結論にたどり着いたと自分の言葉で語るのを聞いてうれしかった。

キャスはもともとても華奢な体格だったから、体重が減りはじめるとあっという間に病人らしく見えるようになった。「私の時間は終わろうとしているのね。サインを見逃すことはできない。間違いないわ」彼女はある朝、室内便器に座っているときにそう言った。患者たちは室内便器で朝の日課をすませながら、近くに座る私にいろいろと語りかける。みな、今行っている行為にはまったく触れない。毎日の日課の一つに過ぎないし、せっかくの会話に、そんなことを登場させる意味はない。私はベッドに戻るキャスを介助しながら、彼女の時間が終わろうとしているというサインが出ていることに同意した。それは本当だったから。

ベッドに落ち着くとキャスは、「私、いままでの人生を後悔していないわ。自分の行動を通じて学んできたから。けれどももしもう一度チャンスをもらって、違うようにできるなら、もっと幸せになってもいいと考えるようにするわ」私は彼女がこう言うのを聞いて、ちょっと不思議に思った。これまで他の患者が同じことを言うのは、もちろん何度も聞いたことがあったが、キャスは幸せに生きてきたように見えるからだ。もちろん、不治の病にかかり、そのせいで身体的にとてもつらい思いをしている人にしては、だが。だから私はなぜかと訊いた。

キャスは、自分は仕事が好きだったと前置きしてから、結果にばかり重点を置きすぎていたと語った。キャスは問題を抱える若者たちのための仕事をしていて、人生を充実させるのには社会貢献が不可欠だと考えていた。「人は誰でも、自分の能力をみなのために使うべきよ。どんな仕事でも関係ない。大事なのは積極的に社会に貢献することと、よりよい世界を作ろうという意志よ」とキャスは補足した。「物事をよくしていく唯一の方法は、みなが互いにつながっていると認識すること。人は一人では何もできない。互いに競い合い、不安をあおるのではなくて、みなのために力を合わせることさえできればいいのよ」

彼女は今やほとんどの時間をベッドの上で過ごし、消耗しきっているのに、言いたいことはたくさんあった。彼女の中に最後まで残るのは哲学者の部分なのではないかと私は思っていた（それは私にとってはありがたかったが）。私は彼女の腕と手にクリームを塗りこみながら、聞いていた。「私たちはみな積極的に貢献するべきよ。私は自分にできることをした。けれど自分の人生の意義を見つけようとしていた頃は、楽しい思いをするのを忘れていた。脇目も振らずに探していたから。やがて好きな仕事を見つけ、心から貢献したいと思いながら仕事をしていたときも、まだ私は結果しか見ていなかった」

〝目標に向かって仕事をし、そこに至るまでの時間を犠牲にしていた〟他の患者からも聞いたことがあるフレーズだった。キャスはどうしても伝えたかったのだ。彼女の幸せは、最後の結果で決まり、その結果を出すまでの過程を楽しんではいなかった、と。誰でもそうなるときはある、私自身にもそういうときはあった、と私は言った。

キャスは続けた。「でもこうしているうちに、私は幸せになれる可能性を自分で逃していたのよ。さっき、もし違うようにできるのなら、と言ったのはそういうこと。どんな立場の人にとっても、人生の意義を見つけるために働き、社会に貢献するのは、もちろん大事よ。けれど本人の幸せが最後の結果の善し悪しにかかっているのなら、それは間違っている。目標を叶えるまでの毎日をありがたいと思うことが、今この瞬間の幸せを認識し、楽しむために大切ね。結果が出たときや引退してからじゃなく、その出来事が起こっているそのときにね」キャスはため息をついた。熱っぽく語ったので疲れていたが、どうしても誰かに伝えたかったようだった。これはよくあることだ。

彼女の考えを聞き、私の意見を述べた後、私は彼女の毛布を直し、お茶を淹れるためにキッチンに向かった。庭から摘んできたレモングラスを切りながら、キャスの言葉について考えた。まったく同じことを言っていた他の終末期の患者のことも思い出す。小鳥がさえずり、ティーポットの中のレモングラスからさわやかな香りがキッチンにひろがっている今、この瞬間を感じ、感謝することはとても容易だ。

場を和ませようとキャスは話題を変えて、私にどこに住んでいるのかと訊いた。私は少し笑いながら、友達はみな電話をかけてきて最初にそう訊くんですよと説明した。「今はどこに住んでるの？」というのは、あまりに耳慣れた言葉だった。私はキャスにこれまでの放浪生活と、その後の留守宅管理の時期と、最近、移動生活を続けるエネルギーがなくなってきたことを話した。留守宅管理の仕事はメルボルンではシドニーほどコンスタントに入らない。次にどこに住むことになるのかもわからない生活にだんだんと疲れてきたし、移動そのものもおっくうになっていた。以前は楽しみながらくらくとこなしていたことが、今や私を疲れさせている。

留守宅管理の仕事の合間は、何人かの友人の家に滞在させてもらっていたが、最近は知り合いの女性が所有する家の空き部屋を借りていた。彼女の好意には感謝していたし、数週間ごとに引っ越しをしなくてすむのはありがたかったが、やはりその家は彼女の家だったから、あまりくつろげなかったし、長期間住むには理想的とは言いがたかった。

けっきょくこの状況は、また自分の家がほしいと思う気持ちを強めることになった。もう一〇年近く、私は移動生活をしていた。この欲求は日に日に強まっていた。キャスは五一年間ずっとこの家に住んできたから、そんな生活は信じられないと言った。私はキャスの生活の方が信じられないと返した。私はまた自分の住みかがほしいとは思っていたけれど、いつも心のどこかに放浪したい気持ちがある。けれど今は、移動したくなるたびに居所を移すのではなく、どこかに本拠地をかまえて、そこからあちこち旅をしたいと考えていた。

放浪時代も私の一部であり、大人になってからの人生のかなりの部分を占める。けれど私は変わりはじめていて、もう以前のような放浪生活を続けていく情熱も気力もなかった。私が望んでいたのは、ただ、キッチンと、プライバシーが守れる自分だけの部屋、それだけだった。

その変化は絶対に受け入れなくちゃ、とキャスは笑い、そんなに頻繁に人生に変化を起こしていたら、変化の平均回数を上げてしまうわね、と言った。彼女のように半世紀も同じ家に住んでいる人たちにとっては、私のような者と話すのは、考え方を合わせなければならなかったと思うが、私たちは一緒にくすくす笑った。私たちは正反対な人生を送っているけれど、互いに強い絆を感じていた。哲学を愛する気持ちは同じだったからだ。

キャスは私が緩和ケアの仕事をするようになった経緯を知りたがったので、長年金融業界で働いていたと話すと、驚いていた。「そうなの、全然想像できないわ」

「私もよ、ありがたいことにね」と私は笑った。あの頃のことはいまとなっては本当に信じられない。何よりも一度の人生の間にどれだけの出来事が詰め込まれていることか。それにあの業界にあんなに長い間いて、自分がなじんでいたことが想像もできなくなっている。「ストッキングとハイヒールと会社の制服にはけっきょくなじめなかった。決まりきった生活にもね」

「それは驚かないわ。その後あなたが選んだ人生を考えればね」彼女は笑った。それから彼女はまじめな顔になって、私にこの仕事をどのくらい続けるつもりか、他に何かやりたい仕事はあるのかと訊いた。ここまで訊かれたらもう後戻りはできない。私はすべてを話した。これまでに正直でいることの大切さを学んでいたし、こういう話をこんなにも率直に話し合えることをすばらしいと思った。最近、仕事についていろいろ考えていたのだけれど、キャスに話したおかげで心の中が少し整理された。

この一年ほどの間に、私は刑務所で曲作りを教えるというアイデアを思いついていた。刑務所のことは何も知らないけれど、とにかくふいに思いついたのだ。そしてこの日までにそのアイデアはゆっくりと育ってきていた。最近は私の保護者役をしてくれているすばらしい女性に連絡を取っていて、彼女の尽力のおかげで、資金援助を得られるかもしれない状況になっていた。

「そうよ、生の世界に戻るのよ、ブロニー。あなたの仕事はすばらしいし、今はあなたの人生の意義になっているのよね。けれどこの仕事をしていると、ときどき消耗しきってしまうはずだわ」キャスは強く言った。私は彼女にこの仕事をはじめてから八年になり、何かが変わってきている感じがすることを話し、このまま続けたらもう少しで本当に限界がきてしまうことを認めた。燃え尽きかけているのだと。

人生の黄昏にいる人々が心の平安を取り戻したり、成長したりする姿を見守れるのは信じられないほど光栄だ。この仕事のおかげで私は満足や充実感という形でたくさんのご褒美をもらってきた。たしかに私はずっとこの仕事を愛している。けれどもう少し希望のあるところで、死に直面するよりももっと前に大きく人生を変えたり、成長したりできるチャンスのある人たちの近くで仕事をしたいとも思っていた。創作活動そのものを仕事にしたいという気持ちも募ってきていたし、また自分の住まいを見つけたら、もっと家にいられそうな仕事の方がいいとも思っていた。

キャスにこういうすべてのことを自分が説明しているのを聞いて、この計画をさらに現実的に感じ、やる気が出た。気づかぬうちに、刑務所での曲作り講座のアイデアは私の頭の中でどんどん大きくなっていった。介護の仕事はもう終わりだ。これを実現させるためなら、できることはなんでもする、そう思うようになっていた。

キャスは亡くなる少し前に、二日間ほど元気を取り戻した日があった。こういう状態は今までの患者にもあったので、私はよく来てくれる人たちに電話をし、もうすぐ彼女は最期に向けて衰弱していってしまうから、短い時間でもいいので会いにきてくれないかと頼んだ。お見舞いにきてくれた後、彼女はよくなっていて、元気そうに見えるじゃないかと言った人もいた。長い間、病気だった人にはときどきこういうことがある。まるで恵みのような時間だ。こういう時間は、その人が病気にかかる前の、元気な姿を少し思い出させてくれる。この二日の間、キャスの意識ははっきりしていて、家族や友人を相手に才気に富んだ冗談を飛ばして楽しんだので、彼女の部屋からはずっと笑い声が響いていた。

けれどその翌日、出勤してみると、彼女はもうほとんど返事もできなくなり、死が迫っていた。キャスはすっかり弱ってぐったりとし、三日ほどその状態が続いた。ほとんどずっと眠っていたが、目が覚めているときには、ベッドパッドを替えたり、身体を洗ったりしている私に微笑みかけてくれた。室内便器で用を足すのも過去のぜいたくになってしまった。

友人たちはまたやってきて、みな厳粛な顔になって帰っていった。自分たちは今、大切なキャスに最後の挨拶をしたのだとわかったからだ。そして三日目の終わり、キャスはどう見てももう夜を越せそうになかった。だから私はシフトが終わった後も帰宅せず、キャスの兄と義姉と共に彼女のそばにいた。夜勤のヘルパーは遺体を見たことがなかったので、私がいるのを見てかなりほっとしていた。ずいぶん前に私も同じ立場だったことを思い返し、あれからどれだけ時間が経ったのかを思った。あの頃の私は将来自分がどれだけすばらしい人たちと親しくふれあうのかも、予想できないほどたくさんのすばらしい教訓を得られるかも全然知らなかった。

キャスはもう錠剤を飲めなかったので、静脈に鎮痛剤を注射していて、そのおかげで最後の数日を穏やかに過ごせていた。夜になって緩和ケアの看護師がやって来て、さらに少し注射した。もう注射をされても目覚めないし、話をすることはない。看護師はキャスの兄と私に向かって言った。「これが最後になると思います。朝までもたないでしょう」私たちは看護師に静かにお礼を言い、私が玄関まで送った。門のところで別れの挨拶をすると、看護師は「もうあと一時間ももたないわ」と言った。この仕事には大きな幸せと悲しみがつきまとう。誰かに別れを言い、見送る悲しさが。そして彼らの苦しみが終わるという喜びと、愛情を分かち合ったという喜びも。喜びと苦しみの入り交じった涙が私の頬をゆっくりと伝った。

キャスは一時間も待ってくれなかった。私が部屋へ戻るまでの間に逝ったのだ。最期はただ呼吸が遅くなり、やがて止まったのだという。私は美しい魂が旅立った後の彼女が横たわっているのを見て、泣きながら微笑み、頭の中ではまだ彼女の声が聞こえる気がした。「ずっと死にかけている人の周りにいてはだめよ。喜びを取り戻さなければ」彼女は前日の夜、苦しい息の下でそう言ってくれた。

　涙がどっとあふれてきたが、私はそのまま彼女のベッドの脇に立った。「良い旅を、キャス」私は心からそう伝えたかった。キャスの兄と義姉がベッドをまわってやってきて、二人とも泣きながら、私を優しく抱きしめてくれた。その後の形式的な処理は家族が対応するとのことだった。だから私は最後にもう一度横たわっているキャスを振り返った。私が何度も洗い、マッサージしたキャスの身体を。彼女はもうそこにいない。魂は旅立った。けれど彼女は今も私の心の中にいて、私が別れの挨拶をしている間も、優しく微笑んでいた。夜勤のヘルパーもおやすみなさいと言って、通りを歩いて去っていった。そして私はキャスの家を出て、門を後ろ手に閉めた。郊外の通りは静まりかえり、街灯がまぶしく輝いていた。

　誰かの死を経験した後は、いつも周りの世界を非現実的に感じる。私は感覚が研ぎすまされ、まるで世界を別の場所から眺めているように感じていた。路面電車のステップを上りながら、周りに人がいるのをほとんど意識していなかった。外の世界は動きつづけていたが、私は座ってキャスのことを、二人で過ごしたすばらしい時間のことを考えていた。

　路面電車が赤信号で止まった時、笑いながらレストランに入っていく人たちの姿が目に留まった。おだやかな夜で、行き交う人たちはみな楽しそうだった。幸せな人たちの姿を見て、疲れきっていた私の目に笑みが浮かんだ。すると今までぼんやりしていて聞こえなかった、車内の音が耳に入ってきた。聞こえてくるのは楽しそうな会話ばかりだ。辺りに幸せがあふれているような夜だった。この夜、私は間違いなく悲しかったけれど、キャスと知り合えたことは幸せだった。

　周りの人々の笑い声が私の心を躍らせ、幸せな気分にしてくれた。路面電車が再び動き出したとき、私は窓の外を眺め、見渡すかぎり、元気な人ばかりだと思った。感謝の思いに心が温かくなり、私はにっこりせずにはいられなかった。

私は過去のことも未来のことも考えていなかった。幸せとは今感じるものだ。そしてこのとき、私は幸せだった。

とらえ方の問題

私が担当した最後の患者の一人レニーは療養施設にいた男性で、すばらしい人だった。彼のことはずっと忘れない。それでも私はやはり施設での仕事はあまり気が進まなかった。いつも施設のドアをくぐると気分が落ち込み、入居者が置かれている状況に胸が痛くなる。だから自宅介護の依頼がないときにしか、施設での介護は引き受けなかった。レニーの介護は引き受けてよかったけれど。

はじめて会った時、レニーにはもうかなり死期が迫っていた。私を雇ったのは彼の娘さんで、療養施設の職員たちがとても忙しく、彼女が望むようなケアをしていないのを知って、補助のヘルパーを依頼したのだ。レニーはほぼずっと眠って過ごし、一日に一杯の紅茶を飲むだけで、食べ物はまったく受け付けない。目覚めているとき、彼はベッドの自分の隣を叩いて、私に近くに座るよううながす。もう大きな声でしゃべる力がないからだ。「いい人生だったよ」彼はよくそう言った。「そう、いい人生だった」

これは間違いなく捉え方の問題だ。レニーは、幸せになれるかどうかは、その人が置かれた環境よりも、積極的に幸せになろうとしているかどうかにかかっていることの生きた見本だった。彼の人生は平穏だったとは言いがたい。レニーは一四歳になる前に両親を亡くし、その後数年のうちにきょうだいもみな亡くなるか、どこかへ行って連絡が取れなくなった。二二歳のときに後の愛妻であるリタに出会い、彼の言葉を借りれば、嵐のように結婚したという。

結婚後、四人の子どもにめぐまれた。そして長男はベトナム戦争で戦死した。レニーはこのことにはいまだに納得ができないという。レニーは戦争は狂気の沙汰だから絶対に反対だと主張する。彼は戦争が永続的な平和をもたらすなどと思う人間がどうしているのだろうと言う。この意見と、現在の世界情勢を憂う気持ちには私も賛成だ。私はすぐに、この素敵な男性の知性と哲学を尊敬するようになった。

ときどき職員がやってきて食事を勧めるが、レニーはいつもにっこり笑い、横になったまま首を振って断る。その後はホールから聞こえる忙しそうな物音がしばらく聞こえなくなる。近くの騒音は全く気にならないから、まるで違う次元にいるような感じになる。

レニーの長女はカナダ人の男性と結婚し、カナダに行った。そして六ヶ月後、吹雪の中を運転中にハンドルを取られ、亡くなった。彼は長女のことを「きらきら光る星だった。いつも星のように輝いていたけれど、今は永遠に輝く本物の星になっている」と語る。

この仕事をする上で、私は涙をこらえようとするのはとっくにやめていた。仕事に慣れていくうちに、何も考えず、自然に感情を出せるようになった。世間では体裁を取り繕おうとみな非常に努力しているけれど、その代償はあまりに大きい。

私が自然に感情を表わすことが患者の家族の役に立つこともあった。私が先に泣くのを見て、彼らも泣いていいと思えるからだ。大人になってからずっと泣いてはいけないと思ってきた人たちもいる。私はしだいに正直さの代弁者のようになっていった。だからレニーの身の上話を聞きながら、私は時々涙を流した。レニーの優しさや、語り口に涙を誘われたのだと思う。

レニーの次男アリステアは社会に出るには繊細すぎて、次第に精神を病んでいった。当時はまだ精神病の患者を支援する制度がなく、家族だけでは面倒を見られなくなった場合、精神病院に入院させるしかなかった。レニーとリタはアリステアを愛情をこめて世話ができる自宅に置いておきたかったが、医師たちはそれを許さなかった。アリステアはその後の人生を鎮静剤で意識を混濁させせられたまま過ごし、笑顔を見せることは二度となかったという。

次女は現在ドバイに住んでいて、彼女の夫は現地の建設工事に携わっている。彼女とは、私の勤務中にホームに電話をかけてきたときに話した。話してみるととても感じのよい女性だったが、遠くにいるので父に会いに来ることができない。

アリステアが精神科の施設で亡くなった数年後、愛妻リタが四〇代後半で亡くなった。リタは病気がわかってからわずか数週間で亡くなったという。それなのにこの優しい男性は、自分は良い人生を送ってきたと語るのだ。私は泣きながら、どうしてそう思うのかと訊いた。彼は「私は愛を知っていたし、その愛は長い人生の間、一日たりとも減りはしなかった」と答えてくれた。

私はシフトが終わっても帰りたくなかった。けれどレニーも休まなければならない。毎日、ホームにやってくるとき、まだ彼がいてくれますようにと祈っていた。でもこれは少し難しい問題だった。レニーはリタや先立っていった子どもたちに会うために早く逝きたいと思っている。だから早く旅立てたほうが彼のためなのかもしれない。けれど私は彼との絆を感じていたし、一緒にいると私自身が成長できるから、少しでも長くそばにいたかった。

自分はよく働いた、働きすぎたと彼は語る。最初は仕事に没頭すれば悲しみを麻痺させられたという。それ以外に愛する人を失ったつらさに対処する方法を知らなかった。彼は後に、ドバイに住む娘ローズに勧められて、カウンセリングを受け、悲しみをそのまま口に出すことを学んだという。つらい気持ちを語ることで彼は非常に癒されたし、自分の人生を自由に語れるようになった。私は、それは私にとってありがたかったと言った。

彼は私にこれまでの人生について話してほしいと言い、私が話すと、若い女性が持ち物を全部売って、車一台にすべてを乗せて、先に何が待っているかまったくわからないまま新しい人生へと出発するなんて面白い話だ、しかもその女性はそれを何度も繰り返しているなんてと言ってくれた。

私は最初に真剣につきあった男性のせいでこういう人生がはじまったのだと説明した。あの頃の私については、まだわからないところもある（わかる日は来ないかもしれない）。当時、抑圧されていたから、未知の生活に強く惹かれるようになった。そしてその後、その男性とついに別れたとき、今までにない自由な気持ちを味わった。とても若いときに彼に出会ったので、大人がどれだけ自由なのかをそれまで知らなかったのだ。そして彼と別れた二三歳のとき、私はどこの二三歳もしていることをはじめた。人生を楽しみはじめたのだ。

数ヶ月後、車で六時間かけて友人の結婚式に出席したとき、私は自分の新たな一面を発見した。まるで家に帰ってきたような気分だった。私のある部分はいつも旅を求めている。私にとって長距離のドライブはこの世で一番自然なことだった。それ以来、自由は私が前に進むためのもっとも大きな力になった。何かを選択するときは、自由が制限されないかどうかを考えて、それによって人生を決めてきた。もちろん普通の生活をしていても自由は得られる。何よりもそのときの心のあり方の問題だからだ。どんな町や住宅地で暮らしていても、本当の自分でいられるのが一番の自由だ。

レニーは、配偶者や交際相手との間で互いを所有しあっていると考えている人が多いと言う。

たしかにどんな関係にも、特に子どもがいるなら、妥協や責任を伴うが、自分を失わずにいられるかどうかは本人にかかっている。彼は本当に面白そうに私の人生についていろいろと訊き、私が違う仕事をはじめようかと思っていると話すと、それにも耳を傾けてくれた。彼は言った。「そうだね。いつも死に関わっていなくても、君にはもっといい人生が待っているよ。生きている人たちの世界に戻るんだ」彼はとても優しい人だ。私は彼の祝福に微笑んだ。

この療養施設を運営しているのはキリスト教の組織だった。レニーはリタが亡くなって以来、教会に行っていない。信仰を失ったわけではなく、教会に行っても信徒席の隣で歌う妻の美しい声を聞けないことがつらすぎるからだ。レニーは施設がキリスト教系でも、他の宗教の施設でも、無宗教の施設でも気にしなかったという。彼はどんな状況にでもうまく適応する。どちらにしても、もうすぐリタのところに行く。彼にとって大切なのはそれだけだ。けれどキリスト教系であるこの施設には、職員だけでなくボランティアもたくさんいた。

そういうボランティアの一人であるロイは、毎日入居者に聖書を読んで回っている。数ヶ月前、ロイが朗読をしましょうと言った時、レニーは礼儀正しく断っている。けれどロイはそれ以降も何度もしつこく提案しては、そのたびに礼儀正しく断られていた。

そしていま、ロイは午後になると、余命わずかで抵抗することもできなくなったレニーのところへやってきて、聖書を読んで聞かせている。長い時間。熱心に聖書を研究している健康な人でも、彼の単調な朗読を毎日ずっと聞かされていたら、少しうんざりしてくるだろう。私は失礼にならないよう、ロイの朗読に耳を傾けていようと努力した。けれど意に反して、居眠りしてしまうこともあった。さっきも書いたように、ロイは単調に長時間、そう、長い時間読んでいるのだ。

さらに悪いことに、ロイは朗読の後、今読んだ部分についてレニーと話し合おうとする。私はレニーの介護を担当する者として、彼が快適に過ごせるようにつとめなければならない。だから私はやんわりと、レニーは調子のいいときでないと話ができないから、無理矢理口をきかせようとしてはいけないと言った。これは本当だった。

ある日、ロイを部屋から連れ出した後、レニーが静かに言った。「君は優しいな、ブロニー。それに相手のことをいつもよく思おうとしているね。けれど次にあいつがこの部屋に入ってきた時は、尻を蹴って、世界の果てまでぶっ飛ばしてやる」私たちは声を上げて笑った。明日、同じ時間にまたロイがやってくるのは二人ともわかっていたけれど。

「私がまだ天国に向かっていないのだとしたら、あの宗教くさい説教はいったい何の役に立つんだい？」彼は笑った。「どちらにしても、彼の話をちゃんと聞いていられない。そんなエネルギーはないんだ」

「レニー、彼はよかれと思ってしてくれているんですよ。間違いなく、それが一番問題なんだけど」私たちはこの状況がおかしくて、静かに笑った。ロイはいい人だし、よかれと思ってやっていることはたしかだが、この状況はまるでコントのようだった。毎日午後になると彼はやってきて、我々はこれから彼が何をするかをわかっている。彼の単調で気の抜けた朗読では、聖書の賢い言葉はきちんと伝わらない。私は笑いながら言った。「朗読の間、寝てしまえばいいのかも」レニーはにっこりしてうなずいた。

こうして毎日が続き、私は他の仕事が来ても断った。私はできれば、この素敵な人を見送りたかった。娘のローズに対する責任も感じていた。父親が亡くなろうとしているときに他の国にいて、見知らぬ他人に日々の介護を任せるしかないなんて、どれほどつらいだろう。それに、私は彼に会わなくなったら、静かに語り合った時間を思い出してすぐに悲しくなるのがわかっていたから、できる限り長く彼と過ごしたかった。そしてけっきょく、そのときはかなり早くにやってきた。

その日は木曜日で、郊外の町の時間は慌しく過ぎていた。道路もお店もすべてが混んでいて、療養施設に着くと、ここもやはり忙しそうだった。職員たちは食事のワゴンを押して廊下を行き交っている。医師たちは回診に忙しい。看護師たちは抱えきれないほどの仕事をこなそうと走り回っていた。大きな車椅子で移動している患者たちの中には口の端からよだれを垂らしている者も、無表情に宙を見つめている者もいる。療養施設にはいつもこんなふうに悲しい光景が広がっているのだが、今日もそれは変わらなかった。

事務の女性たちを追い抜いたとき、二人が別の事務の女性の愚痴を言いあっているのが聞こえた。私は周囲にこんなにも死があふれている環境にいて、どうしてそんな些細な不満にエネルギーを注げるのだろうと思った。けれど私がそう思うのは、これまでにたくさんのすばらしい患者たちから様々なことを学び、自分自身の人生からも教訓を得てきたからだ。多くの人がエネルギーを注いでいることは、後になってみるとどうでもいいことがほとんどだ。

レニーの部屋は、いつも別世界のような感じがした。部屋に入った瞬間に、薄暗くしてあるこの部屋の穏やかな空気がそう感じさせるのだ。それは最初から変わらない。私はレニーにはじめて会った日にこのことを彼に話してみた。彼はにっこりした。「ああ、そうだね、ここはとても穏やかな場所だ。けれどみなにそれがわかるわけじゃないよ。職員のほとんどは忙しさを抱えたままでここに入ってきて、部屋の雰囲気などにはまったく気づかない」そういう姿は私も後で目撃した。けれど彼のお見舞いにくる人の中には、もの静かな人たちもいて、そういう人たちはすぐにこの穏やかさに気づいた。とても素敵なことだ。

レニーが眠っている間、私はベッドに椅子を引き寄せて座り、しばらく本を読む。けれど頭の中では、ずっと彼のことを考えている。しばらくして彼は目を覚まし、私がそこにいるのに気づく。彼がベッドをたたいて合図をすると、私は彼の手を握る。彼はにっこりして眠りに戻り、そのまま数時間眠る。ときおり彼が目を覚ますと、私は飲み物を一口飲ませたり、黙って彼の手にキスしたりした。

レニーは目覚めると静かに言った。「いい人生だったよ……いい人生だった」彼はまた眠りにつき、私は優しくそれを見守った。私は胸が痛くなり、涙がどっとあふれた。私は、自分はどうして、こんなに気持ちを揺さぶられる仕事ではなく、もっと楽な仕事に落ち着くことができないのだろうと思った。時々本当につらすぎる。けれど患者たちが与えてくれたようなすばらしい経験は、他の仕事では決して得られないとわかっていた。

「ああ、いい人生だ」彼は重たげなまぶたをまた開きながらそうつぶやくと、私に微笑みかけた。私の涙を見た彼は、私の手をぎゅっと握り、ささやくような声で言う。「心配しなくていいよ、私はもう準備ができている。私と約束してもらえるかな」

泣きじゃくりたいのをこらえ、涙に目の前を曇らせながら私は微笑んだ。本当は気丈に振る舞いたいけれどうまくいかず、笑顔とはほど遠い引きつった顔になっていたけれど。「もちろんいいわ、レニー」

「細かいことは気にしなくていい。そんなのは問題じゃない。大切なのは愛だけだ。それを忘れなければ、愛はいつでもそこにある。それがいい人生だ」レニーの呼吸が乱れてきた。話すのがつらそうだった。

私は泣きながら言った。「今までのこと、みんなありがとう。あなたに会えてとてもよかった」

言うべきことも言いたいこともたくさんあったのに、子どもっぽいことしか言えなかった。けれどけっきょく、この言葉が一番、私の気持ちをストレートに伝えていた。私は身を乗り出してレニーの額にキスをし、また眠りに戻っていく彼を見守った。

私は彼のそばに座り、流れる涙を止めようともしなかった。ときどき涙腺がゆるむと、身体の中には驚くほどたくさんの涙があるとわかる。全部でどのくらいあるのかは計り知れない。私はもう抑えようとはせず、泣きつづけた。レニーはそれから数時間眠りつづけた。もう目覚めないかもしれなかった。私は涙も枯れ果てて、黙って座ったまま、彼を優しく見つめていた。するとそこに、今日も当然、ロイが部屋に入ってきた。

私は笑いたかった。レニーが起きていたら、間違いなくこの状況をおもしろがっていただろう。けれど彼は目覚めなかったので、私はロイにそっと微笑んだ。私の目はバケツ何杯分も涙を流して疲れ、充血していたから、ロイは一目見てわかっただろう。レニーがもう目覚めないかもしれないと。

また涙がゆっくりと流れ落ちる。けれどもう激流のような悲しみはおさまっていた。ロイがレニーのためによかれと思ってやってきているのを知っていたし、その優しい表情を見たから、心が落ち着いたのかもしれない。レニーはロイにここにいてほしいとは思っていないとわかっていたけれど。

ロイはベッドの向こう側に座った。聖書を開き、読み始めようとしたが、まず許可を求めるように私を見た。私は何も言わず、「そうね、あなた次第だわ、けれど彼は静かにしていたいと思ってるんじゃない？」というように顔をしかめた。ロイはうなずいた。彼は聖書を開いたまま、読まずにいた。この場の厳粛さを尊重してくれたロイを私はいい人だと思った。彼が聖書を読むことが厳粛ではないと言っているのではない。けれどもうすでに神聖な雰囲気が漂っているこの場には必要ない。

レニーは目を閉じたまま、私の手を求めて手をのばした。私は立ち上がって、その手を握った。彼の喉はゼイゼイいい、呼吸が乱れてきた。私は今やすっかり慣れてしまっているにおいを感じた。なんとも説明できないにおい。そう、死のにおいだ。

やがてレニーは目を開き、まっすぐに私を見て微笑んだ。けれどそれはもう私の知っているレニーではなかった。すっかり勢いを取り戻したレニーの魂だった。その微笑みには病気の影がまったくない。エゴも人格もない魂そのものだった。

他の要素をすべて排した愛そのものが、喜びにあふれ、光り輝いている。

私は急に純粋な気持ちになり、心から微笑み返した。最後に大切なのは愛だけだと知り、喜びに微笑んだのだ。私はこれほどあけっぴろげな笑顔を見たのも、浮かべたのもはじめてだった。何にもさまたげられない、純粋な喜びの笑顔だった。私たちが微笑みを交わしている間、時は止まっていた。

しばらくしてレニーは目を閉じたが、唇に穏やかな笑みが残っていた。私の笑みも消えなかった。純粋な気持ちのままだったので、そのまま微笑んでいたのだ。

二分後、レニーはこの世を去った。

ベッドの向こう側から見ていたロイは、このとき人生が大きく変わったという。彼は聖書を閉じ、自分は今、レニーが臨終の直前に魂の平安を取り戻すという奇跡を目撃し、神の愛がどういうものかを身をもって知ったと言った。私は神の業ははかりしれないと同意した。

ロイと私はしばらくそのまま黙って座っていた。しばらくしたら私は職員に連絡しなければならないが、その瞬間に今のこの場の雰囲気は消え去ってしまうだろうとわかっていた。ロイは別れ際に、私の手を握ったまま、長い間言葉を探していた。何を言えばいいのか、今起きたことをどう言い表せばいいのかわからないようだった。彼は私の手を放すのをためらっているようだった。まるで今の出来事を語り合っておかないと風船が破裂してしまうとでもいうように。

「私たちは祝福されたのよ、ロイ。それだけわかっていればいいじゃない」私は優しく言った。

彼はふいに私を抱きしめ、一人になるのをおそれている怯えた子どものように、ぎゅっと力をこめた。「大丈夫よ、ロイ」

「僕はこれを人にどう説明したらいいんだろう？」彼は私に懇願するように訊いた。

私は微笑んだ。「説明することはないかもしれない。でも誰かに話さなければならなくなったら、今奇跡を見せてくれたのと同じ力が、どう言えばいいかを教えてくれるでしょう」

ロイは首を振ったが、その顔にはうれしそうな微笑みが浮かんでいた。「僕の人生は今変わった」私は優しく微笑み、私たちはもう一度抱擁した。

書類作業をすべて片付けると、私は療養施設を出た。レニーの遺体にはこれからいろいろな手続きが必要だったし、我々にもやることがある。道はもう空いていて、夕方近い日の光が私の歩く並木道を美しく照らしていた。私はまだ純粋な気持ちのまま微笑んでいた。私は世界のすべてが好きだ。

そう、この仕事には浮き沈みがある。けれどどんな計画も資格も、この仕事がときどき与えてくれるようなすばらしい経験をさせてはくれない。

そう、レニー、私はいい人生を送っているわ。本当にいい人生よ。

その後

変化のとき

多くの終末期の患者を介護した後、私は高揚し、同時に疲れきっていた。この仕事をしたおかげで、私はいろいろな面で成長できたが、今はまた方向転換をして、女性刑務所の中で曲作りを教えるプロジェクトを実行しようと決意していた。

あちこちでお役所主義と戦わねばならないし、民間の慈善団体についてかなり勉強しなければならない。どの団体のガイドラインに私のプロジェクトが適合するのか、それに申請の仕方も調べなければならない。刑務所で演劇のワークショップを数年に渡って開いていたという女性グループに教えてもらった情報もかなり助けになった。後でわかったことだが、一〇年近く前にメルボルンにいた頃、私は彼女たちの団体のすぐ隣に住んでいた。その当時、私はまだ曲を書いたことがなかったし、もちろん曲作りのプロジェクトをはじめようなんて思ってもいなかった。けれど、彼女たちのところに向かうために、またあの通りを歩くのは不思議にうれしい感じがした。

私は歩きながらずっと、ここに住んでいた頃から自分がどれだけ変わったかを考えていた。

まずはヴィクトリア州の刑務所すべてを当たってみたがだめだったので、次はニューサウスウェールズ州に候補を移すことにした。それに私は、この当時ニューサウスウェールズ州の男性と遠距離恋愛をしていた。彼とのつきあいはうまくいかない気がしていたけれど、一〇〇〇キロメートル離れて暮らすより近くにいる方が、うまくいく可能性が増えると思った。それにこの辺りには素敵ないとこが住んでいて、住まいを見つけるまで、とりあえず家に置いてくれる。

数ヶ月前に私を保護下においてくれた女性、リズは刑務所でのプロジェクトを立ち上げるまでの間、私を支えてくれた。人脈を使い、必要な人と人とをつなげれば、どんなことでもできるというリズの言葉にはいつも励まされた。それに、たくさんの患者たちがどんないいことも一人ではできないと言っていたのも思い出した。リズは資金援助を受けるためには支援団体を見つけなければいけないことも教えてくれた。ほとんどの場合、慈善団体を通して資金援助を受けるには、行うプロジェクトの目的が慈善でなければならない。これは慈善団体への寄付金の免税を受けるためだ。その条件をクリアできれば、私は全面的に支援を受けられるし、フリーランスの講師として寄付金から給料を受け取ることもできる。こういう資金を回してくれる組織を見つけるのは最初、大変だった。けれど例によって、私はまた同じパターンは何度も繰り返されるのだということを思い知らされた。

私の一家は、私が育った田舎町に来る前は、シドニーのはずれに住んでいた。一九七〇年代当時、この辺りはまだ田舎だった。私は小学校一年生の間は、そこで過ごした。そして今、何本も電話をかけ、メールを送った末に、やっと支援を受けられることになったが、その資金を仲介してくれるのは、私が通っていた学校を運営している教会だった。私は幼稚園のときに遊んでいた運動場に面した職員室に、三五年ぶりに入った。この出来事は刑務所プロジェクトを進める道筋にセンチメンタルなハイライトを添えてくれた。

候補に考えていた女子刑務所の教育担当の主任刑務官の熱心さを信じ、私は資金援助の申請が難しくなってきても、あきらめなかった。この刑務官は進歩的な考えを持った職務熱心な女性で、私の主張を信じ、私が書いた企画書を自治体の役所に見せてくれていた。最初私は二つの女子刑務所と連絡を取っていたが、それぞれの協力体制には大きな差があった。片方はペンとノートの提供はできないので、自分で用意するようにという。もう片方はどちらも用意してくれるばかりでなく、ギターなどできる限りのものを提供しようと言ってくれた。このプロジェクトにさらに打ち込んでいくうちに、私は一つの刑務所で、講座を一つ持てれば十分だと思うようになった。どちらの刑務所を選ぶかは考えるまでもない。

長い間、ことはまったく動かないように思えた。そしてやっと動きはじめたかと思うと、あっという間にすべてが進み、二日後、私は北に向かって車を走らせていた。それから一ヶ月ほど、私はいとこと彼女の大家族が住む家で過ごした。ずっとにぎやかとはいえない仕事をし、一人で暮らしてきたから、こんなにもたくさんの人に囲まれて過ごすのは不思議な気分だったが、楽しかった。三世代が同居し、さらには七匹の猫と三匹の犬がいる家はかなり面白かったけれど、自分のキッチンがほしいという思いは抑えられなかった。だから家賃を稼ぐのは大変だと聞いたが、もう自分の家を借りよう。そう思い立った翌日にはコテージが見つかった。ブルーマウンテンズ地域の山すそにあるかわいらしいコテージで、すぐ前の道を挟んで、小川と低木地帯が広がっている。

この時私は家具や雑貨など生活に必要な物をまったく持っていなかったが、慌てなかった。気分がよかったし、コテージは簡単に見つかったから、必要な物はすべて向こうからやってくると確信していた。そしてそれは本当になった。しかも一気にやってきたのだ。貸し倉庫を経営している人たちが、処分を依頼された物があるから持っていかないかと言ってくれたのだ。ある倉庫からはソファを、別の倉庫からはリネン類をもらった。もう何十年もこの土地に住んでいるいとこは、地元に友人のネットワークを持っている。おかげで、誰かの家から洗濯機がやってきた。冷蔵庫も本棚もキッチン用品もカーテンも、おまけにアンティークの机までやってきた。広いネットワークの人々が私の状況をおもしろがって、先を争うように協力してくれ、提供できるものを何でもくれた。しかもみな純粋な善意から行動してくれたのだ。なんてすばらしいことだろう。

私はニューサウスウェールズにやって来てすぐにワゴン車を買った。どこかに落ち着きたいと思っていたものの、あちこちのフォークフェスティバルに行く予定があったし、走るベッドがまたほしかった。フェスティバルでテントを張るより車で寝る方が性に合っているし、遠くへ行きたいと思ったらいつでもどこでも行けるとわかっていると自由な気持ちでいられる。コテージを借りたのもワゴン車を買ったのも、偶然いいタイミングだった。私はちょうど年に一度の町ぐるみの大掃除が行われる月にやって来たのだ。

不要な家具が歩道に出されていて、清掃車が収集にやってくるまでの間にほしい人は持っていってよかった。その山から小物をもらおうとしていると、ベランダからその家の人が手を振って、好きな物を持っていきなさいと言ってくれた。籐の洗濯かご、コテージの食器室にちょうど置ける幅の狭い食器棚、屋外用のテーブル。由緒のある家具もいくつか手に入れた。前の持ち主がワゴン車に載せるのを手伝ってくれたこともあった。ベランダに置く古いけれど素敵な寝椅子まで。

掘り出し物がいっぱいのガレージセールも、とても楽しかった。私はマットレスだけは新品がほしいと思っていた。腰によくて、まだ誰も寝ていない物がほしくて、熱心に探した。少し前に知り合った素敵な女性が、私が長い放浪生活を終えて腰を落ち着けることを知って感動し、引っ越し祝いをくれた。そのお祝いはちょうどマットレスと同じ値段だった。私は小型車に積んだ五つの箱しか荷物がなかったのが、三週間もしないうちに、寝室が二つあるコテージにもう何年も住んでいるかのように何でも揃っていたのだ。ここまでの過程はとても素敵な時間だった。

コテージでの最初の夜、私はリビングの床の真ん中に大の字に寝て、満面の笑みを浮かべた。私だけの場所だ！　ついに自分の住みかを手に入れた。私は安心と感謝と喜びのあまり、一ヶ月ぐらい、ほとんど誰にも会わなかった。仕事以外で家を離れたくなかったからだ。そして帰宅する度に、家中を見回し、満面の笑みを浮かべていた。

資金援助の申請は全額は通らなかったが、通った分だけでも刑務所での講座をはじめられるので、さらなる援助は他の財団に申請しようと考えた。金額にかかわらず、資金援助を認められただけで満足だった。自分のアイデアが現実になるのだから。資金は民間の慈善組織を通して私に支払われるので、刑務所はお金を出さなくていい。だから私は彼らにとってはボランティアだ。私の講座の概要は認められた。私は自分が教え、生徒にこうなってほしいという目標を説明した。公式に認定された講座ではないので、講師である私に教師の資格はいらない。教育担当の刑務官は私のアイデアと能力を信じてくれ、それだけで講座の開催を認めてくれたのだ。今思えばすごいじゃない！　けれどこの時はそれが特別なこととも思わず、一つずつ淡々と段階を踏んでいき、気づけば教室いっぱいの有罪囚の前に立ち、曲作りを教えていた！

教室でものを教えるなんて生まれてはじめてだったし、こうして何十もの目、しかもそのうちの多くは好意的とは言いがたい目に、見つめられながら立っているのは、かなり興味深い体験だった。そんなふうに思っていなかったら、きっと怯えていただろう。私は落ち着いて講座をはじめた。教育担当の人たちと連絡を取りはじめるまで、私は刑務所の中に入ったこともなかった。

だから私は用意してきた第一課をかなりやる気で教えはじめた。生徒はみな無表情に座って私を値踏みし、互いを意識して醒めたふりをしているので、最初は反応を得るのにかなり皮肉なユーモアを発揮する必要があった。けれどしばらくすると、彼女たちはこの講師はまあ大丈夫だろうと思ってくれたようだ。

今回は韻を踏んだ歌詞を作るレッスンをするのだけれど、私は用意してきた例を使わず、もっと面白くて、この場にあった歌詞にその場で替えた。この歌詞には自分でも笑ってしまった。

私は音楽をやりたくて、緑の服を着て座ってる
彼女はこの午後じゅうずっと韻を踏んだ言葉について話すのか？
私はギターを習ってエミルーみたいになりたいと思ってる
だからしばらくこの人の話を聞こう。他に何ができるのか？

この歌詞を発表すると、何人かがくすくす笑い、授業に参加して冗談を言ってくれたので、他の受刑者たちもリラックスして発言するようになった。

だから先生、続けてちょうだい、そして教えて、私たちはどうすればいいんでしょう
韻なんてどうでもいいと思っているし、先生もそう思っているんでしょう

笑いが起こり、緊張は完全に解けた。それにエミルー・ハリスの曲というみなが知っているメロディがあるので、いいスタートが切れた。

オーケー、オーケー、みんなの話はわかったけど、あなたたちが覚えなきゃならないことがあるから
だから韻を踏んで私を笑わせて、ギターを習うのは私を笑わせてから
すぐにハートのこもった歌を歌えるようになる
けれどこの課題をなかなかやらないと、それだけ始まりが遅くなる

これに対する生徒からの返事。

オーケー、先生、やらなきゃいけないなら、このばかげた韻を踏む
でもあんまり長くやらせないで、私は私のギターがほしい

だじゃれを効かせた韻文が次々と出てきて、第一回の授業が終わるころには、みな気兼ねなく大笑いしていた。生徒たちのほとんどは積極的に授業に参加してくれた。とても楽しい授業だった。

教育担当の人たちはみないい人たちばかりだったし、長年、在宅介護という患者と一対一になる仕事をしていたから、人と連携して働くのは気持ちがいい。教育担当の人たちには、受刑者と親しくなりすぎないようにと言われたが、これは私のプライバシーと安全を守るためだろう。けれど私は自分を偽れないので、生徒たちを受刑者とは考えず、ギターを弾きたい、曲を作りたいと思っている普通の女性たちだと思うことにしていた。私は刑務所にいることを忘れない程度に

は世慣れていたけれど、正直さだけでここまでやってきたから、自分を変えられなかった。

　私が裏表なく生徒たちを信じたおかげで、時が経つにつれて互いの信頼が強まっていった。生徒たちとは女同士のおしゃべりをし、曲作りを通してそれぞれの優しい面を見せてほしいと私がうながした結果、彼女たちは自分を守るために築いてきた心の壁を少しずつ取り除いてくれた。この講座は生徒たちそれぞれの癒しの場になった。この癒しをさらに発展させられるよう、私はその後のカリキュラムを組み立てた。

　生徒たちは曲を書くための様々な課題を通じて、感情を解放することを学び、希望の歌を書けるようになった。もちろん怒りの歌や傷ついた気持ちを歌った曲を書いた生徒もいる。けれど夢や憧れを歌った曲もあった。もしも何でもできるなら――お金も場所も技術があるかどうかも関係なかったら――何がしたいかと訊くと、彼女たちは何年ぶりかに、夢を見はじめ、自分の心の声に耳を傾けはじめた。公的機関に干渉されずに自分の子どもと自由に暮らしたいと答えた人もいたし、ミュージックビデオに出たいと言う人もいたし、お腹の脂肪を取りたいという人も、DVのない生活をしてみたいという人（この人はそういう生活を知らなかった）も、麻薬依存を完全に治したいという人も、亡くなった母親に愛していると伝えるために天国を訪ねたいという人もいた。

　正直な気持ちがあふれ出し、授業では毎回のように誰かが涙を流した。私たちは、この講座を互いに支えあう場にしようと決めていた。だから仲が悪かった生徒同士も許し合い、授業中は互いに助け合うようになった。ある生徒など、最初は別のある生徒がいるなら、授業に出ないとまで言っていた。それでもけっきょく彼女は出席しつづけた。そして四回目ぐらいには、二人は曲作りで互いに本気で励ましあうようになり、教室の外でも仲良くやれるようになった。これはこの講座の雰囲気のおかげだった。生徒たちは互いに勇気を出して自分を表現する姿を心から尊敬していたし、互いが作っている曲を本当に興味を持って、共感しながら聴いていた。

教室でみなの前に立って歌う練習にも勇気が必要だった。生徒たちは互いに励まし合い、それぞれの歌が伝えるメッセージにこめられたつらさに共感した。生徒の一人サンディは先住民アボリジニと白人とのハーフであるせいで、町のどちらの地域にもなじめなかったつらさを歌った。他の生徒たちも社会になじめないという気持ちなら知っていたので、サンディをはげまし、こういう気持ちをもっと表現するよううながした。

別の生徒デイジーは主に暴力行為で何度も刑務所に出入りしているのだが、今回の刑期の長ささえ知らなかった。彼女は法廷に行くといつもその場の雰囲気に圧倒されて、頭がしびれたようになり、なにも聞こえなくなるという（この後すぐに彼女の刑期はわかった）。だからデイジーはこの法廷での気持ちを表現し、自分の人生を奪われ刑務所にいるのが当たり前になっているのが嫌だと歌った。リサという生徒は自分の息子に宛てて、彼をどれだけ誇りに思っているかを歌う曲を書いた。リサはこの曲を歌う度に感極まって歌えなくなってしまうが、自分自身にもとても誇りを持っている。

彼女たちはこういう歌を教室で歌うことによって達成感を得られる。歌詞の内容ばかりでなく、緊張を乗り越えて歌うことでも、自分をめいっぱい表現できるからだ。私も恥ずかしくて緊張しながら歌っていたことがあるから、その経験をふまえてやさしく励ました。そのうちに彼女たちの不安は少しずつ消えていった。数ヶ月後、最初はとても臆病だった生徒が一〇〇人以上の受刑者や訪問者の前で、自作の新曲を一人で歌いきったときには、私の方がうれし泣きしてしまった。

講座の人数は決して多くはなかったが、その方がみなにとっても都合がよかった。はじめの数回は人数が多すぎて授業を進めにくかったが、その後はだいたい一〇人ぐらいの生徒が常連になった。他の生徒たちは次々に入れ替わる。一回の授業でエリック・クラプトンみたいにギターを弾けるようになるわけではないし、この講座ではかなりまじめにがんばらねばならないと知ると、それきり来なくなる生徒もいたからだ。けれどこの講座は少人数向きの内容なのでそれでよかった。生徒たちにはきめ細かい気遣いが必要だったし、人数が少なければ一人一人を指導できる。生徒たちが歌やストーリーを作り上げる様子はすばらしく、私は励まされ、刺激を受けた。クラス全体が慈愛に満ちていた。彼女たちは厳しい外面の下で、ごく普通の人たちと同じように、子どもを愛し、愛情や尊敬を求め、人の役に立てると感じたいし、自分を大事にしたいと思っている。

自分が犯した罪を悔いていない人はほとんどいなかった。もっといい人間になりたいと思っているのだ。けれど生徒一人一人の身の上を知ってみると、みな悲劇的な環境で育ち、自己評価が低く、悪循環を断ち切れないようだった。刑務所に入った理由は様々だったが、売春で服役している人たちもいた。この犯罪に限っていえば、刑務所を利用している女性たちもいる。彼女たちは軽犯罪の刑期の長さを知っていて、冬の三ヶ月間、厳しい寒さの戸外から逃れ、暖かいベッドと毎日の食事が用意されている刑務所に入るため、年に一度罪を犯すのだ。その他の受刑者たちの犯罪は、ドラッグ使用あるいは所持、暴力行為、詐欺、万引き（家族の生計を立てるためにはじめて、やめられなくなってしまった）、酒酔い運転など様々だ。

どんな罪で入所しても、刑務所は犯罪やそれに対する罰を扱うところで、犯罪を起こす引き金になったその人の心の傷を癒すところではない。更生施設と呼ばれているのに、受刑者が自分の考え方やそれまでの生活パターンを変えたいと思っても、ごく限られた助けしか得られない。この段階でこそ、癒されることが必要であり、自己評価の低さから起こる悪循環を打ち破って、ドラッグやＤＶやそれに付随する犯罪から決別しなければならないのに。助けを得られても、犯罪を続ける者はいるだろう。けれど私が出会った人たちは、服役中から釈放後も継続して支援を受けられれば、そこから抜け出せそうな人たちばかりだった。

刑務所の職員の中にも素敵な人はいたが、彼らも手一杯だった。教会からやって来るボランティアもいて、その中には受刑者に個人的に手を差し伸べ、人生を立て直すのを助けている人もいる。しかし現実は、受刑者への癒しや支援よりも警備や組織そのものにお金が使われている。約三〇〇人の受刑者がいる刑務所に、精神分析医は二人しかおらず、しかもその二人も時間が足りず、仕事を抱えこみすぎているせいで、相談に応じられる状態にないことが多い。こんな状態では、もともと自己評価が低くなかった受刑者も、刑務所に入り、出る頃にはすっかり自信を失っているだろう。

テレビで刑務所内での瞑想が効果をあげ、受刑者の人生を変えたというドキュメンタリー番組を観たことがあったので、私はこの番組のことを何人かの職員に話し、どうしたら導入に必要な権限を持つ人に連絡が取れるだろうかと訊いてみた。私が実践している瞑想法は諸外国で受刑者の瞑想教育に使われ、既に効果をあげているのだが、このときの反応は「まあ、がんばってね」と笑いながら言われたり、あきらめるように言われたりしただけだった。だから私は自分のできる範囲でやってみることにした。曲作り講座の生徒に、自分は美しくてすばらしいと自信を持ってもらうことからはじめたのだ。曲作りの授業中、本当の自分を表現した曲を作り、自分で歌って、人に伝えられるよう教えたのだ。生徒の多くは今までに一度もほめられたことがなかったので、私のほめ言葉をスポンジのように吸収してくれた。私の言葉は全部本気だった。ここを直したほうがいいと言うときも、必ず優しくほめながら伝えた。

　生徒たちが私を信頼してくれるようになると、面白いこともあった。彼女たちが私に刑務所での生活を教えてくれるようになったのだ。ある日、生徒の一人が別の生徒に大きな声で、ランニングシューズをもう一足どうやってだまし取ったかを話していた。この生徒は私が聞いていることに気づくと、慌てて口を閉じた。私と他の生徒たちが先を話すよううながすと、彼女はそのやり方を教えてくれた。私がなんて頭のいいやり方なんだろうと言うと、それに対する答えは、「まあ、私たちは本物の犯罪者だからね、先生。自分がどこにいるか忘れた？」というもので、これを聞いて私は大笑いした。この頃には生徒に信頼されていたし、私ももう気後れしていなかったので、この言葉はとても面白かった。

　別の生徒はあるとき、とても疲れてイライラした様子で授業にやってきた。私が大丈夫かと訊くと、彼女は「もう大丈夫よ、先生。今朝ひどい目にあっただけだから。あの女にずっとバカにされてたから、頭を乾燥機の中にぶち込んでやったよ。だからもう大丈夫」私は少し驚きながら、「ああ、そう」というようにうなずいた。「どっちにしても、先生、そんなことはどうでもいいんだよ。私はここにいて、いまは音楽の時間だから。ここでは、みんな関係ない。もしこの授業がなかったら、あの女を殺してたかもしれない。でもそんなことしたら、ここに来られなくなっちゃうからね。それじゃあ、私が死んじゃう」彼女はそう言うと席につき、前の週からやっている曲作りの続きをはじめた。彼女は曲作りも本当にうまかったし、私がこれまで聴いた中でも指折りのいい声をしている。もし違う状況で彼女と出会っていたら、キャンプファイアを囲んで一緒に歌えたのに。現実にはそんなことはできないけれど。

　週一回の授業で、さらにいい変化が続く。それはすばらしく、見ている私は報われる思いだった。教育担当の刑務官たちもこの成功を喜び、このプロジェクトを受講した生徒の多くにいい変化があったと認めてくれた。すぐにこの授業は彼女たちにとっても私にとっても、一週間の中で一番の楽しみになった。

この頃には、私は遠距離交際をしていた相手と別れていた。やっと近くに住めるようになったのだけれど、私はこの人といると、自分の心が導かれている方へ進めなかった。二人は価値観が違いすぎた。ずいぶん泣いたけれど、別れの悲しみを通して成長もした。私は自分を裏切るような生き方はもうできなくなっていた。

コテージでの生活はすばらしく、今まで二〇年近くあちこちの友人を訪ねてばかりだったけれど、今度は時々やってくる友人を私は喜んでもてなした。放浪生活が長かったので、自分がこんなにずっと家にいるようになっても、それほど驚かなかった。どこかへ行きたいと思うことはほとんどなかったし、そのうち家で仕事ができたらいいと私は思っていた。

だから時間を見つけて、女子刑務所で教えている内容をベースにオンラインの曲作り講座を立ち上げた。文章を書くことも順調で、いくつかの雑誌に文章が掲載されたし、ブログも続けていた。このブログの読者が増えてきたことで、私は自分の作品を通して同じ考えの人々と交流するのがどれだけうれしいかを実感した。そのせいで、果たして自分はこれからもつらい思いをしてステージに立ち続けたいだろうかと疑問を持つようにもなった。刑務所で教えているうちに、私自身の音楽活動は少し勢いを失っていた。時々満足のいくライブはできていたけれど。自分の曲に合った聴衆に出会い、音楽に完全に集中している瞬間はいまも大好きだけれど、家で仕事をし、文章を書く方が大きな満足を得られるようになったのだ。

コテージでの生活も刑務所の講座もうまくいっていたが、この土地にはそれ以外、私を引き止めるものがなかった。以前シドニー近郊に住んでいた頃の友人たちは成長し、生活も変わっている。それに私は心のどこかで、自分が最終的にはいつか田舎に帰って暮らすことになるだろうとわかっていた。二〇年以上放浪してきたけれど、広々とした牧場生活を懐かしく思わないときはない。長い放浪生活の後ですっかり家にいるのが好きになり、引きこもりがちになった私は、この町ではあまり友人を作っていなかった。

だから気づいてみると、私にとっては生徒たちが地元で一番の友達になっていた。時が経つにつれて、教師と生徒とか、刑務所のスタッフと受刑者とかいう違いはどんどんなくなっていった。教室はいまやただ単に、女性たちが集まって音楽を演奏する場所だ。受刑者と私の間を隔てるものなどなにもないと感じる時もあり、そんなときは彼女たちの中に簡単に溶け込めている、そう感じた。もちろん、そんな風には思えないときもあった。私はなにか罪を犯して刑務所にいるわけではないが、彼女たちといつも正直に気持ちを打ち明け合ったから、親しくなれたのだと思う。私の弱さやつらい過去の影響は、以前とは比べものにならないほど小さくなっていたが、それでもまだ残っていた。これも生徒たちとの絆を強めたのかもしれない。みな過去にとてもつらい思いをしているし、様々な虐待を受けていることも多く、そのせいで自己評価が低くなっている。

はじめて刑務所に来たとき、私はプライベートなことを訊かれた時にかわす方法を指導された。けれど私は住所などを訊かれたときは、あいまいなことを言ったり、嘘をつくのではなく、それは言えないのとだけ答えた。生徒たちはもう私を信頼してくれているので、その答えを尊重してくれた。ただし、私は答えられる質問には答えていた。かつて終末期の患者たちと率直に語り合ったおかげで、私は正直でいる方が心地よくなっていた。プライバシーを守ろうとして心の壁を作ると、深く信頼しあえない。真実を話すことで人と人はつながる。生徒たちに過去のことを訊かれた時、私は正直に答え、自分が愚かにも他人からの不当な扱いに耐えてきたこと、長年、他人の言葉を信じすぎていたことを話した。

クラス全体としても、生徒一人一人としても、彼女たちが優しく接してくれたおかげで、私の中でずっと眠っていた何かが目覚めた。それまで私は人に優しくされても、どう対応していいかわからなかった。だから彼女たちの愛情を感じ、私のつらさを本当にわかってもらえたことに感動した。なんて優しくてすばらしい女性たちなのだろう。みなつらい経験をしているし、子どもや家族に会いたいと胸を痛めている人も多く、その心は信じられないほど温かい。

一年ほど講座を続けたところで資金が尽きた。そして私は自分が終末期の患者の介護で燃え尽きただけではなかったことをついに認めた。私は人生に燃え尽きていた。それに私の周りには悲しいことが多すぎる。親しい友人二人に悲しい出来事が起こったとき、私はそばにいることにしたので、人生はさらにつらくなった。講座のための資金集めの最初の段階がどれだけ大変かわかっているだけに、もう一度それをできる自信もなかった。その夜、隣に引っ越してきた家族が怒鳴り合いのけんかをしているのを聞きながら、私はある決心をし、眠りに落ちた。いまこそ田舎暮らしに戻るときだ。もうできる限りのことはした。

講座の生徒たちのほとんどが、もう出所しているか、もうすぐ出所というところだったので、その意味でも私は自由だった。新しい生徒たちをまた一から教えるための頭脳も気力も、今の私は持てそうにない。私はそろそろ自分の面倒を見ることを学ぶべきだ。だから私は刑務所と大家さんにこの町を去ることを伝え、計画を立てはじめた。

私の両親はもう年を取っていた。私は母親とはずっと仲が良かったし、いまでは父親ともいい関係だった。だから二人にすぐ会えるよう、もっと近くに住むことにした。車で数時間以内のところがいいだろう。オーストラリア人の感覚ではこれでも遠くない。もっと海が近いところに住みたいとも思っていた。

私は条件に合う場所を考え、インターネットで賃貸物件を探した。私は二つの町に候補をしぼり、家賃の上限も決めた。二週間ほど探してもいい物件がみつからなかったので、私は地方紙に希望条件を書いた広告を出した。二件ほど応答があって、どちらも気に入らなかったのだが、その後も何件か連絡を取り、すぐにとても素敵なコテージが空いていることがわかった。場所はまさに住みたいと思っていたところだし、家賃もちょうど払える金額だった。こうして私は八〇九ヘクタールもの広さの牧場で暮らすことになった。

暗闇と夜明け

コテージの前の小川には、自然の移り変わりが美しく映し出される。あちこちに点在する立派な大木も景色を彩っている。昼はいつも鳥のさえずりが聞こえ、夜はずっとカエルの鳴き声が響いている。夜がくるたびに、頭上の空では、街灯ではなく無数の星たちの光が瞬く。ここはまさに楽園のような場所で、素敵なベランダでギターを弾きながら夕日を眺めているときや、ブリキの屋根板に雨が激しく打ちつける音を聴いているときなど、限りない幸せを感じた。私は天国にいるような気分で、何度も感謝の祈りを口にした。

田舎暮らしにはたしかに犠牲がつきまとう。たとえばライブや美術館には気軽に行けない。けれど私に合う娯楽は周囲にいくらでもある。それに時々遠征するのは私のライフスタイルそのものだ。だから問題ない。私はまた自然のリズムに合わせて暮らすようになった。ついに自分に一番合う暮らしに落ち着いたのだ。この広大な丘陵地帯には牧場もふくめて五軒の家が点在している。私は借家人なので、この場所をただ楽しんでいればいい。

それまでの生きづらさと深刻さは、すぐに薄れていった。また田舎暮らしをするのは、家に帰ってきたような気分だった。死を控えた患者を数多く介護し、その後刑務所で講座を担当した後、私は気力も体力も尽き果てていたので、しばらくは貯金を使って、のんびりするつもりだった。その間に、新たな分野を模索し、準備ができたら、どちらの方向へ進むのかを決めよう。そちらへ向かう道は、段階を踏みながら自然にやってくるはずだから。私は日ごとに気分がよくなって、気力を取り戻し、また前向きに考えられるようになった。丘や放牧場を散歩しながら、単純でいて複雑な自然を満喫し、回復していった。

創作活動のために家にいる時間が長くなっただけでなく、私はまた奇跡を待っていた。次のチャンスがいいタイミングで向こうからやってくると信じていたのだ。こんなにも美しい自然に囲まれていると、文章も音楽も次々とあふれるように浮かんでくる。コテージと小川の周りの豊かな自然のおかげで、私はすぐにとてもシンプルな暮らしに落ち着いた。

けれど意識下のずっと深いところに危険な、自己評価の低い考え方が残っていた。自覚できる範囲では、この一〇年で私の考え方は大きく変わり、その前よりもずっと生きやすくなった。そのおかげで、私は平穏で感謝に満ちた毎日を送って、日ごとに回復していった。精神面ではすべてがうまくいっている。そう思っていた。

すると突然に、事態は予想もつかない方向に急展開した。なんの問題もなく生活していたのに、突然、心が折れ、そのままどん底の状態に陥った。今までになく深いレベルからなにかがわき上がってくる。残っていた（それに取り戻したと思っていた）気力はほぼ一晩で完全に消え去ってしまった。私はまるでコンセントを抜かれ、床に崩れ落ちたような状態だった。あまりに突然のことに思えた。エネルギーはもう一グラムも残っていない。

近くでちょっとした仕事を見つけようなどという望みは完全に消え去った。誰かと顔を合わせることなどできそうにない。仕事など短期のものでも無理だ。私はこの突然の変化に向き合うため、自分の心の奥をのぞきこまねばならず、とてもつらかった。それでも他にどうしようもない。好むと好まざるとに関係なく、どんどんつらい気持ちがこみあげてくる。涙がこぼれはじめたら止まらなくなった。過去の影響から完全に逃れ、本来あるべき自分になるには、このままではいけない。私は人生で一番つらい時期に突入し、私は突然自殺も考えるほど、激しく気分が落ち込んだ。

私をよく知る人は、これが私の話だと信じられないだろう。自分のことでなければ、私だって信じられない。他人の鬱状態ならこの目で見たことがあったが、自分がそうなるとは考えたこともなかった。鬱とはそういうものだ。多くの患者は最初、突然自分がこうなったことにショックを受けて苦しむのだ。

友人の中にはまったく信じようとしない者もいた。ブロニーがそんなことになるなんて、いつもみなを元気づけてくれた彼女が燃え尽きるなんて。こんなに弱ってしまった私に、どう接していいかわからない人もいた。電話をくれたある友人は、とてもできそうもないことを提案してきた。この人は私をよく理解してくれていると思っていただけに、私はさらに強く、自分をわかってくれる人などいないと思い込んでしまった。既に最高レベルに悲しかったからそのせいでさらに悲しくなったわけではないけれど。それに人のことなど気にしていられなかった。自分のことしか考えられないし、それすらもできない時もあった。

いろいろな人が、この状況を変えるためのアドバイスをしてくれた。けれど鬱状態の人にもっとも必要なのは、誰かに受け入れてもらうことだ。ゆっくりと自分のペースで鬱に向き合うことができれば、それを触媒に前向きな変化を遂げることができる。鬱というのは、近代になってからその経過につけられた名前だ。この状態は、精神的に大きく変化をし、目覚めるための非常に大きなチャンスでもある。もちろん、それがわかっていても気分が楽になるわけではない。

朝起きて、まだ何も考えていないうちから泣きじゃくっている私には、私をよく理解している人に共感してもらい、辛抱強く受け入れてもらうことが必要だった。自分ではなにも考えていないつもりなのに、目が覚めた瞬間に涙が流れることもあった。自分の置かれた状況が悲しくて泣くこともあった。もう何年も前からそうだったがこの頃は人生がとてもつらかった。人生をやり直すエネルギーなんてないとわかっているのに、それでもやり直さなければならない。このことも私を押しつぶした。そんなエネルギーを想像もできないのに、どこかからそれを見つけなければならないなんて無理だ。この辺りには知り合いが一人もいないから、誰かが玄関から入ってきて、理想的な仕事をもたらしてくれることもあり得ない。

友人たちは、その後も電話してきては、外に出て元気を出し、元の生活に戻るためのアドバイスを続けたが、私はそんな段階にはほど遠かったから、アドバイスはさらにプレッシャーになっただけだった。たとえば掃除をするのにはとても気力が必要だったので、掃除機をかけることができたらそれはすばらしい偉業で、自分で「今日はよくやったわ、ブロニー。やりとげたのよ」と自分をほめるぐらいのレベルだった。こんな風になる前は五軒の家に掃除機をかけ、昼食を食べに出かけ、何キロも歩いてから、一時間泳いだりしていたのに。けれど鬱の初期はこういうものなのだ。鬱がその人を完全に支配してしまう。

鬱と向き合うには自分でプレッシャーをかけて症状を悪化させないため、いまはそういう時期であると本人も認める必要がある。私は日常生活でなにもできなくなって苦しんでいたので、この状態を受け入れるまでに少し時間がかかった。

私は実家の近くに戻ってきて、思春期や若い頃と同じような環境で暮らすことになったのをきっかけに、心の奥に眠っていた当時の苦しみを目覚めさせてしまったのだ。それに他人の世話をするのに全精力を傾けるのをやめ、地元に戻ってのんびりしたせいで、何十年も前に無理矢理苦しみを閉じ込め、固くしめてあった蓋がはじけ飛んでしまったようだ。この苦しみは私が自分を見つめ直し、自覚している苦しみを解放しだした一〇年前から少しずつ顔を出しはじめていた。けれどいまは、自分でも気づいていなかった苦しみまで飛び出してきて、私は強い悲しみに圧倒され、つらかった。

若い頃、長年にわたって批判され続けてきた苦しさ、その頃の私をそのまま受け入れてもらえなかった苦しさ、いつも罵倒されていた苦しさ、自分でも知らないうちに心の奥に積もっていた苦しみがすべて浮かび上がってきたのだ。私は泣きつづけた。

自分を根本から癒すしか方法はない。それには今目の前にある苦しみに正面から向き合い、癒す必要があると自覚しなければならない。これまでに学んだことは誰にも奪われはしない。誰かの愛情はもちろん助けにはなる。母と古い友人二人は大きな支えになってくれた。けれど自分を癒せるのは自分だけだ。今こそ自分と向き合わなければ。心の奥底からすべてを解放すべき時でもあった。

解放の手段はいくつもある。もちろん、泣くこともその一つだ。思ったことを書き出してみるのもいい。それに私は生まれてはじめて悲鳴をあげた。ただ叫んだのではなく、悲鳴をあげたのだ（正確にはそれ以前にも一度だけ、スカイダイビングをしたときに、無意識のうちにキャーと悲鳴をあげていたことはある）。けれどこれは根源的な感情を解放する悲鳴だった。毎日こんなふうに様々に苦しめられていたから、近隣の家がずっと離れていて、物音を気にしないですんでよかったと思った。私は金切り声で、子どもの頃や若い頃に私を傷つけた人たちに言えばよかったと思う言葉をすべて叫んだ。言葉にならない、純粋な苦しみの悲鳴もあげた。こんな風になってしまったことへの不満や、どれだけつらい思いをしているかも叫んだ。私は抑えきれないほど激しく泣きじゃくった。そして疲れきって横になっているうちに、少しずつ、癒されていった。

もう少し感傷的だった頃、私は学ぶことを薔薇にたとえて考えていた。美しくて繊細な自己を一枚ずつめくっていくと、中心にある、自分自身のつぼみにたどりつく、と。けれどこんなふうに悲しみの極みにあって、希望をなくしている今は、そんな優雅な比喩を捨てて、成長とは大きなたまねぎをむいていくようなものだと思うようになった。一枚皮をむくたびにさらにつらくなり、一枚ごとにもっと涙が出る。これこそ今の私の状態だ。私はたまねぎを丸ごとむいている。しかもとても大きなたまねぎを。涙を流すたび、文章を書くたび、何かを考えるたびに、一枚皮がむけるのだ。

私は毎日、幸せを求めて戦っていたわけではない。ただ自分を受け入れる強さがほしかった。最初はなにをする気力もなくて泣くことしかできなかったが、やがてベランダに出て、目の前にひろがる景色を眺められるようになった。湧き出る感情に振り回される毎日に疲れ、その日一日を生きるのに精一杯だった。すぐ先のことも考えられないほどつらいときもあった。毎日激しい感情に耐えるしかなかった。頭がしびれ、気持ちがすっかり消耗し、人生にとても、とても疲れていた。

やがて私は幸せとは自分で選択するものだと思い出し、幸せに向かうための当面の目標を、なんとかベッドから出ることと、涙の合間になにか美しいものを見ることに定めて、がんばった。他人にはどうでもいいように思える目標をクリアしただけだが、今の私にとっては大きな進歩だ。ベッドから出るとか折り返し電話をするとか、髪のもつれをほぐすとか、いい服を着るとか、ベークドビーンズを缶から直接食べる気力しかないときでもちゃんとした料理を作るとか、かつては単純に思えていたことがみな、今では大変な難事業だった。

私はもはやかつての私ではない。なるべき自分になるには、自分の感情を否定せずに受け入れなければいけないし、その感情を永遠に解放するためには、まずは心の表面に浮かび上がらせるのだ。人はみな自分のやり方で自分を癒すべきだ。精神安定剤を飲むのは、それが合う人もいると思うから批判はしないが、私のやり方ではない。私は私のやり方で進んでいこう。状態は毎日変化する。真っ暗闇に突き落とされ、胸が破れるような悲しみに泣きつづける日もあった。その一方でかなり普通に生活できる日もあった。少し気力がある日は、裏の丘や放牧地まで歩いた。人目はまったくなかったし、自然の音と眺めを楽しむことができるから。

私は今でも瞑想を日課にしていた。もしも瞑想法を身につけていなかったらどうなっていたかは考えたくない。これまで瞑想によって否定的な思考パターンをかなり頭から追い出してきた。だから今回も瞑想を癒しの中心的な手段にしなければならない。瞑想をしない人はどうやって鬱に対応するのだろう。瞑想をすると自分の考え方を客観視し、それが自分そのものではないと知ることができる。頭脳は自分の一部だが、すべてではないし、そもそも自分のものではない考え方もまぎれこんでいる。その多くは他人に植えつけられたものだ。

これを知っていたことが私にとって大きな助けになった。最低でも一日二回、自分の考え方を取り戻すために瞑想をした。あまりにも大きな苦しみが浮かび上がってくると注意をそらされるので、瞑想に集中するには強い意志が必要だが、瞑想の時間の大半は、自分をしっかりコントロールできた。自分の考えを客観視することで、この苦しみはいつか消えていくと知り、心の中にはまだ穏やかな私が残っていることを悟った。そういう部分に触れるにはまだかなりの努力が必要だったけれど。瞑想を日課にしたことはよかった。気分の浮き沈みがあっても、毎日遂行しなければならない。つまりどんなに大変でも、ひどい気分のときでも座って、実践を続けなければならないからだ。人によっては、どうしてもやり遂げなければならない仕事があるので出勤するなど、他の日課を果たすことが同じ役割になるだろう。私にとっては、それが瞑想だっただけだ。

もちろん、私は泣いた。魂の奥底から泣いた。この苦しみを乗り越えて自分を癒せたら、その先にはすばらしい人生が待っていることを忘れないようにした。そして余裕があるときには、その希望を思い出して心の支えにした。今は過去の苦しみにめちゃくちゃにされているから、それとはまったく違う未来を思い描くことぐらいしか楽しみがなかったのだ。気持ちが少し落ち着いているときには心身共に健康を取り戻せたら、何をしたいかを考えた。自分の才能をフルに活かし、好きな仕事をして大金を稼ぎ、友人たちと笑い、小川が流れているこの土地を買い取り、勇気を出してもう一度恋愛し、子どもを持ちたい、そう夢見た。けれどなによりも、ただもう一度幸せになりたかった。私は幸せを求め、束の間や一瞬の幸せではない幸せがどんな感じだったのかを思い出したかった。

もっとも効果があったのは、できる限り今この瞬間に集中し、目の前の現実に対処しつづけることだった。すばらしい景色に囲まれているおかげで、自然界に起こるさまざまに複雑な出来事を身近に感じられ、とても助けられた。虫や鳥を眺め、木々の間を抜けるそよ風の音を聴き、刻々と変わりゆく空を見つめていると、雑念を忘れ、〝今〟だけに集中できた。

すばらしいソーシャルワーカーに出会えたことも幸運だった。私が相談に行って出会ったのだが、彼女は私と同じ瞑想法を実践していたばかりではなく、まるで鏡に映すみたいに、私の姿を客観的に見せてくれた。彼女のおかげで、私は自分を違う角度から見られるようになった。私は以前より優しく自分を見られるようになり、自分の心が善良であることを認められた。さらに、自分を顧みずに他人の世話ばかりに力を注いできたこと、心の奥底では自分は大事にされる価値がないと思っていたことがわかった。このほとんどは、過去に誰かに言われた意見が潜在意識のレベルで影響しているせいだった。彼らは私のことをわかっているつもりでも、本当はわかっていなかったのに。

こうした妨害から完全に自由になることも、いまは必要だった。それに、いまつらい思いをしている友人がいて、私はいい友達でいようとするあまり、彼女の苦しみを引き受けすぎていた。溺れている彼女を助けるために水に飛び込んだのに、一緒に溺れそうになっているようなものだった。誰にでもやみくもに共感し、同情するのではなく、少し距離を置いて、共感した相手には冷静な形で同情するべきだった。

自分への共感が必要だと思い出したおかげで、急に目の前がひらけた。この優秀なソーシャルワーカーは、私が以前は表面的な平和を保つために、最近は同情心から、他人の行動を勝手に正当化するのを悪い習慣だと言った。こういう率直なカウンセリングが私には必要だったし、「介護オリンピックで金メダルを取るつもりだったの？」と訊かれたときには、彼女のストレートな語り口が特に私の心に響いた。

私は頭の中でも現実でも、自分への思いやりを忘れることが多すぎる。ただ、これまでに長年かけて成長し、身を任せることを学んできたのは無駄ではなかった。私は自分の苦しみの核心にたどりついていたのだ。多くの苦しみの本当の源に。それをいま、最終的に解放しよう。

もっとも愛してほしかった人たちに長年批判されてきた苦しみを認識し、他人を正当化するのをやめ、本当の気持ちをすべて話すためには、自分を許し、この悪循環に永遠に別れを告げたいという強い意志を持つことが必要だ。自分に優しくなると同時に人の優しさを受け入れられるようにならなければならない。私には好意を受け、幸せになる価値が十分にある。他人がそう思わなかったとしたら、それは私がこれまでどんな人生を歩んできたかを知らないからだ。だから他人の評価など気にしない。私は今、自分はどれだけの好意を受けてもいいと知っている。私は重大なことを悟った。〝私にはその価値がある〟このおかげで私は自分に優しくなれた。今までも心の表面ではそう思っていたが、今はもっと深いところで確信している。その深いところで今、実際に行動する段階に向けた動きがはじまった。

けれど昔からの自己評価の低さは頑固にしみついていて、精神的なつらさよりも手強く、私の気力を丸ごと奪ってしまう日もあった。それでも一段階克服するたびに、ときどき美しいイメージが思い浮かんだり、強い幸福感を味わえたりするようになってきたので、新鮮な気持ちになり、活力を得られた。近くの木々の葉が日の光を受けてきらきらしているのを見るだけで、信じられないほど美しいと感じ、予想もしていなかった幸せを味わえる。私の中で長年眠ったままつちかわれてきた部分が元々の私の一部になりはじめたのだ。私は古い考え方を完全に捨て去った。

自分が以前持っていた考え方と向き合い、それを完全に手放したことを悟って、すべてをとてもありがたいと思った。もちろん、残っている苦しみにも対応しなければならない。苦しみが一つ消えていくたびに、感覚が研ぎすまされ、さらに外の美しい景色に向けられた。これは常に

〝今〟に意識を集中しつづける助けになった。まだつらいときもあったけれど。

鬱を脱出するのに思ったよりも時間がかかっているせいで、自分に怒りを抱くこともあった。けれど誰に対するものでも、怒りとは期待が裏切られた不満でしかない。だから期待するのをやめ、常に現在のことだけを考え、窓の外の美しい景色を見たり、音楽をかけて一緒に歌ったり、自分の呼吸や周囲の物音だけに意識を向けたりした。そうしているうちに、自分が適正なペースで成長していっていると納得し、現状を受け入れられるようになった。

以前から、古くからの友人がオーガニックのすばらしいスキンケア化粧品を定期的に送ってきてくれている。そのおかげで私はその化粧品を使って、時間をかけて丁寧にローションでマッサージをし、心身両面で自分をケアし、甘やかすことができた。これまで自分に厳しすぎたことへの埋め合わせだった。スキンケアをするといつもいい気分になれたし、言うまでもなく、自分の身体からいい匂いがする。自分の身体にこんなぜいたくなお手入れをしているうちに、私は終末期の患者たちをどんな風に甘やかしたかを思い出した。それと同じ愛情を自分にも注いでみよう。

けれど苦しみを乗り越えられるほど強くなるのはとても難しく、調子のいい時期があっても、数ヶ月後にはまたぶり返し、また鬱状態と後ろ向きな考え方が勢いを増して襲いかかってくる。どちらも簡単には去ってくれないようだ。なにしろ、四〇年以上続いてきた自己批判をエネルギー源にしているのだから。この自己批判は他人の意見ばかりを尊重して、自分の信念をないがしろにしたせいでしみついたのだ。私の精神はまるでそれ自体が支配者のように振る舞い、支配権を手放そうとしない。

それでもいまこそ私が私を支配しなければならない。自分の本当の価値と長所を理解し、もっと前向きな考え方をするよう心がけなければならない。私は昔のやり方について考えるより、自分を尊重し、愛をこめて扱うことにした。自分に関する面白い歌を歌いながら家の中を歩いていたら、自分を讃える短い詩が頭に浮かんできた。私は鏡に向かって、美しい私、こんにちはと言ってから去るのを遊び半分の楽しい日課にした。頻繁にお風呂に入って、自分の身体にぜいたくなケアをし、健康的な食事を摂ったおかげで、幸せな時間を取り戻せた。少しずつ、幸せが戻ってくる。もちろん昔の私はこんな状態を気に入るわけがなく、醜い爪を食い込ませている鬱が、そのまま離れようとしない。もう何年も前から自分の考えを組み立て直そうとしているが、ついに古い私と新しい私の最後の戦いがはじまった。生き残れるのは片方だけだ。

古い自分と永久に別れを告げるための戦いをしている、このクライマックスの最中に、私はとうとう力尽きてしまった。もうつらすぎた。日々の生活は改善されていたし、幸せを感じる瞬間は増えていたけれど、感情の糸が切れてしまった。ここまで来るのに気力を使いはたし、不意にまったくエネルギーがなくなった。私はまた自殺を考えるようになった。もちろんこんなことを考えたのはこれが最後だけれど。精神を奮い立たせるための気力も希望も一グラムも残っていない。私は全力を尽くし、もうすべてに疲れきっていた。死にたかった。こんな人生を今すぐに終わらせたかった。

私にはずっと折りにふれて電話をくれる、天使のように優しい二〇年来の友達がいる。ありがたいことに、彼には独特の表現方法がある。「電話に出てくれ。本気で言ってるんだ。君は自殺なんて『ピー』してはいけない。電話に出るんだ。俺を無視するな、電話に『ピー』出ろ」彼は留守番電話に向かって、私が電話に出ざるを得なくなるまでそう言っていた。私は泣きながら笑った。彼は誰よりも広い心を持っている。表現方法はかなり特殊だけれど、これまでにも彼のユーモアのおかげで困難を乗り越えてきた。彼のやり方は成功した。私には笑いが必要だったし、彼が私を思ってくれていることを知っていた。それに私は彼が大好きだ。笑いは癒しの手段としてもっと評価されてもいい。

彼からの電話がなかった日、私は今までの人生で最悪のどん底の状態に陥った。もうちゃんと字も書けなかったから、殴り書きのような字で、この世とさよならすると遺書を書いた。ただもうつらすぎた。

一番深い闇のあとには夜明けが待っているという言葉がある。私にとってこの時が一番深い闇だった。私はもうこれ以上生きていけなかった。この時以上に最悪な気分はあり得ないと思っていた。あんなに力一杯がんばったのに考え方を変えられなかった自分の弱さが嫌だった。こんなにもつらい状況に何度も自分を追い込む私が嫌だった。自分が望み、自分にふさわしい人生を作り出すのに、こんなにも勇気がいることが嫌だった。嫌いなところだらけだった。本当にこれ以上深い闇はない。

謝罪と悲しみばかりの遺書を書き終わったまさにその瞬間、電話が鳴った。無視しようかと思ったが、しぶしぶ電話に出る。あの友人だろうと思ったが違った。知っている誰の声でもない。聞こえてくるのは、明るく元気にあいさつする陽気な女性の声だった。つづいて彼女は私になんと、救急車保険への加入を勧めはじめたのだ！

「なんてことなの」私は思った。「私、自殺さえちゃんとできない。救急車が必要になるかもしれないわね」私は自殺場所は近くの岩壁の裂け目にしようと決めていた。ワゴン車で突っ込んで、間違いなく死ぬつもりだったのだ。失敗したくなかったので、ずいぶん時間をかけて考え、やり方を詳細に計画していた。

救急車保険の勧誘（私はぼうっとしながら断った）のおかげで、私はこの自殺が成功してしまう可能性も、失敗する可能性もあるのを思い出した。長年の間に知り合った優しい救急隊員たちを思い出し、私は自分がいかに無神経で、自分のつらさだけで頭がいっぱいで、自分の行動が私を発見する人や、私を愛してくれている人にどれだけの影響を与えるかを考えていなかったと気づいた。自殺が未遂に終わって、麻痺を抱えて生きていくのも嫌だった。なにしろ自分で招いた障害だから。救急車というあまりに象徴的な電話の内容ももちろん最高の警告になったけれど、この電話がかかってきたこと自体がきっかけになって私は我に返り、苦しみのまっただ中のぼうっとした状態から目を覚ました。

この瞬間が私の人生最大のターニングポイントになった。私は自分の身体を傷つけたくない。この身体のおかげで自由にどこにでも行けるし、どんなことも耐え抜いてきた美しくて健康な身体だ。それに死にたくない。これまでにもう長い距離を歩いてくれた私の脚がとても大切に思えてきて、それから自分のすべてを愛するようになった。

電話が鳴った時、一瞬、心臓の辺りが痛かった。やがて私は気づいた。私の哀れな心臓はもうずいぶんひどい目にあわされてきた。自分を憎むのも苦しむのももう嫌だ。癒されるには愛が必要だし、その愛は誰よりも、まず自分の愛であるべきだった。

後悔しないために

この後は驚くべき速さで物事が進んだ。その日の夜のうちに鬱はどこかへ消え、私を包んでいた深い暗闇も一緒に消え去った。暗闇はずっと愛が訪れるのを待っていて、ようやく愛が現われると、自分の役割が終わったことを知って消えていった。それから数日間、私は瞑想と感謝でエネルギーを取り戻し、すばらしい自分を大切に思った。そうやって心をいたわり、お風呂につかって身体をいたわった。そして長い時間、丘陵地帯を散歩した。無理をせず、生まれ変わった思いで人生のすばらしさを見つめながら、のんびり歩いた。まるで突然美しい世界に生まれ変わったので、以前いた世界が思い出せないような感じだった。

私は新しい人生のはじまりを記念して、正式な別れと歓迎の儀式を行うことにした。放牧場から薪を集めてきて、立派な火を焚いた。自分の人生を振り返り、昔の考え方やその影響が作り出した状況などに、きちんと別れを告げるべきだった。だからそれをすべて書き出し、さらには今、はじまったばかりの歓迎すべき事柄も書いた。そして日が落ちて、最初の星が瞬き出したとき、私は幸せな気持ちで温かく心を癒してくれる炎のそばに立っていた。昔の自分に感謝し、別れを告げながら、メモを火の中に落とす。歓迎すべき事柄を一つ一つ確認する。その後、広々とした田舎の空の下に座って炎を見つめていたら、自分も人生もとても愛しく思えた。それに信じられないほどの感謝の念もわいてきた。

火は温かく燃えつづける。私はにっこりしながら、頭上に広がる星空を見上げ、すべてを乗り越えた今、本当に新しい私が生まれたのだと実感した。長年なろうとしていた自分になれたのだ。他人を正当化してばかりいて、何十年も苦しみを抱え込み、自分はどんな幸せにも値しないと思い込んでいた私はその役割を終え、消えていった。

それからの毎日には、新鮮な喜びが続いた。まるで人生をはじめて探険しているかのようだった。こんなにも自由を感じたことはない。これからはいつも何にも邪魔されず、罪悪感も持たず、幸せでいられるのだ。見たことのない鳥たちが飛んできて柵にとまり、さえずりを聞かせてくれた。見慣れた鳥たちは幸せをかみしめながら放牧地を歩く私の後をついてくる。五感が研ぎ澄まされ、まるで何週間も沈黙の瞑想をしたばかりのような感じだった。敏感な状態は瞑想の後よりも長い間続いた。自然の音がよりはっきり聞こえ、色も以前よりも明るく、生き生きとして見えた。コテージの周りだけでも三〇色以上の緑色を見分けられた。

すべてを乗り越えた後には、こういう状態と爽快な気持ちが待っているだろうと想像していたが、現実は想像を超えていた。ここに来るまでに身につけた知恵は私の一部になっている。ああいう過去があったおかげで学べたのだし、それは何一つ無駄になっていない。私の人となりに影響を与え、勝手に動いていた苦しみは、溶けてなくなった。もう何も証明しなくても、言い訳しなくても、正当化しなくてもいい。にこにこしすぎて顔が痛い。ほとんど一晩のうちに、私の人生はまったく違う道を進みはじめた。長年快適に暮らそうとつとめてきたけれど、いまやそれが自然になっていた。

チャンスの扉も大きく開かれた。創作活動のためにこれまで努力し、集中し、挫折しては復活し、様々な犠牲を払ってきたことが報われはじめた。私の作品に大きな反響があり、予想外のところから執筆の依頼が来た。自分を大切に思ったおかげで扉が開き、すばらしい出来事を呼び込めるようになったのだろう。こういうチャンスは、私の準備が整うのを辛抱強く待っていてくれたのだ。

時が経つにつれ、幸運がさらにたくさん舞い込んでくる。私はプライベートでも仕事でも、自然に自分を守れるようになっていた。もうどんな小さな幸運も当たり前だと思ったりしない。もちろん自分自身について学ぶことは永遠になくならない。いまもときどき障害物が現われるが、そんなときは辛抱強く、自分への愛情を絶やさずに、それに対応する。新たな自分を発見するのはうれしいし、自分の人間らしさが微笑ましい時もある。

気づくと、以前に介護した、終末期の人々の一人一人を、さらに身近に感じていた。いま私の目の前にひろがっている人生は、彼らが人生を振り返ったときに、こんな人生を送ればよかったと口にした、理想の人生そのものなのだ。彼らは最後の数週間や数日間を迎え、身体は衰えているのに、もし違う人生を選んでいたら、こんな喜びを味わえたのかもしれないと想像していた。

もちろん、後悔を口にしなかった人もいる。もう一度やり直せるなら違うようにしたいことはあるけれど、それほど後悔していない人たちだ。自分の人生にすばらしく満足していた人もいた。正確には、自分が送ってきた人生をすばらしいと受け止めていた人と言った方がいいかもしれない。けれど多くの人は後悔を抱え、それを誰かに話したい、自分の考えを知ってほしいと強く願っていた。私にとって、患者たちと率直に語り合って過ごした時間は、正直な心を育ててくれた。あの時間に私はいつも感謝している。

彼らの後悔を聞いて、私はいつ人生が終わっても後悔しないように生きようと決意した。彼らと過ごさなければこんなすばらしい知識を得て、そこから教訓を得ることなどできなかった。そして人生最大の試練を乗り越えた今、それがどれだけ難しいかわかった。けれど、私はそれをやりとげればどれだけうれしいご褒美が待っているかも知っている。

死に直面した人たちは、もっと充実して楽しい人生を送れたかもしれないと考えたが、同じことはまだ終わりを迎えていない我々にも当てはまる。私は新しい一日を迎えるたびに、幸運が自然にやってくるのを感じ、さらにうっとりする。幸運はそれぞれの人の許に流れていこうとしているが、たどり着けるのはその人が自分を信じ、愛していて、その幸運を受け入れられる場合だけだ。幸運はすべての人に用意されている。必要なのは、まず自分がいまいる道を抜け出すこと。そしてここからが本番なのだが、幸運の流れをさまたげている瓦礫を一掃し、自分本来の考えを取り戻さなければならない。

人生のどこかに成長が完成する時点があって、「よし。これですべてを学んだから、あとはのんびりして、もう何も学ばずに毎日を楽しく暮らしていけばいいんだ」となるわけではない。常に学んでいなければならない。自分の魂の探索を十分に行っていたステラでさえときどき、運命に身を任せることが必要だと思い出す必要があった。彼女はそれを思い出したおかげで、残された時間をさらに穏やかに過ごし、輝くような笑みを浮かべて臨終のときを迎えられた。

一生学んでいかねばならないのだとしたら、それを楽しめばいい。たとえば私は毎日自分について新しいことを発見しているが、いまは、無条件に自分を愛しながら、自己批判をせずに学んでいる。優しく、愛をこめて笑うとさらに心地よく成長できる。

グレースが「他人に期待された通りの人生を送らずに、自分に正直に生きればよかった」と言った時、彼女は自分の人生の顚末をとても悲しんでいた。

本当の自分でいるのにこれほど勇気がいるというのは悲しいことだが、実際に勇気は必要だ。ときどき本当に大きな勇気がいる。どんな人でもありのままの自分でいるとはどういうことか、最初は自分でもよくわからないかもしれない。わかっているのは、いまの人生では叶えられていない望みがあることだけだ。これを誰か、こちらの立場に立って考えてくれない人に説明しようとすると、さらに自分がわからなくなってしまうかもしれない。

二〇〇〇年以上前に賢明な仏陀はこう言っている。「頭は答えを知らない。心は質問を知らない」。人を喜びに導くのは頭ではなく心だ。頭で考えたことに支配されず、他人の期待に心を左右されないようにしなければならない。そして勇気を持って、真の幸せを追求する。その間、頭脳をコントロールしながら、心を育てることをやめない。そうすれば心の成長につれて、喜びと穏やかさに満ちた人生を送れるだろう。人が幸せを望むのと同じぐらい、幸せは人の許を訪れたいと思っている。

療養施設のベッドに寝たまま、もう人生を向上させる努力をする気力がないと認めたアンソニーは、大きな恐怖心に支配された結果の悲しい見本だった。気力がないと誰もが若くして療養施設で亡くなることになると言いたいわけではない。けれど彼と同様に刺激も楽しみもない生活と同じような日々を送る人はたくさんいる。心が麻痺するような決まりきった日課だけで毎日が過ぎていき、安全でなんの心配もないが、満足感は得られないという生活だ。

人生を大きく変えるには、不屈の精神が必要だ。長い間自分に合わない環境に身を置き、そこに染まっていると、それだけ長く、本当の幸せと満足感を知る機会を遠ざけてしまう。人生は短く、チャンスを見過ごしている時間はない。すべての原因である恐怖心は、ちゃんと向き合えば克服できるのだから。

フローレンスの豪邸の庭で美しい花々が咲くのを邪魔していた蔓のように、人は自分で自分を縛りつける場合もある。蔓と同じように、自分を縛る縄は頑固で、だいたいは何十年にも渡ってさらに力を増し、やすやすと取り除かれはしない。必死で絡みついてきて、気を許したら、その人の長所を絞め殺してしまう。

こういう束縛は長い年月をかけて完成しているから、取り除くにも時間がかかる。そして細心の注意を持って当たらねばならず、決意と勇気、それに時には誰かと別れることも必要だ。その過程で、不健全な関係は断ち切り、「もうたくさん」といえる意志の強さも大切だ。自分を大事にし、自分に優しくすることも大切だ。自分にはそれだけの価値があるから。けれど自縄自縛の罠から自分を解放するためには、自分の考え方や習慣を客観的に見なければならない。これができるようになると、行くべき道がもっとはっきり見えてくる。

人生は自分のものであり、他の誰のものでもない。自分の人生に幸せを見つけられず、その状態を改善しようともしていない人は、日ごとに訪れる幸せを無駄にしている。小さな一歩やちょっとした選択、それから自分の幸せに責任を持つことが、大切な出発点だ。幸せな人生を見つけるには、引っ越しなどの物理的に大きな変化は必要ない。物事の見方を変え、自分の望みのいくつかを尊重する勇気を持てばいいのだ。自分を幸せにするのも、不幸にするのも自分だけだ。他人にそれができるのは、自分がそれを受け入れた場合だけだ。

他の誰かの期待に応えるのではなく、本当の自分でいる意志を持つには、正直にならなければならないし、とても強くなる必要もある。そうしなければ死の床で、もっと違う人生を送ればよかったと後悔するだろう。私はここに書いた患者以外にもたくさんの患者を介護したが、自分に正直に生きればよかったというのが、もっとも多い後悔だった。

ジョンは働きすぎなければよかったと言ったが、その他にも私が長年の介護人生の中でよく聞いた言葉をいくつか口にした。彼は最後の数週間、バルコニーに座って波止場の人々の動きを眺めながら、後悔に打ちひしがれていた。自分の仕事を愛するのはなにも間違っていない。そうあるべきだ。ただし仕事は人生のすべてではないから、バランスを取ることが大切だ。自分が選んだ人生をあきらめて受け入れた彼の深いため息がまだ聞こえる気がする。

その後チャーリーがシンプルな生活のメリットを主張するのを聞いたが、知恵と人生経験に基づいた彼の意見に私は賛同した。人間の本当の価値はその人の所有物にではなく、その人自身にある。死を控えた人たちはそれを知っている。どんな物を持っていたって、死が迫ってきたら、何の意味もない。他人の評価も、どれだけの財産をなしたかも、彼らは考えない。

最期を迎えた人々が一番大切だと思うのは、愛する人をどれだけ幸せにできたか、それから自分は好きなことにどれだけの時間を費やせたかだ。それから多くの人が、残される人には絶対に同じ思いをさせたくないと願っている。死の床で人生を振り返って、もっと物がほしかったとか、なにかを買えばよかったと言った人を私は一人も知らない。死に直面した人のほとんどが、自分がどんな人生を生きたのか、なにをしたのか、それから家族や近隣の知り合いなど、残される人になにかいい影響を与えられたかを考えている。

なにかへのこだわりが人生を制限する原因になっていることが多い。シンプルな生活はこの状態を変える鍵となり、所有物や他人の評価などで自分の価値を確認しなくてもいられるようになる。リスクを冒すには勇気も必要だ。けれど人はすべてを支配できるわけではない。安全に思える環境にいても、予想もしない試練に見舞われないという保証はない。試練は突然予想もしない形で降りかかってくるかもしれない。同様に、自分の心のままに生きる強さを持った者が突然報われることもある。誰にとっても、時間は限られている。残された日々をどう生きるかは自分の選択次第だ。

パールは必要なものは必要なときに向こうからやってくることを知っていた。彼女はもっとも重要なのは人生の意義を見つけることで、どんな仕事でも大切なのは、正しい目的のために仕事をし、なにかが足りなくなるのをおそれるあまりに不幸な仕事環境にしてしまわないことだと語っていた。人生はあまりにも早く過ぎていく、と彼女は言った。その通りだ。長生きをする人もいるが、多くの人はそれほど長くは生きられない。短い人生でも、幸せと充実感を知っていたら、誰しも避けられないものである死がやってきたときに後悔しなくてすむ。

残念ながら、多くの大人は感情を素直に表わすのが苦手だ。ジョセフだけでなく余命宣告を受けた人の多くが、そのことで自分に不満を抱き、後悔している。ジョセフは自分をわかってほしいと思っても、どう表現すればいいかわからなかったし、自己表現の練習をしたこともなかった。優しいジョセフは悲嘆に暮れ、家族に本当の自分を理解してもらえないまま死ぬのだと感じていた。それが彼の最大の後悔だった。自分の感情を表す術を知らなかったためにつらい思いをし、それが原因で病気になった患者もいた。

自分の気持ちを表現することも練習によって上達する。少し勇気を出して、気持ちが伝わるようなちょっとした行動からはじめれば、素直になることに慣れ、正直になることが楽しくなってくるかもしれない。相手の反応は予想できない。けれど正直に話しはじめたことに驚かれても、最後には以前よりずっと健全な関係を築けるだろう。そうでない場合は、その人との関係は不健全だから断ち切るべきだ。どちらにしてもいい結果になる。

私たちは自分がどれだけ生きられるのかを知らないし、愛する人がいつまでこの世にいてくれるのかもわからない。だから後悔に苛まれながら死を迎えるより、大切な人に気持ちを伝えておこう。私の患者ジュードは残された時間を罪悪感を抱えたまま過ごすのはとてもつらいと言った。気持ちを人に伝えることは、慣れると心地よくなる。ためらってしまうのは相手の反応をおそれるからだ。そのおそれを頭から追い出し、手遅れにならないうちに、自分のよいところを相手に見せるのだ。

過去に誰かになにかを伝えなかったせいで既に罪悪感を持っているなら、今こそ自分を許すときだ。罪悪感を抱えていたら、人生をめいっぱい生きることができない。今こそ自分に優しくなるときだ。過ちを犯したのは過去の自分だ。今の自分まで同じにならなくていい。過去の自分に同情することが、優しくなって自分を許すための第一歩だ。

正直に気持ちを伝えても、周りの人がそれに応えてくれないこともある。それはこちらの言うことを聞いてもらえなかったわけでも、気持ちを伝えるべきではなかったわけでもない。アルツハイマー症の患者ナンシーはそのとてもいい例だ。私には他にも、相手に常に優しく、正直に接したおかげで、関係がぐっとよくなった経験がある。長い間、私の言葉は耳に届いていないようだった。けれどその人が自分の気持ちを話しはじめたら、それまで私の話を一言も漏らさずに聞いてくれていたのがわかった。そうなればもう何も気にならない。自分には気持ちを正直に伝える勇気があると知り、私は安心した。相手と私のどちらかが突然この世を去っても、私は罪悪感を持たないですむ。私は誰の存在も当たり前だと思っていないし、愛情を伝えていない相手もいない。

自分の気持ちは相手に伝えよう。人生は短いから。

ドリスの友人探しは本当に楽しくて、充実感を味わえた。彼女が友人たちと連絡を取りつづけていればよかったと言ったときには、私はその後同じ言葉をたくさんの患者から聞くことになるとは思っていなかった。自分自身の人生経験も重ねた今は生きていく上で、古くからの忠実な友人がどれだけ大切かを知り、この後悔をさらに深く理解できる。たいていの人には友人がいるが、本当につらいときにそばにいてくれる友人はそう多くない。余命宣告を受けた人は、まさにつらいときを迎えている。

友達付き合いをすることによって、相手と共に時間を過ごし、わかりあえるようになる。患者たちは人生を振り返る時、友人たちを懐かしく思い出すことが多い。けれど友人との関係は慌ただしい毎日にまぎれて途切れることもある。時が経つと共につきあう人は変わっていくが、友達との付き合いも同じだ。けれど本当に大事な人や、一番大好きな人とは、どんな努力をしてでも連絡を取りつづけるだけの価値がある。そういう人は、こちらが一番必要としているときにそばにいてくれるし、こちらも同じことをするだろう。物理的にそばにいるのが難しいこともあるだろうが、電話をかけるだけでも、つらい時を過ごしている相手をとても力づけ、なぐさめられる。

長年アルコール依存症に苦しんできたエリザベスは、友人が受け入れ、許してくれたおかげで、心の平安を得ることができた。最後に大切なのは愛情と人間関係だけだ。けれど最後のときに思い立っても、友人と連絡が取れるとは限らない。だからそもそも連絡を絶やさないことが大切なのだ。先のことは誰にもわからないし、友人にこれほど会いたいと思うときがくるのもみな知らない。それにそれまでの間も、友人とのつきあいを続けることで得られるものはたくさんある。

ハリーの友人たちがお見舞いの順番を決めていたのを見ると、この重要さがさらによくわかる。余命宣告を受けてからの日々は、他人には悲しく陰鬱な時間に思えるが、実際に死に直面した人たちは残された時間をできる限り楽しもうとする。友人たちは悲しいときでも笑わせてくれ、この笑いが終末期の患者を幸せにする。死に直面していてもいなくても、最悪のときに笑わせてくれるのは友人たちだけだ。

ローズマリーは私に出て行きなさいと叫んだ後で、自分は幸せになってはいけないと思っていたと打ち明けてくれた。彼女はこのことを認めたおかげで、残された時間をよりよく過ごすことができた。ローズマリーは家族の期待に応えられなかった自分には、幸せになる資格がないと思い込んでいた。彼女は幸せになるためには自分の意志が大切だと気づき、幸せになってもいいと思えるようになり、自分の中には大人になってからずっと眠っていた部分があるのを発見した。最後の数週間、そうやって見つけた素敵な笑みを、彼女は時々浮かべていた。

幸せになるには、毎日の行動すべてに感謝をすることが重要だ。キャスは結果ばかりを追い求め、そこにいたる時間を顧みなかったために幸せを味わえず残念に思っていると人生最後の日々に語った。人はなにかがうまくいけば幸せになれると考えがちだが、その反対もある。幸せを感じていれば、物事がうまくいくこともあるのだ。

毎日幸せでいつづけるのは難しいが、それに近い状態に気持ちを持っていくことはできる。悲しい時でも、なにか美しいものや、なにか自分の心を穏やかにするようなものを見つけるのがその一例だ。人は頭の中で大きな苦しみを作り出してしまうことがある。けれど自分の思考のコントロールができるようになり、正しい使い方をすれば、すばらしい人生を実現できる。人はみな苦しみを抱えている。けれどそれは運命のせいではない。人生をめいっぱい生きるのも、残された時間をどう過ごすのかも、感謝しながら生きるのも、すべて自分にかかっている。

人生とは苦しんだり、幸せを感じたりしながら、常に学んでいくものだという事実を受け入れると、心が穏やかになる。そして、幸せは自分で選ぶものであると知れば人生の荒波にもみくちゃにされることもなくなる。以前なら、押さえつけられ、傷つけられていたような状況を、経験と知恵による技で乗り切れるかもしれない。

時にはばかばかしく、いたずらな気分になってもいい。それでいいと自分が思えばいいのだ。ドラッグやアルコールの助けを借りなくても人生は十分に楽しめる。大人はいつもまじめでいなければいけないとか、面白がってばかなことをしてはいけないなんてルールはどこにもない。自分の人生を批判的に考え、他人にどう見られるかを気にしてばかりいたら、人生の終わりに直面したときに、そんなことで幸せになれなかったと後悔する。

もちろん考え方によって幸せは大きく変わる。これはレニーが見本を見せてくれた。彼の人生は困難続きだったのに、与えられた幸運だけを見つめて、自分の人生はいい人生だったと振り返っていた。同じ見方で毎日を見れば、悪い面ではなくいいところに注目できて、今までと同じ生活が新鮮に感じられるだろう。ものの見方は自分で選ぶものだし、暮らしの中のいいことを見つけ、それに感謝することで変えられる。

死に直面した患者たちは私に様々な後悔を語ったが、最期のときには、みな穏やかな気持ちになっていた。臨終の前日まで自分を許せずにいた人もいたが、そういう人も最後には納得して逝った。死が迫ってくるにつれて、否定や恐怖や怒りや後悔、さらに悪い自己否定など様々な感情を経験する人も多かった。一方で多くの人が、最後の数日の間に心に浮かんだ思い出に愛情や大きな喜びを感じている。どんなに苦しんだ人もみなそのときが来たことを穏やかに受け入れ、後悔の原因を作った自分を許していた。これは多くの患者にとって必要なことだったし、後悔を通して学んだ人たちもいる。

終末期の患者というのは、自分の人生を振り返る時間を与えられた人たちだ。突然亡くなった人たちにはそんなぜいたくな時間はない。不慮の死を遂げる人も数多くいるから死を前にしてなにかを考えたり、心の平安を見つけたりする時間はないかもしれない。今、自分の人生をあらためて考えるのはとても重要だ。そうしないと自分が生涯、間違ったやり方で幸せを追い求めていたと後悔しながら人生を終えるかもしれない。あるいは、自分にとって幸運なことがこちらにやって来ても、いつももう少しのところで手からすり抜けていくことになるかもしれない。ずいぶん前に方向転換のチャンスがあっても、とっくに手遅れになってからそれを知り、死ぬことになるかもしれない。

私の患者たちは死の前に心の平安を手に入れたが、最期のときまで待たなくても手に入れることもできる。自分の人生を変える選択をし、自分の心のままに生きる強さを持ち、後悔せずに死ねるよう生きるべきだ。

それにはまず他人にも自分にも優しくなり、許せるようになるといい。自分を許すことはとても重要だ。自分に優しくなると、人生を変えるための力を見つけやすくなる。いいことには時間がかかるものだから、辛抱強さも必要だ。人はみなすばらしい力を持っているが、自分自身の考え方のせいで、その可能性を狭めている。私たちはみなすばらしい。人は環境や遺伝によって形作られており、さらにはその遺伝子も一人一人違った歴史を持っていることを考えると、自分が特別ですばらしい人に思えてくる。これまでに重ねた人生経験はいいものも悪いものも、その人を地球上の他の誰とも違う人間にするのに貢献している。人はみな既にすばらしい。みな既に特別なのだ。

それから自分が不幸だからといって他人を責めてしまった過去の自分を許そう。自分の人間らしさや弱さを受け入れよう。自分たちが不幸だからといってこちらを責めた人たちを許そう。みな人間なのだから。こちらが過去に言ったことにもしたことにも、もっと優しいやり方があったかもしれない。

人生はあっという間に過ぎていく。なにも後悔せずに終わりを迎えられる可能性もある。正しい人生を歩み、今の人生を目一杯生きるには勇気が必要だが、選ぶのも報われるのも自分だ。残された時間を大切に生きるには、自分に与えられたすべての幸運に感謝することが大切だ。何よりもすばらしい自分に感謝することが。

エピローグ　微笑みとともに知る

こうして人生を振り返ってみると、不思議な感慨に打たれる。なにしろずっと思い描いていた生活が毎日の現実になったのだから。私はこういう人になりたいと想像していた通りの人になれた。これは勇気を持ち、打たれ強く、努力を続け、自分を愛することを学んだから実現できたのだと思う。こんなにも楽しく、生きやすい日々がやって来るなんて。これからも新しい環境に適応し、成長をつづけ、自分は幸せになる価値があることを忘れなければ、すべてはさらにうまくいくだろう。

あの最後の暗闇にいた時期、ある短い言葉が私の信念を強く支えていた。「微笑みとともに知る」という言葉だ。特につらかったある日、まだしみついていた古い考え方が、夢見るのに自分はふさわしくないとささやいてきた。一方で定着しようとしていた新しい考え方は、私にはその価値があると保証してくれた。私にはそんなつらい日々を乗り切るためのよりどころが必要だった。なにか単純でわかりやすいスローガンがほしい。涙に暮れている状態でも思い出せるように、短い言葉がいい。そうやって考えているうちに思いついたのが、「微笑みとともに知る」という言葉だった。

私はこの言葉を紙に書き、家中の目につくところに貼った。そしてその前を通るときはいつも、こんな時間はやがて過ぎて、幸せがやってくると「微笑みとともに知る」のだと考えた。この言葉を読むときに本当に微笑む必要はないけれど人は笑顔を浮かべている時の方が強い信念を持ちやすい。実際に微笑むと私の気持ちは自動的に明るくなったし、この次に微笑む理由を見つけられるだろうと思えた。だから私は毎日微笑んだ。

後に、私はこの言葉の下に「感謝とともに知る」と書き加えた。幸運がやってくると確信し、先に感謝しておくことにしたのだ。「微笑みとともに知る」と「感謝とともに知る」は私のおまじないになり、私はできる限り、毎日を微笑みながら過ごすようになった。幸運が必ずやってくると信じて素直に感謝もしたくなった。私の祈りや夢や意志はもう聞き届けられている。だからあとは「微笑みとともに知る」と「感謝とともに知る」を実行していればいい。おかげで微笑が浮かぶこともとても増えた。

もちろんそんな言葉を言う気力もない時もあった。特にあの悲しみとあきらめに満ちた暗闇の日々には。けれどあの、人生をあきらめた瞬間が、私にとっての大きなターニングポイントになった。過去の苦しみを抱えたままでは、もう生きていけなかった。あれは私の人生の終わりだった。ただ、身体が死ぬ必要はなく、私の古い魂が死んだだけだった。古い考え方が死に、ずっとひそかに育ちつづけていた新しい私が、やっと日の目を見たのだ。

私はずっと抱いてきた夢を現実の自分の一部として感じられるようになった。そしてついに自分の価値を認めたおかげで、チャンスの扉が大きく開いたようだ。私の夢は少し前から、私を待っていてくれたのだろう。だから私は喜んで心を開き、こちらに流れてくる幸運を受け入れた。プライベートでも仕事でも様々な幸運が舞い込んできた。

その少し後、両親が完全菜食主義のクリスマスを行ってくれることになった。世界一のクリスマスプレゼントを贈られ、私はうれしい驚きに何も言えず、心から微笑んだ。この二〇年以上の間に、菜食主義のクリスマスができればいいなと思ったことならあったけれど、完全菜食主義でパーティをしてくれるなんて。そしてついにその日がやってきてみると、とても自然に過ごせたし、今までで一番素敵なクリスマスだったとみなで言い合ったほどだった。私の隣では母親が野菜を切りながら冗談を言って笑い、父親はＢＧＭを選んでいた。一九五〇年代のカントリー音楽が家中に流れる中、私たちはみなでおしゃべりをし、笑いながらごちそうを作った。楽しくて心地いい時間だった。

仕事の方は順調に発展し、充実と満足を味わえている。自分の好きな仕事を追い求めた結果、どこかに所属して働くことになる場合もあるだろう。けれど私にとって一番やりやすいのは自営業だ。自分らしいやり方をするのは仕事の上でも必要だし、一番の望みでもあった。新しい私は以前より強い意欲を持ち、驚くほど頭が冴えていて、昔の私の長所だった自制心も失っていない。

私はいろいろな人たちと連絡を取り、あちこちに出向いて話をした。インスピレーションやアイデアが次から次へとあふれだしてくる。私はわくわくしながら社会生活に復帰し、新たな創作のチャンスを自ら作り出した。私は地元の二つの組織を通して、社会的弱者のための曲作りワークショップを開いた。また曲作りを教えられるのも、自分ですべてを決めるのももちろん素敵だったが、ワークショップに参加した人たちが変身していく姿を見て、なによりも報われた気がした。

私は以前、深刻な状況にいすぎたから、これからは仕事でももっと楽しいことをしようと思い、五歳以下の子どものためのコンサートをはじめた。私の新曲を聴いて、無邪気な子どもたちがうれしそうに歌い、跳びはねているのを見ていると、この上なく幸せだ。文章を書く機会も続々と舞い込んできたし、大人向けの曲も新しいアルバムが作れるほどたくさん書けた。自由になると、人は一生の間に本当にたくさんのことができるのだと、私は感動した。

ブログが大きな注目を浴びたおかげで、私の作品に触れてくれる人も増えた。私は自分の歌や文章から幸せで前向きになる言葉を抜き出してプリントしたTシャツ、バンパー用のステッカー、荷物用のタグも作った。新しい私にはあふれんばかりのアイデアだけでなく、それを実現するための行動力もあるようだ。

私は今、心地よい秋の夜を素敵な男性と一緒に過ごしながら、人生はどれだけ変えられるかを思い、微笑んでいる。彼は大切な人だ。私たちはそれぞれ、知り合うまでの人生でいろいろなものを手放さなければならなかったが、すばらしいタイミングで出会えた。私はまた新たな目で人生を見るようになった。

そして今、私は人の命はめぐるものだと最良の形で実感している。かつては患者たちの死を通して、人は生まれ、死んでいくことを知った。昔の私が消えていくのを見たのは、ある意味一度死を経験したようなものだ。そして本当の私が何にも妨げられることなく生きられるようになってからも、私はさらにありのままの自分になる努力をつづけた。それには本当の自分のすべてを知り、その自分を愛する気持ちを表現するしかない。私は新しい私の勇気が好きだ。心も好きだ。創造力豊かなところも好きだ。頭脳も好きだ。身体も好きだ。優しいところも好きだ。すべてが好きだ。

こうして人生は新たな章に入ったが、またさらに、自分とは別の新しいはじまりを知ることになった。いま私のお腹の中では大切な赤ちゃんが育っている。私は母親になる機会に恵まれたのだ。自分のお腹が大きくなり、身体が神々しいほど女らしいシルエットにふくれあがってくると、こんな経験をできることへの圧倒的な感謝と喜びが湧いてくる。以前の悲しみに満ちた希望のない孤独な日々とは正反対だ。そしてここでまた、人は人生でどれだけたくさんのことをできるのかを私は実感した。あのとき、人生を終わりにしなくてよかった。本当によかった。

　母子の絆が日ごとに育っていく。妊娠中、つわりで苦しむ女性もいるが、私はとても体調がよく、妊娠期間を楽しんでいる。もうすぐ別の命をこの世に送り出したら、自分が選んだ方向へと飛び立てる大人になるまで育てる役割を喜んで果たすつもりだ。人生には死も終わりもあるが、誕生もはじまりもあるのだ。私は現実的な意味でも象徴的な意味でも、はじまりと終わりにこれほど多く触れられることに感謝している。

　運頼みの行動をするとたいてい予想外の展開が訪れるが、長い目で見ると、いつも物事は前よりよくなっている。信じる気持ちには強い力があり、思いがけない幸運を生み出す場合もある。自分を制限せず、物事の成り行きを自分の思い通りにしようとするのをやめたら、その人は大きな力を得られる。

　不思議なことに、幸せがこちらにやってきたとき、自分がそれに値すると理解し、拒絶せずに受け入れる術を学ぶのは、多くの人にとって難しい。私に起こった奇跡的な出来事の多くは、誰かが運んできてくれた。人と人とは我々が思っている以上につながっているし、人はみな自分で知る以上に大きな役割を他人の人生で果たしている。

　だから自分の夢を実現するには、幸運や他人の好意を受け入れることを学ばなければならない。生まれつき人に与えてばかりの人は、与えることで大きな喜びを得ているが、自分の方に流れてきている幸運をシャットアウトしているから一方通行になっているし、与えてくれようとした人の喜びを邪魔している。自分以外の人にも与える喜びを味わわせてあげよう。他人の好意を受けることができない原因は、プライドや自己評価の低さだ。どんな人にも好意や幸運を受ける価値があるのに。

反対に、どうやって人に与えればいいのかわからない場合は、練習をすればいい。期待せずにやってみればいい。心地いいはずだ。自分の喜びのために与えればいい。損得を計算して人になにかをするのは、本当の意味での好意ではないし、後で相手の怒りを招くだろう。純粋に与えたいと思って与えれば、それが愛情でも優しさでもなにかの行動でも、本当の喜びを感じられる。そしてそう、欲得ずくでなく人に与える者は必ず報われる。ただし、すぐにとは限らないし、想像もつかない形で報われることもある。けれど一方通行にならないように、人の好意を受ける術を学ぶべきだ。もちろん、自分との間で好意のやりとりをしてもかまわない。

そうすれば自分も世界も変えられるかもしれない。自分の人生をよくすることや、悔いのない仕事をすることを心がけていると、いつの間にか周りの人の人生にも貢献している。差別を撤廃したり、社会の不調和を解決できたりするかもしれない。幸せになれるかもしれない。まだまだ元気なうちから、後悔せずに死ねる人生を目指して生きられるかもしれない。


人はみな弱く、繊細な心を持っている。古い電球のようなガラスの球体が地球の上に並んでいるところを想像してほしい（最近の省エネルギー型のチューブのような電球を想像すると、少し見た目が違うかもしれない。それでも問題はないけれど）。人の心は、壊れやすい電球のようなものだ。内側からの美しい光で、どんな暗闇も明るくすることができる。私たちは生まれたとき、まぶしく輝いていて、周りの人みなに美しい光をもたらす。

ところが時が経つにつれて、私たちには泥のような心ない言葉が投げかけられるようになる。この心ない言葉はそれを言った人自身のことを述べているだけだ。そのうちにそういうことを言うのは身近な人だけではなくなる。学校の友達や職場の同僚、世間、それに人生で出会うたくさんの人々。その言葉は私たちに様々な形で影響を与える。傷つけられる人、いじめる側になる人、その言葉を真に受けて長年とらわれてしまう人。自然に忘れてしまう人もいる。けれど表面的にどう見えるかにかかわらず、みな生まれ持った輝きとすばらしさを最大限に発揮できなくなる。

私たちはたくさんの心ない言葉をぶつけられているうちに、だんだんとその言葉を信じはじめる。だから自分も仲間に加わって、自分を傷つけはじめる。たくさんの言葉が全部間違っているわけがない。自分で自分をおとしめても、それはきっと普通のことだし、他人を言葉で傷つけるのもかまわないのだろうと。そして誰かにもっと暴言という泥をぶつけるし、他人に自分を批判させつづける。そのうちに、あまりに傷つきすぎて、その痛みに耐えられなくなるばかりでなく、生まれ持った輝きがすっかり見えなくなってしまうのだ。我々の心は、他人にぶつけられたり、自分で投げかけたりした言葉という泥で覆われてしまう。

けれどある日、かつて自分の中にも美しい光があったと思い出す。あまりに長く暗闇にいたために、自分の美しさなど忘れていた。ときどき一人で静かにしていると思い出すことはあったかもしれないが。そして表面はすっかり真っ黒になってしまった心の中で、あの暖かい光はひそかに輝きつづけている。そして、自分がまた輝きたいと思っていることに気づく。誰かに心ない言葉をぶつけられる前の、本当の自分を思い出したいと思うのだ。

そうしたら、もうたくさんだと言えばいい。誰かに暴言を吐かれても、言わせておくのをやめるのだ。周りの人はそういう行動をよく思わないだろう。けれど固い意志を持って、自分を傷つける人の手が届かないところに行こう。そして少しずつ、こびりついている泥をこすり落とすのだ。これはとても慎重にやらないといけない。泥の下にはとても脆い自己が隠れているから。慌てて、乱暴にことを進めると、ガラスのような心が砕け散り、光は永遠に消えてしまう。

　ゆっくりと辛抱強く泥を洗い落とすうちに、かすかな光が見えてくる。自分の良いところが少し見えてくる。そうなると気持ちいい。もしもまた誰かに心ない言葉をぶつけられたら、もう一度きれいにすればいい。あるいはせっかく自分の長所がわかっても、それに驚いて、さらに自分を批判してしまうかもしれない。私にはそんなに美しく輝く価値がない、と。しかし一度外に漏れた光は、再びさらに明るく輝こうとするだろう。

　自分の良いところを知るたびに、気分は少しずつよくなっていく。そしてこれまで抱えてきた重荷がなくなって、どれだけ自由なのかを実感する。さらに他の人たちもどれだけの重荷を抱えているのだろうと思って共感し、もう誰かを傷つけるようなことは言うまいと決意する。結局、自分にも他人にも心ない言葉をぶつけている人は、輝くことなどできない。

　それでも時々、自分や他人にまた心ない言葉をぶつけたくなるかもしれない。なにしろ長年してきたことだから。すると今度は、自分が見せた輝きが、同じように勇気を出した他の人たちの大きな助けになることを知る。彼らも自分にこびりついている泥をこすり落としはじめるだろう。そしてそんな誰かの作業を手伝いたくなるかもしれないが、これは自分でやらねばならない。本当の自分がどれだけ脆いのか、知っているのは本人だけだからだ。

　ただ、自分のやり方を人に教えることはできる。実際に行うのは本人でなくてはいけないし、それぞれ自分のペースとやり方でしなければならない。もちろん、いっぺんにやり遂げられる勇気や気力がない人もいる。だから共感しながらも辛抱強く、相手を尊重して見守ろう。このプロセスがどんなにつらく、恐ろしいのかを身をもって知っているのだから。

　そのうちに自分をいい人だと思えるようになる。これは新しい感覚だが、気に入るはずだ。もう自分をおとしめるようなことはやめよう。光はいまやすべての方向に輝きを放っている。一番古い泥はいくつかまだこびりついている。もっとも手強い泥が。ここはとても居心地が良いよ、長年いさせてくれてありがとうと言って、泥は立ち去ろうとしない。この段階でもまだ残っている泥は頑固だ。心の核心に触れる作業だから、特に慎重にやらねばならない。

とても大変な作業だから、疲れてしまうだろう。それでももう既に前の自分よりはずっと進歩している。これで十分なのかもしれない。少しぐらい泥がついたままでも、これだけ輝いていれば十分かもしれないが、光は意志を持ち、最大限に輝きたいと決心している。その決心を力にして、残りの泥も洗い落とすのだ。

ついにすべてをきれいにすると、その人の心は驚くほどの輝きを取り戻す。一番驚くのは自分だろう。自分がこんなに美しくなれるとも、こんなにまぶしく輝けるとも思っていなかったから。

周囲には、輝きを取り戻した人を良く思わない人もいるだろう。そういう人はこのままで幸せだと自分に言い聞かせている。そして集団でいる方が安心だからと寄り集まって、心ない言葉を力一杯投げつけてくるかもしれない。けれどもうそんな言葉には傷つかない。暖かい光を取り戻した心には、もう泥がこびりつかないのだ。するりと滑り落ちて、痕さえも残らないのだ。

ベッドの脇で聞いた、この世から旅立っていったあの愛しい人たちの後悔を繰り返さないためには、勇気と愛情が必要だ。選ぶのは自分自身だ。明るく元気に輝きたいと思っている光と同じように、導かれるままに一つ一つ選択していけば、やりとげられるだろう。

本当の自分を失わないこと、バランスを取ること、気持ちを正直に伝えること、自分には幸せになる資格があると思うこと。このすべてを実行したら、自分を大切にできるだけでなく、最後の数週間に、もっと早くにそれができる勇気があればよかったと嘆いていたあの患者たちも喜ぶだろう。選ぶのは自分だ。人生は自分だけのものだ。

困難が訪れて、どうしたら解決できるだろうと途方に暮れたり、誰かとの関係をどうしたらうまくやれるか悩んだり、必要な連絡がいつ来るだろうと待ちわびていたり、なにかを実行するためのお金をどうしたら作れるだろうと頭を悩ませたりしたときは、自分の心が何を望み、自分が何を望んでいるかを思い出すべきだ。運命の邪魔をしない方がいいこともある。できる限りのことをして、その後は運を天に任せるのだ。

それからこういう状況に陥ったときは、背筋を伸ばし、肩をぐっと後ろに引いて、優しく深呼吸をするといい。今の自分を誇りに思い、自分にはその価値があると自信を持ち、祈りは聞き届けられ、幸運はすでにこちらに向かってきていると信じるのだ。そしてただこの短い言葉を思い出してほしい。

「微笑みとともに知る」それだけで大丈夫だ。

訳者あとがき

死を前にしたとき、人はなにを思い、人生のなにを後悔するのか……。

Inspiration and Chai（http://www.inspirationandchai.com/index.html）というブログに、終末期の患者のヘルパーとして数多くの患者を看取った経験を基に書かれた「死ぬ前に語られる後悔」という文章が発表されました。このブログ記事はインターネット上でじわじわと評判になり、発表から一年で三〇〇万人以上がこのページを読んだといいます。イギリスのガーディアン紙による紹介記事が日本の複数のサイトで紹介されて話題になったので、ご記憶にある方もいらっしゃるかもしれません。

このブログの著者であるブロニー・ウェア（Bronnie Ware）が、後悔を語ってくれた患者それぞれとの思い出や、自身の波瀾万丈な半生を交えながら、死について、人生について、そして後悔しない生き方について、さらに掘り下げて書いたのが、本書『死ぬ瞬間の5つの後悔』（The Top Five Regrets of the Dying）です。

著者によると、余命宣告を受けた患者で、人生を振り返って、もっとお金を稼ぎたかったとか、もっと物がほしかったと言う人はいなかったそうです。本書の原題でもある、後悔トップ5の内容は、「自分に正直な人生を生きればよかった」、「働きすぎなければよかった」、「思い切って自分の気持ちを伝えればよかった」、「友人と連絡を取り続ければよかった」、「幸せをあきらめなければよかった」です。死を前にした患者たちが人生を振り返って語る言葉は深く、重く、優しさに満ちています。人はつい、いろいろなことを先伸ばしにし、家族のため、仕事のためという言い訳で、身近な人との関わりより、目先のことを優先させてしまいがちなようです。亡き妻ともっと長い時間を過ごせばよかったという人、横暴な夫に仕えて我慢ばかりしていた人生を悔いる人、家族と本音で語り合ってこなかったことを悔いる人……患者たちは様々な後悔を口にしますが、人生の最後に真摯に自分と向き合う人たちの姿には胸を衝かれます。

ある患者は著者に「あなたは私たちの失敗例を教訓にできるから言い訳ができないのよ」と冗談めかして言っていますが、著者ブロニーが伝えてくれたおかげで、この本を読む私たちも彼らの知恵を糧にすることができます。著者は人はみな死ぬのだということを忘れず、死など無縁に思える元気な頃から、後悔せずに死を迎えられるような生き方を心がけていこうと勧めていますが、これは究極の人生訓かもしれません。

ブロニーはオーストラリア生まれの著述家で、シンガーソングライター、作詞家、デザイナーでもあります。多才な彼女の実家は牧場を経営していますが、家族には金融業界で働く父などもおり、ややお堅い家庭だったようです。ブロニー自身は学校を卒業後、銀行など金融関係の会社で一〇年以上働きましたが、週五日、九時から五時までの毎日になじめず、自分に合う仕事と自由な環境を求めて飛び出しました。そしてバーテンダー、コールセンターのオペレーター、印刷業界での仕事など様々な職種を経験しながら、オーストラリアの島からヨーロッパ、イギリス、中東と世界各国を旅します。

帰国後、自分は心から打ち込める仕事をするべきだと悟った著者は、イギリスで老婦人の付き添いをした経験を思い出し、自宅介護のヘルパーをしようと決めました。介護の正式な訓練はほとんど受けていませんでしたが、持ち前の優しさと思いやりで、余命宣告を受けた患者を看取るという難しい仕事をやり遂げます。そしてここから、ブロニーと死を前にした人たちとの関わりが本格的に始まるのです。

度胸と愛嬌たっぷりで、パワフルで繊細、相手の気持ちに敏感で、難しい状況にもいつも正面から取り組み、自分を犠牲にしても患者のために尽くす……ブロニーはそんな無敵のヘルパーです。残された日々を過ごす患者と共に笑い、共に悩み、ときに明るく、ときに静かに寄り添う彼女に看取られた患者たちは幸運だったと思います。患者一人一人と正面から向き合い、深く関わったからこそ、彼らの心からの本音を聞けたのでしょう。

そんなブロニーと患者たちの時間が語られる一方で、本書は自分のあるべき姿を模索する彼女の闘いの記録でもあります。家賃を浮かせるために最初は住み込みの介護をし、後には旅行などで不在になる家の留守番の仕事をして、その家から介護に通い、荷物は車に乗せられる分しか持たないという究極にシンプルな生活をしていました。そんな身軽な状態で、心のままに放浪生活を続け、どんな困難にも体当たりで飛び込んでいくブロニーですが、いつも相手のことばかり考えていて、他人の好意を受けることができず、自己批判をやめられないことに苦しんでいたのです。

悩むうちに、やがて自分には創造的な才能があることに気づき、それを仕事にするために奮闘します。チャレンジ精神いっぱいで、大胆で人懐っこく、ユーモアたっぷりのブロニーは、その反面、傷ついていて、とても孤独でもあったのです。人に尽くす介護の仕事は彼女の天職でしたが、自分自身を削っていたのかもしれません。その後、女子刑務所で曲作り講座を開くという夢を実現しますが、ここでもやはり、彼女は与えることが多かったのでしょう。すべてを出し尽くし、燃え尽きてしまったブロニーは、美しい自然に囲まれたコテージに移り住むのですが、そこで思いもよらない展開が彼女の人生に訪れるのです。

ブログ Inspiration and Chai はいまも更新されていて、話題になった記事はもちろん、ブロニーからの前向きなメッセージや彼女の近況も読むことができます。本書の終盤、ブロニーのお腹には赤ちゃんがいますが、彼女は妊娠期間を十分に楽しんだ後、二〇一二年二月に無事女の子を出産しました。いまは家族仲良く、自宅で好きなインテリアに囲まれながら楽しく過ごし、作詞講座や著述家としての活動なども順調に続けているようです。

冒頭の日本の読者へのメッセージにもある通り、本書を読んだことが、人生の転換点につながることになる方もいらっしゃるかもしれません。後悔しない人生について考えるために、本書が少しでもお役に立てれば幸いです。

本書に出会わせてくださり、翻訳を担当させてくださった新潮社の若井孝太さん、未熟な私を導き、多数の有益なご助言をくださった同社足立真穂さんに厚く御礼を申し上げます。それから、人生の最後に驚くべき思慮深さと優しさを見せてくれた亡き父に、ありがとう。

〈著者略歴〉

ブロニー・ウェア（Bronnie Ware）

オーストラリア生まれ。緩和ケアの介護を長年つとめ、数多くの患者を看取った。その経験を基にして書いたブログが大きな注目を集め、それをまとめた本書は26ヶ国語で翻訳され、世界中で読まれている。イギリスGuardian紙に掲載された本書に関する記事は、日本でも紹介され、大きな話題を呼んだ。作詞作曲家、作詞の講師でもある。

ブログ　http://www.inspirationandchai.com/

〈訳者略歴〉

仁木めぐみ（Niki Megumi）

翻訳家。訳書はテリー・マーフィー『僕は人生を巻き戻す』（文藝春秋）、マーガレット・ヘファーナン『見て見ぬふりをする社会』（河出書房新社）など。

死《し》ぬ瞬間《しゅんかん》の5つの後悔《こうかい》

ブロニー・ウェア

仁木《にき》 めぐみ 訳

発　行　2012.12.15
11　刷　2025. 3 .30
発行者　佐藤隆信
発行所　株式会社新潮社　郵便番号162-8711
東京都新宿区矢来町71
電話：編集部（03）3266-5611
読者係（03）3266-5111
印刷所　錦明印刷株式会社
製本所　加藤製本株式会社

ISBN978-4-10-506391-7 C0098　

センス・オブ・ワンダー
レイチェル・カーソン
上遠恵子訳

子どもたちへの一番大切な贈りもの！　美しいもの、未知なもの、神秘的なものに目を見はる感性を育むために、子どもと一緒に自然を探検し、発見の喜びを味わう――

こころの処方箋
河合隼雄

〝私が生きた〟と言える人生を創造するために――たましいに語りかけるエッセイ集。人の心の影を知り自分の心の謎と向き合う……こころの専門家の常識55篇。

未来をつくる言葉
わかりあえなさをつなぐために
ドミニク・チェン

ぬか床をロボットにしたらどうなる？　湧き上がる気持ちをデジタルで表現するには？　この「翻訳」で多様な人が共に在る場をつくる――気鋭の情報学者が語る新たな可能性！

ゆるす
読むだけで心が晴れる仏教法話
ウ・ジョーティカ
魚川祐司訳

なぜ親は私を充分に愛してくれないのか――幼いころから抱えてきた怒りを捨てた時、著者の心と身体に起きた奇跡とは？　世界中の人が感動した、人気僧侶の名講演。

自由への旅
「マインドフルネス瞑想」実践講義
ウ・ジョーティカ
魚川祐司訳

「いま・この瞬間」を観察し、思考を手放す――最新脳科学も注目するウィパッサナー瞑想を、呼吸法から意識変容への対処法まで、人気指導者が懇切丁寧に解説する。

能十番
新しい能の読み方
いとうせいこう
ジェイ・ルービン

能はこんなに面白いのか！　精選十曲の詞章＋現代語訳＋英訳＋解説に加え、柴田元幸氏との鼎談＋酒井雄二氏との対談で味わい尽す。全頁袋綴＆光悦の装画＆函入。